JN070325

すべて内なるものは

エドウィージ・ダンティカ

佐川愛子 訳

Everything Inside

作品社

すべて内なるものは

日本の読者への手紙

親愛なる日本の読者のみなさん

昨年十二月、母が生きていれば八十四歳の誕生日を迎えるはずの日が近づくにつれ、夢に死が頻繁に出てくるようになりました。なかでもいちばんくり返し見た夢では、二〇一四年十月に卵巣癌（らんそうがん）で亡くなった母は、私がポルトープランスでの子ども時代の大半を過ごした平屋建ての家が、家族たちの上に崩れ落ちてくるから、その前に走って逃げだしなさい、と言っています。

どうしてそんな夢を見るのか、私にはわかっていました。二〇一〇年一月十二日にマグニチュード七・〇の地震がハイチを襲った——ポルトープランスと周辺地域の一部を根こそぎ破壊し、それが膨大な数の人の死につながり、そのなかには友人たちと家族も含まれていました——その日が近づいていたからです。そして記念日というのは、この本の地震についての話「贈り物」のアニカとトマスの物語からもわかるように、ときにつらいものです。私たちは、体のなかでうずく説明のつかない痛みや、払いのけようとしても消えない漠然とした不安を感じ続けるうちに、ついに気づくのです、ああそうだ、あのときがやってくるのだ、また、と。

この一年ハイチでは、心が痛くなる多くのことがありました。ハイチの人びとは、ジョヴネル・モイーズ大統領への抗議を、二〇一八年六月六日以来ずっと続けています。彼らは、燃料費の引き上げ、政府の汚職、その他の国全体に及ぶ諸問題に対して、抗議行動を起こしてきました。諸問題というのは、高い失業率、急上昇を続けるインフレ、通貨の切り下げ、非合法の殺人などで、この殺害の一部には政府高官も関わっています。二〇一九年九月から十二月までこの国の人びとは長期の、ハイチクレオール語で「ペイロック」と呼ばれる抗議行動を起こしました。この期間内に、四十二人の抗議者が死亡し、八十人以上が負傷したと伝えられています。ほぼ二百万人の学生・生徒が学校に行けませんでした。以前から問題であった医療は、ますます受けにくくなりました。ギャングによる暴力が激化しました。食料の供給がますます難しくなる状況が前途に迫っています。モイーズ大統領は辞任を拒否しています。野党のリーダーなどは——そのなかにはモイーズの政党に所属している者もいるのですが——抗議行動を続けると断言しています。しかし、ほぼすべての国会議員の任期は二〇二〇年一月十三日に切れて、改選選挙は実施されていないため、大統領が法令による統治を行なっています。

以上は、国を襲った最大の破滅的自然災害から十周年をこの一月に迎えたハイチの、ほんの一断片にすぎません。地震は日本のみなさんにとっても身近なものであり、その結果がどれほどの苦痛を伴うものであるかをよくご存じであると、私は知っています。これは今では私たちが共有していることです。けれども、ハイチの人びとにとっては、長年慢性的に抱えている問題と、今現在直面している問題をなんとか無事にくぐり抜けなければならないということに加えて、二〇一〇年一月十二日の地震の記念日は、今でもまだこの土地に、文字通りにも比喩的にも攻撃されているかのように感じさせるものでした。これは、あの地震を生き延びたある年配の家族の一員が、最初の数年目の記念日を迎えたころに私に語ってくれたことでした。同じことを、地震で倒壊した壁で足の指を数本失ったある親戚の若者も、昨年、オートバイを狙った若者に撃たれてまたしてももう少しで死ぬような目に遭ったときに感じたかもしれないと私は思います。

　悲しい記念日は、かつて存在した人や物の不在を大きく膨らませます。この本に収めた短編小説の多くは不在についてのものですが、愛についてのものでもあります。ロマンティックな愛、家族の愛、国への愛、そして他のタイプの厄介で複雑な愛などです。私はその物語の筋をここで明かしたくはありません。それはぜひ、どうぞ、みなさんご自身で見つけだしてください。私がここでみなさんと分かちあいたいただひとつの物語は、この本のなかのものではなく、私の胸をほとんど引き裂いてしまった、あるすばらしい愛の物語です。私は、ある友人がその話を人びとにするのを何度も聞いてきました。友人というのはハイチ系アメリカ人のマリー・ゲルダ・ニコラで、マイアミ大学、教育・人間開発学部の臨床心理学の教授であり、ハイチで精神衛生のケアに携わる人びとと協同している団体、ルバティ・サンテ・メンタルの創設者の一人です。地震後すぐ、マリー・ゲルダは、私の母の生まれ故郷であの地震の震源地だった、東部海岸沿いの町レオガンにいました。マリー・ゲルダがそこで出会ったある女性は、八歳の娘の通う小学校の倒壊した瓦礫のなかを、動揺して取り乱している他の親たちと一緒に捜し回ったあと、娘の脚の片方を見つけました。その日娘が履いていた靴とソックスの形と色で、それとわかったのです。女性はその脚を家に持ち帰り、きれいに洗って、整えたあとまだ誰も寝ていない娘のベッドに横たえました。最終的には、マリー・ゲルダがその女性に、脚を埋葬するよう説き伏せました。

私はまた、ポルトープランスの家族たちが電話で、地震のあと愛する家族の胴の部分が見つかったことを知らせてくれたときの会話について考えます。亡くなった場所のすぐ近くに彼を埋葬することが決められました。けれども、瓦礫のなかを何日も何日も捜したあとで突然、彼のお気に入りのシャツを見つけたときの恐怖は、生き残った子どもたちの脳裏を離れず、今でもまだ彼らを苦しめ続けています。

悲しい記念日が当然のことながら私たちに考えさせるのは、あの地震がなければどうなっていただろう、ということです。もしも三十一万六千——政府の見積もりによる死者の数——の人びとが非業の死を遂げていなかったら？　彼らは地域社会に、国に、どんな貢献をしていただろう？　もしもハイチが、ビル・クリントン大統領が——彼は、ハイチのための国連特使として、ハイチ復興暫定委員会の国際共同議長として、そしてクリントン・ブッシュ・ハイチ基金における二人の大統領の「顔」のうちの一人としてという、三つの役割を担いました——何度も約束したとおりに、実際に「以前よりもいい状態に再建」されていたら？　もしも約束されたものと実際に寄付されたもの、両方の基金が現実に分配され、大多数のハイチ人の生活を改善するために運用されて、よりよい未来への道が実際に創られていたとしたら？　もしも、今後の犠牲者を減らすために、より耐震性のある家が、病院が、学校がそして大学が新たに建てられたり、再建されたりしていたとしたら？　もしも田舎の起業家たち、女性団体、小規模自作農たち——彼らは減少する一方の食料生産、環境の悪化、破壊的なハリケーン、そして気候変動の矢面に立たされています——が再建計画の欠かせない担い手になっていたとしたら？

もしも……？

ハイチに住む私の家族の多くは、この国が現在直面している政治的・経済的難題を、もうひとつ別の地震なのだと——終わりの見えない地震なのだと——しばしば言います。二〇一〇年一月十二日の午後、あの地震のニュースが伝えられたとき、私はマイアミのリトルハイチ地区にあるスーパーマーケットにいました。ハイチに住む友人や家族たちに電話をかけましたが、つながりませんでした。そこで私は、ニューヨークにいる母に電話をしました。泣きながら祈りながら、母もまたポルトープランスとレオガンに住む、つながりのある人びとと話をしようと試みていました。

「あの国はどうなるの？」と母は私に訊き続けました。ハイチが新たな悲劇に見舞われるたびにそうしてきたように。「十年後、二十年後、あの国はどうなっているのかしら？」と。

残念なことに、この本のなかにその答えはありません。ここにあるのは、八つの——願わくは読者の方々にとって魅力的な——短編小説です。ハイチ人であるというのは——国内にいる場合でも海外にいる場合でも——どういうことかについての。そして、そのパワフルで、ときに中傷され貶（けな）されるアイデンティティを、自分の行くところどこへでも身につけて持ち歩くというのは——プエルトリコの詩人、シンディ・ジメネズ＝ヴェラが本書の二つのエピグラフのうちのひとつに書いているように、「永遠のディアスポラ」の一員として地球を歩くというのは——どういうことかについての。

もうひとつのエピグラフは、驚くべきアフリカン・アメリカンの詩人、ニッキ・ジョヴァンニによるものです。

「人が愛するのは、それが唯一の真の冒険だから」と彼女は書きました。

私は今、みなさんを、いくつかの独自（ユニーク）な、愛に突き動かされた冒険（アドベンチャー）へと喜んでお迎えいたします。

エドウィージ・ダンティカ

二〇二〇年一月十五日
フロリダ州マイアミ、アメリカ合衆国

ジョナサンとジョアンに捧ぐ

生まれ出ることは故郷からの最初の追放。
地球を歩くことは
永遠のディアスポラ。

シンディ・ジメネズ＝ヴェラ

人が愛するのは、それが唯一の真の冒険だから。

ニッキ・ジョヴァンニ

ドーサ　外されたひとり

エルシーが在宅の腎不全患者ギャスパーを介護していると、元夫から電話がかかってきた。ガールフレンドのオリヴィアがポルトープランスで誘拐されたという。携帯が鳴ったのは、ちょうどギャスパーにキャベツのスープを食べさせたところだった。ベッドに寝ているギャスパーの頭は注意深く重ねた二つの枕に支えられ、あばただらけのむくんだ顔は明かり採りの天窓のほうを向いていて、その窓からは、一戸建て用宅地の湖水際に建てられたこの家に、長年覆いかぶさるように枝を伸ばしているココヤシの巨木が斜めに見えた。

エルシーは携帯を左耳と肩の間に挟み、右手でギャスパーの顎についたキャベツの切れ端をぬぐい取った。ギャスパーは、オーケストラを指揮しているように両手を振り回して、会話を続けるよう促しながら、部屋を出ていかないでと合図を送った。エルシーは注意をギャスパーから電話に移し、携帯に唇を近づけて訊いた。「いつ（キレ）？」

「今朝」しゃがれて疲れ切ったような声で、元夫ブレイズはつぶやいた。まあ歌手だからとエルシーが思っていた、単調なリズムで歌うようないつもの調子は消えていた。やっと聞こえるくらいのささやき声だ。「母親の家を出るところだった」彼は続けた。「二人の男につかまって車に押し込まれ、連れていかれた」

エルシーは電話の向こうのブレイズの姿を想像できた。彼女と同じように座って、あるいは立って、携帯を長い首と細い肩の間に挟み、手は指の爪の先をほじっている。こだわりの多い男だったが、指の爪をきれいにしておくのもそのひとつだった。汚い爪は彼をいらつかせた。それはたぶん、ハイチで機械修理工の訓練を受けた彼には、ひとつ間違えばギターを弾く自分の細い指が一生汚いままとなる可能性が高かったからだろうと、彼女は考えた。

「あなた、彼女と一緒にハイチに行かなかったの？」とエルシーは訊いた。

「ああ」と彼は答えて、いつまで続くのかと思うような長いため息をついた。「一緒にいるべきだったよ」

天井では、花をつけたヤシの木が天窓のガラスにひと握りの茶色い種をばらまいていた。そちらに向けられていたエルシーの患者の視線がゆっくりとおりてきた。それまでギャスパーは何も聞いていないふりをしていたが、今はしっかり彼女を見ていた。落ちつきなく体重をベッドの片側から別の側に移しながら、ときどき休んでは息をついた。

ギャスパーはその日六十五歳になり、昼食前にシャンパンを一本出してくれるよう娘に頼んでいた。シャンパンは実は禁止されているのだが、あまりにも熱心に頼むので娘は折れて、ほんの数口だけという条件をつけた。娘のモナは、三十六歳のエルシーより十歳若く、ニューヨークからマイアミ・レイクスに住む父親に会いに来ていた。シャンパンを手に入れるために出掛けたのだが、今は戻っていた。

「エルシー、電話を切って」とモナは部屋に入りながら言い、ベッド脇の折りたたみテーブルの上にシャンパングラスを三つ置いた。

「またすぐかけて」とエルシーはブレイズに告げた。

電話を切ってからエルシーは、病人のひょろ長い娘のかたわらへ歩み寄った。二人はほぼ同じ背格好だったが、エルシーは、自分はモナの母親だとしてもおかしくないと感じていた。この感じはたぶん、長年人の世話をしてきたためだろう。彼女は看護助手だった。とはいっても、ここの仕事に看護師はいなかった。彼女の仕事は、片方の腎臓を提供するという娘の申し出を彼が受けるかどうかを決めるまでの間、ギャスパーの安全と心地よい生活を守ることで、生命徴候を記録し、食事をさせて、身体を清潔に保ち、身なりを整え、軽い家事をこなし、週二回の透析治療の合間、全般的に彼を見守っていることだった。モナはドナーとして承認されていたのだけれど、ギャスパーの決心がまだついていなかったのだ。

モナがシャンパンを注ぎ、グラスを父親に手渡す間、エルシーはじっと彼女を見つめた。

「いのちに（ア・ラ・ヴィ）」とモナは口にして、父親と乾杯した。

その日の午後にブレイズがかけ直してきて、犯人からオリヴィアの母親に連絡があったと告げた。母親はオリヴィアと話させてくれと頼んだけれど、拒否されたという。

「やつらの要求は五万だ」ブレイズの声があまりに速口の鼻声だったので、数字をくり返してもらわないといけなかった。

「アメリカドルで？」と念のために訊いた。

彼が「そうだ（ウィ）」と言いながら卵形の頭を上下に振っている姿を想像した。

「もちろん、母親にそんな金はないよ」ブレイズは言った。「金のある人たちじゃない。みんなが、交渉すべきだと言っている。一万ドルまで下げられるかもしれない。ぼくはなんとかその金額を借りようとしている」

彼の言う金額が十ドルであってほしいわ、それなら助かるんだけど、と思った。十ドルで、旧友でありライバルが自由の身になる。元夫は、職場に電話をかけてくるのをやめるだろう。でも、もちろん、彼が言っているのは一万アメリカドルだ。

「イエスさま、マリアさま、ヨセフさま」とエルシーは短い祈りの言葉を小声でつぶやいた。

「気の毒に思うわ」とブレイズに伝えた。

「地獄だよ」あまりに落ち着きすぎている声だった。彼女は驚かなかった。心配ごとがあるときのブレイズはいつも静かになった。自ら結成してそのリードボーカルを務めていたコンパ〔訳註：ハイチ特有の音楽のなかでもっとも有名なもの。ドミニカ共和国のメレンゲをハイチ流に解釈し、ややゆったりめにした音楽で一九七〇年代から一九八〇年代に最盛期を迎えた〕のバンドを抜けてからは、何週間も家にこもってギターを弾いてばかりいた。あのときも、とても静かだった。

以前エルシーの友人だったオリヴィアには、人を惹きつけるところがあった。肌は栗色で、ふさふさの髪をジェルで固めて束ねた姿には、ちょっとしたかっこよさがあった。でも、彼女のことでエルシーが最初に気づいたのは、その野心だった。オリヴィアはエルシーの二歳下で、エルシーよりずっと社交的だった。人に触れるのが好きで、患者でも医師でも看護師でも他の看護助手でも、話しながらその腕や背中や肩を触った。誰もそれを嫌がっている様子はなかった。誰もがすぐに、彼女に触れられるのを予想し歓迎するばかりではなく、待ち望むようにもなった。オリヴィアは、ノースマイアミの事業所で最も人気のある公認看護助手の一人だった。教科書英語をほぼ完璧にマスターしていたので、しばしば最も裕福で扱いの楽な患者を割り振られた。

エルシーとオリヴィアは、一週間の在宅看護師再教育講習で出会い、受講修了後に互いの距離を縮めた。できるときにはいつでも事業所に頼んで同じ小規模グループホームに派遣してもらい、主に寝たきりの老人患者の世話をした。夜間、担当病室の患者たちが十分な投薬を受けて眠っている間は起きていて、ひそひそ声でおしゃべりをし、よく患者の子どもたちや孫たちを批判し、非難した。その子どもや孫の写真を患者たちは額に入れてベッドサイドテーブルの上の薬瓶のそばに置いているのだけれど、二人が彼らの声を電話で聞くことはまれだったし、直接顔を見ることはまずなかったからだ。

翌朝エルシーは、ギャスパーを手伝って、パジャマから日中着るスウェットスーツに着替えさせた。そのあと手入れの行き届いた敷地内を散歩してみたり、あるいはうまくすれば、車椅子での散歩に連れだしたりさせてくれればと願っていたけれど、ギャスパーがそんなことよりずっと好んだのは、家にいてベッドに入ったままでいることだった。この数日毎朝してきたように、彼はささやいた。「愛しいエルシー、私はもう終わりだと思うよ」と。

うがいの途中でさえ息をついて休んでいたここ数日の朝と比べて、彼の体調は安定していたけれども、顔が腫れあがってきて目と鼻がつながり、頭は赤ん坊のように見えた。

「ナナはどこだい？」と彼は、娘のニックネームを使って訊いた。

モナは、昔の自分の寝室で寝ていた。その壁にはいたるところに、今はもう人気のない、あるいはだいぶ前に死んだ、歌手や俳優のポスターが貼られていた。彼女に関してエルシーの知っていることはほとんどなく、わかっているのはただ、ニューヨークに住んでいて、美容系の会社に勤めており、父親の家にある三つの寝室のそれぞれのキャビネットのすべての棚いっぱいに置かれている石鹸やスキンクリームやローションのラベルをデザインしているということだ。独身で子供もなく、家じゅうに掛けてある、スパンコールで飾ったガウンと肩から飾り帯をつけたビキニ姿の写真からすると、ある時点では美人コンテストの女王だった。そのなかの一枚では、どんな意味なのかはよくわからないが、ミスハイチ・アメリカだった。

ギャスパーが前に話してくれたところでは、彼の妻、つまりモナの母親は、数年前に彼と離婚して、親類のいるカナダへ行った。ギャスパーがそれを話してくれたのは、なぜ自分には世話をしてくれる妻がいないのかを説明するためだろう。娘が金曜日の夜にやってきて日曜日の午後に戻るときに彼がしばしばつけ加えたのは、モナは、週末を彼と一緒に過ごしていないときには、母親を訪ねなければならないこともあるという話だった。

「ナナが私を見捨てようとしているときみに思ってほしくないのだよ、この国で親を見捨てている大勢の子どもたちのようにね」

「娘さんは今ここにきていますわ、ギャスパーさん」そのとき彼女はそう答えた。「それが大事なことですよ」

娘を除けば、彼は人が訪ねてくるのを嫌がった。電話をかけてくる人たちには——特に長年にわたる納税準備／マルチサービス事業の依頼人や同業の会計士たちには——遠慮なくはっきりと、今の自分の姿を誰にも見せたくないのだと告げた。

モナはたいてい目覚めるとすぐにギャスパーの部屋にやってきた。彼を疲れさせないよう、あまり会話はせず、午前中の大半を本を読むか携帯でメールのやりとりをするかで過ごした。

ブレイズはもういちど電話してきた。その日の午後一時ごろ、ちょうどエルシーがギャスパーのリクエストでパルメットヤシの芯とアボカドのサラダを作っているときだった。昔よく彼のために妻が作ってくれたもので、今回はモナがまるまる一週間を彼とともに過ごしてくれているから、この料理を娘と一緒に食べたいと思ったのだ。

「エルシー、ぼくはやつらが彼女を傷めつけたと思う」とブレイズは言った。その話しぶりは、深い眠りから覚めたばかりのところというように緩慢で、聴きとりにくかった。

「なぜそう思うの？」とエルシーは訊いた。パルメットヤシの芯をスライスしていた包丁の刃に、うっかり親指をすべらせてしまった。切り傷の端を歯でぎゅっと噛むと、血の甘い味がしばらく舌の上に残った。

「わからないけれど、感じるんだ。きみも知ってのとおり、彼女はそんなに簡単に降参しないさ。闘うよ」

オリヴィアとブレイズが出会ったあの夜は、ブレイズのバンド、カジューがリトルハイチのデズ・ナイトクラブで演奏するのを見るために、エルシーがオリヴィアを連れていったのだった。クラブのオーナーのルカ・デデは、ブレイズと同じハイチ北部の町レンベの出身だった。ブレイズより裕福な家の育ちで、ブレイズとは子どものころからの友だちだった。ブレイズがアメリカでツアーをするためにビザを取得してやったのは彼だった。でもギグは成功せず、ブレイズがミュージシャンとして売れることもなく、彼は日中ときおり違法な闇取引の仕事もしなければ生活できなかった。

その夜のエルシーは、無地の白いブラウスに質素な膝丈の黒いスカートという、オフィスに出勤するかのような服装だった。オリヴィアのほうは、リサイクルショップで買った緑のスパンコールが散りばめられたカクテルドレスを着ていた。

「これがいちばん夜会服っぽかったの」と入口でエルシーと会ったオリヴィアは言った。

デデズは夜会タイプの店ではなく、地域の住民が集う酒が飲める社交場といったナイトクラブで、壁はむきだしのレンガ、低いステージがあって、これはときにはダンスフロアとしても使われ、その前のあちこちに置かれたテーブルは古い黒革の仕切り席に囲まれていた。

「店にはなかったんだけど、私ほんとうは今夜のために赤いドレスがほしかったの」オリヴィアはつけ加えた。「火がほしかった。血がほしかったの」

「あんたに必要なのは男よ」とエルシーは言った。

「当たり」とオリヴィアは答えて、十二センチのヒールを履いた体で前かがみになり、エルシーの頬にキスをした。オリヴィアがいつものように手で触れて親密感を伝えるのではなく、キスで表わしたのは、そのときが初めてだった。二人は楽しく遊ぶために来ていたのだ、いつも閉じ込められている病気と死の檻から離れて。

その夜は、何人かの男たちが彼女らに見とれていた。ルカ・デデもその一人で、高ぶった神経を静めようとしているみたいに、太いロープのようなあごひげの房をなで続けていた。デデは額近くの髪のひと房が白くなり始めていて、エルシーはどうしてもついそれに目を引かれてしまった。会うたびに彼がほぼいつも同じものを着ていることにも気づいた。白シャツとカーキ色の短パンだ。

デデは、いつものようにカウンターを切り盛りしながら、ウインクとドリンクを彼女らのほうへよこし続けたけれど、そのうちついに、オリヴィアの関心が彼に向いていないことがはっきりした。オリヴィアは、彼女らのテーブルまでやってきて自分に手を差し伸べた男全員と踊った。ラムパンチを何杯か飲んだあと彼女は、セッションとセッションの間に立ち上がったかと思うと、エルシーにけしかけられ、ステージに上がってブレイズの隣に立ち、驚くほど完璧な音程でハイチ国歌を歌った。そしてスタンディングオベーションを受けた。皆が口笛を吹きはやしたてるなかで、エルシーは、もっとも大声で喝采しているうちの一人が夫だと気づかないわけにはいかなかった。

オリヴィアがマイクをブレイズに返すと、夫は「彼女をバンドに入れるぜ」とマイクに向かって叫んだ。

「リードボーカルにしろ」とデデがバーから叫んだ。「おまえよりうまいからな」

エルシーとブレイズの出会いはこれより五年前、デデの店でのことで、もっと静かなものだった。エルシーはハイチにいたときからの友人と連れ立ってデデの店に入った。この友人は看護助手派遣会社の事業所長で、エルシーが米国のビザを取得するのを助け、資格試験に合格するまで指導をし、雇用して、自立する経済力がつくまで自宅に泊めてくれたのだった。

ブレイズがカジューと一緒に歌うのを初めて聴いたとき、エルシーは別段の印象を受けなかった。彼は、お気に入りのグワヤベラシャツとゆったりしたパンツをまとった細長くしなやかな体をくねらせてステージを動き回りながら、バンドと一緒にお決まりの陽気な歌を歌い続け、みんなに両手を頭の上にあげるよう促し続けた。あとになって彼は、その無関心さと軽蔑とさえ見える態度に惹かれたのだと彼女に告げた。

「店内にいる女性できみだけは射止められないように思えたよ」と、デデの店で彼女の隣の空いた席にすべり込みながら言った。彼は意欲をそそる獲物を絶対逃さなかった。

「二か所から借りられたよ」と、その日二、三時間あとにまたかけてきたときにブレイズは言った。かすれ声でつっかえながら言ったので、エルシーは、泣いていたのかと思った。

「今四千五百ドルある」彼はつけ加えた。「やつらがそれで手を打ってくれると思う?」

「そんなふうに簡単にお金を送るわけ?」とエルシーは訊いた。

「金が全部そろえば、自分で持っていくよ」と彼は答えた。

「あなたまで捕まったらどうするのよ?」自分の心配の大きさが、エルシー自身をもぎくりとさせた。自分本位に彼女は、もし彼が誘拐されたら誰に電話がくるのよ? と考えた。彼女同様、彼にはマイアミに家族はいなかった。いちばん親しいのはデデとバンドメンバーで、メンバーたちはバンドを解散したことでまだ彼に対して怒っていた。解散の理由について彼女と話し合うのを彼は拒んだ。ひょっとしたら、彼女から離れてオリヴィアの元へ行った理由はそれかもしれない。オリヴィアならば、彼とバンドの間に起こったことを、そしてその理由を、正確に話してと迫っただろう。それから、彼らが一緒に演奏を続けられるように、彼とバンドの関係の修復を試みたかもしれない。オリヴィアはおそらく、彼と同じように信じていたのだろう、彼はすべての時間を音楽に使う必要があると、日中駐車場の係員として働かなければならないのが精神的に耐えられないのだと。

「あなたからお金を巻きあげるための策略じゃないって、どうしてわかるの？」とエルシーは訊いた。

「何かがおかしいんだ」彼は答えた。「こんなに長く彼女から電話もないなんてありえないよ」

ブレイズと出会ってからすぐにオリヴィアは、エルシーにするのと同じようにブレイズの頰にキスするようになった。エルシーは最初これを無視していた。けれどもときどきは冗談っぽく「気をつけなさい、あなた、それ私の男よ」と警告した。衰弱したり病んだりしている人びとを相手に仕事をしてきた経験から学んだのは、無視している病がその人を殺すということだったから、彼女は、できるだけすべてをオープンにしておくように努めていた。

ブレイズが自分のギグにオリヴィアを誘って連れてきてくれるように頼むと、いつもそのとおりにした。仕事以外でオリヴィアと一緒にいるのが楽しかったからだ。彼がバンドを去ってデデズで歌わなくなってからは、三人で一緒に行動するようになり、食料品の買い出しに行ったり、映画を観たり、リトルハイチにあるノートルダムカトリック教会での日曜朝のミサに出たりさえした。ほどなく彼らは三人の兄妹のようになった。オリヴィアがドーサ、つまり最後の、双子から外れた余分な子だった。

「こんなに長く電話をかけずにいてごめん」ブレイズは、二人はただ単に、五年間の結婚生活の間エルシーがすごく楽しんだ、あのだらだらと続く寝室での会話をしているかのように話した。「ぼくからの電話は受けたくないだろうと思っていたんだ」

正確にいえばもう半年以上話をしていない、と考えていたけれど、こう口にした。「急に離婚すればそういうふうになるんじゃない？」

彼がオリヴィアについて他に何か言うのを待っていた。彼はいつも情報を少しずつ出すのだが、それにも時間がかかった。彼女と別れてオリヴィアの元へ行くことを告白するまでにも、何か月もかかった。ある日だしぬけに言ってくれていたほうが、受けとめやすかっただろう。そうしてくれれば、三人で過ごした日々のあらゆるときを振り返って悶々と苦しむことはなかっただろう。ミサの間彼女の見ていないところでウインクを交わしていたのだろうかとか、土曜日の午後によくモーニングサイドパークで彼とデデや他の友人たちがサッカーをするのを見たあと、一緒に芝生に寝転んだときには、二人の間に入った彼女を挟んでにやにや笑いを交わしあったのだろうかとか。

「新しい情報は？」と、話を短くしたくて訊いた。

「やつらはぼくに直接電話してきた」彼はぐっとつばを飲み込んだ。彼女の耳は、ギャスパーのような患者たちを相手にしてきたので、無理をしてぐっと息を呑むそうした音には慣れていた。

「盗っ人ら（ヴォレ・ヨ）め」

「どんな感じの声だった？」自分の頭のなかで明晰なイメージを持てるように、彼の頭のなかとまったく同じ影絵芝居を演じられるように、彼の知っていることのすべてを知りたかった。

「少年のように、若い男たちのように聞こえた。録音はしていなかったよ」と彼はいらついたように言った。

「彼女と話させてくれるように頼んだ？」

「話させてはもらえなかった」と彼は答えた。

「どうしても、ってねばった？」

「あたりまえだろう？　主導権はやつらにある、わかるだろう」

「わかるわ」

「わかっているようには聞こえない」

「わかってるって」彼女は譲歩して答えた。「でも、彼女と話させてもらえないならお金を送らないと言った？　もしかしたら彼女はもうそこにいないかも。あなたが言ったじゃない。彼女だったら闘う、って。もう逃げ出しているかもしれない」

「自分の女と話させてくれってぼくが頼むと思わないのか？」と彼は叫んだ。

吐き出すように言ったその言い方が、彼女をいらつかせた。女？ 彼の女？ それまでの彼は女性を自分のものと言うような男ではなかった。少なくとも口に出しては。たぶん彼の錯覚にすぎないミュージシャンとしてのキャリアが、すべての女は自分のものになり得ると信じさせたのだろう。それまでは、彼女に対してどなったことも一度もなかった。二人はめったにけんかをせず、それぞれが自分の静かな憤りといらだちを胸にしまっていた。彼女はどなったことで彼を憎んだ。二人ともを憎んだ。

「すまない」彼は落ち着きをとりもどして言った。「やつらは長くは話さなかった。明日の午後までに少なくとも一万ドル送ってよこさなければ、女の葬式の準備をするんだな、と言われたよ」

ちょうどそのとき、別の部屋からギャスパーの娘が大声で言うのが聞こえた。「エルシー、お願い、来てくれる？」モナの声には、重病人を愛している人特有の終わりのない疲労感がこもっていた。

「あとでかけて」と彼女はブレイズに言って、電話を切った。

ギャスパーの部屋へ行くと、モナはギャスパーのベッドの端に座っていて、膝には彼女がしばらく読んでいた本が置かれていた。エルシーが部屋を出たときに読んでいた本だ。エルシーは昼食で使った食器を食洗機に入れるつもりで出たのだけれど、ブレイズからの電話を取って話し込むはめになったのだ。

「エルシー」とモナは言った。父親は頭をさらに枕のなかに押し込んでいた。目を閉じ、激しい痛みにストイックに耐えるように両手をぐっと握りしめていた。顔は汗びっしょりで、ずっと咳をしていたようだった。モナが酸素マスクを取り上げて鼻にかぶせ、その日の朝届けられていた圧縮酸素ポンプのスイッチを入れると、そのぶんぶんいう音でモナの声がさらに聞き取りにくくなった。

「エルシー、すまないけど」モナはクレオール語で彼女に言った。「私はずっとここにいられるわけじゃないわ。いつもあなたがどういうふうに仕事をしているかは知らないけれど、電話にどれほど時間を使っているのかはほんとうに気になるわ」

エルシーは自分がなぜそれほど電話で話しているのかを説明したくはなかったけれども、しなければならないとすぐに決断した。モナの言うことが正しいし、ギャスパーにはきちんと介護を受ける権利があると思ったからというだけではなく、相談する人が他に誰もいなかったから。いつも頼っていたただ一人の友人――ブレイズと出会った夜に一緒にいた友人――は、アトランタに引っ越していた。だから彼女は、ギャスパーとその娘に、どうしてその電話を受けているのか、なぜこんなに頻繁にかかってくるのかを説明した。ただ、二、三の非常に重要な部分には修正を加えた。実際の状況を告げるのは恥ずかしかったので、オリヴィアは自分の妹でブレイズは義弟ということにしたのだ。

「気の毒だわ、エルシー」モナはすぐに優しくなった。ギャスパーは目を開けて、片手をエルシーのほうへ差し伸べた。エルシーは、ときどき彼が立つのを助けるときにするようにその指をつかんだ。

「家へ帰りたいかい？」ギャスパーは、しだいにゼイゼイしてくる声で訊いた。「事業所に誰か他の者をよこしてくれるよう頼むこともできるよ」

「私にはエルシーの頭のなかはわからないけれどもね、パパ」モナは言った。クレオール語で話すときの声はずっと若く聞こえた。「仕事をしているのがベストだと思うわ。この種の身代金を払うと、経済的に身の破滅になることもあるから」

「待たないほうがいいよ」ギャスパーは、呼吸しようと苦労しながら言った。「そうした悪党ら（マルフェテ）と一緒にいる時間は短ければ短いほど、きみの妹は楽になるだろうからね」

ギャスパーが、最終的な同意を得ようと娘のほうへ顔を向けると、モナは折れ、しぶしぶ同意してうなずいた。

「きみの妹を救いたいのなら」ギャスパーは、さらにいっそう息切れした声で言った。「そいつらの要求を呑むしかないかもしれないよ」

「銀行預金が五千ドルあるわ」とその日の午後ふたたびかけてきたブレイズにエルシーは言った。

実際は六千九百ドルあったけれど、いっぺんにすべての貯金を手放すわけにはいかなかった。ハイチでにせよマイアミでにせよ、また別の非常事態が生じるといけないので。この五千ドルのことは彼はすでに知っていた。それは、一緒に生活していたときに彼女が貯めたのとほぼ同じ額だった。彼女は貯金を二倍に増やしたいと考えていたのだけれど、ブレイズと暮らしていたアパートからノースマイアミにある一部屋のアパートに引っ越してからは、できなかった。加えて、両親に毎月こづかいを送っていたし、レカイにいる弟の学費を払っていた。しかし、ブレイズがずっと伝えようとしていたこと、そして彼女が今の今までわかっていなかったことは、オリヴィアの命を救うために彼はその金を必要としているということだった。

ときどきエルシーは、オリヴィアとブレイズが自分抜きで会い始めたのがだいたいいつごろだったかわかると確信した。オリヴィアは、グループホームの仕事に就くのに他の看護助手と組み始め、エルシーがブレイズとのいつもの外出に誘っても断った。

ブレイズが永久にアパートを出た夜、オリヴィアは、一階のエルシーの部屋の窓の外で、ブレイズがしばしばギグ用のスピーカーや楽器を運ぶのに使っていた赤いフォードアのピックアップの助手席に座っていた。ピックアップは街灯の下に停められていて、寝室の閉じたブラインドのわずかな隙間からエルシーが見つめている間じゅうほぼずっと、オリヴィアの円形の顔は容赦なく明るい光に照らされていた。途中でいちどオリヴィアが車から出て、その向こう側に消えたので、エルシーは、車の陰にしゃがんで用を足しているのだろうと思った。そのあと戻ってきたオリヴィアはやはりまた、以前の数回の遠出の際に彼女が前でオリヴィアが後ろの席に座ったとき、エルシーがいつも「妻の席」と呼んでいたところに乗り込んだ。ブレイズの荷物をいっぱいに詰め込んだピックアップが動きだしてから、オリヴィアは初めてアパートの窓を見やったが、そこにいたエルシーは急いで暗闇のなかへ隠れた。

　ほとんど空っぽになったアパートの床に座り、それまでブレイズの持ち物で隠されていた埃(ほこり)を見ていて、エルシーは、ドアのそばに、前の年にブレイズにあげたバレンタインカードを見つけた。彼が出ていくときに落としたのに違いない。白い四角のカードで、赤いハートがいっぱいに散りばめられていた。表面いっぱいに筆記体と、活字体の大文字の両方で「史上最高の夫」と書かれていた。内側にはシンプルに「愛している(ジュ・テーム)」と書いてあった。彼女はそのカードを、バレンタインデーの朝ブレイズがまだ眠っている間に、彼の枕の上に置いた。その日彼女は二交代制で働くことになっていて、彼はプライベートなパーティーでソロのギグをすることになっていた。それで次の日の朝まで会わないことになっていたのだけれど、会ったとき彼は、カードのことは何も言わなかった。ブレイズが去った夜、エルシーは窓の下から立ち上がり、カードを拾って、胸にきつく押しあてた。そのとき彼女は気づいた、二人で暮らしたこのアパートから出なければならないと。これ以上ここにはいられないと。

ノースマイアミの銀行で列に並んで待ちながら、エルシーはハンドバッグに手を入れ、ブレイズが去ってからずっとそこに入れてあるカードを神経質に触っていた。窓口係は、バルバドス訛(なま)りで話す若い女性だったが、私どもの対応にご不満でしょうか、支配人とお話しなさりたいでしょうか、と訊いた。彼女は、その金が緊急に必要なのだと答えた。

「小切手でお支払いさせていただけないでしょうか？」と若い女性が訊いた。

「現金が必要なんです」と彼女は答えた。

送金所でガラス窓の向こう側にいる年配のハイチ人男性に分厚い封筒を渡したとき、彼女は汗をかいていた。

「金の行き先はハイチだね？」老人は言った。「何か建てるのかね？」

このお金がオリヴィアの命を救うことを、彼女は願った。ブレイズは、現金を直接彼に届けるのではなく、電信為替で送ってくれるようにと告げていた。自分は金を集めるために、マイアミじゅうを忙しく飛び回っているからと。

彼女は、お金を引き出して電信で送るために、午前中休みをもらっていた。そして戻ると、ギャスパーはベッドのそばの床にいた。サイドテーブルの上に置かれた水の入ったグラスを取ろうと手を伸ばしたときに、ベッドから落ちたのだった。モナがもうそばにいて、抱き抱えて起こす姿勢で、お尻を空中に突き出し、顔を彼の顔に押しつけていた。エルシーは急いで駆けより、二人で一緒にギャスパーの肩を持って、ベッドの端へと引き上げた。三人とも息を切らしてハアハアいっていた。エルシーとモナはギャスパーを引き上げようと奮闘したことで、ギャスパーは引き上げられることで。ギャスパーの息切れはすぐに、抑えきれないクックッという笑い声に変わっていった。

「大変な落ち方をするまで、何度も落ちるさ」と彼は言った。

「いいラグが敷いてあってよかったわよ」とモナが答えて微笑(ほほえ)んだ。

それから、まじめな顔に戻ってつけ加えた。「こんな状態のパパを放っておくなんて、私にどうしてできるの？」

「きみにはできるし、そうすべきさ」彼は答えた。「きみにはきみの人生があるし、私にも残りの人生がある。きみに後悔をしてほしくないのだよ」

「パパには私の腎臓が必要なのよ」彼女は言った。「どうして受け入れてくれないの？」

モナは手を伸ばして、サイドテーブルの上の水の入ったグラスをつかんだ。彼が数口飲む間グラスの後ろ側を握っていて、それから、彼が頭をゆっくり枕まで下げるのを見つめていた。モナは唇が震えないよう抑えるのに懸命で、あやうく歯で唇を切ってしまいそうだった。

「あなたが家族の問題を抱えているのは知っているわ」注意をエルシーのほうへ向けて、声を荒らげまいと必死で抑えながら、彼女は言った。「私たちがあなたに、今のあなたの問題に取り組んで、と言ったのも覚えているわ。でも問題はね、パパがベッドから落ちたときにあなたがここにいなかったことなの。パパの言うとおりだと私も思う。事業所に電話をして、誰か他の人をよこしてくれるように頼むわ」

ギャスパーは目を閉じて、頭をさらに深く枕に埋めた。彼は反対しなかった。エルシーは留まらせてくれるよう嘆願したかった。ギャスパーが好きだったし、彼に新人を教育する苦労を負わせたくなかった。それに、今の彼女は以前よりはるかに働く必要があった。それでも、それが彼らの望みなら自分は去ろうと思った。ただ、ここで解雇されることで他の仕事まで奪われないように、とだけ願った。

「はい」彼女は静かに言った。「わかりました。あなたがたが別の人を雇うまで、私は自分の仕事の整理をすることにします」

ある夜、マイアミのダウンタウンにあるベイフロント・パークでの野外フェスティバルで、直前に代役となったブレイズが演奏するのをエルシーとオリヴィアが聴いたあと、三人で駐車場まで歩いているときに、オリヴィアが、一緒にハイチへ帰ってくれる男を見つけたいと宣言した。

「その相手を愛していないといけないの？　それとも誰でもいいの？」とエルシーは訊いた。

午後中ビールをちびちび飲んでいて、ろれつがまわらない声でオリヴィアは言った。「金を持ってりゃ誰でもいいわ」

「愛しいきみよ、人は愛なしで生きられるのかな？」とブレイズが応えた。ブレイズの話し方は、エルシーがかつて聞いたことのないほど抒情詩風になっていた。まあ、ステージの上から観客の女性たちにおおっぴらにセックスアピールたっぷりの誘い言葉をかけるときは別だったけれど（「ベイビー、きみはピニャコラーダのようだ。ひと口飲んでもいいかい？」）。そういうときの言葉は感傷的で無害な代物で、少なくともエルシーはもう慣れっこになっていて、しばしば半ば滑稽な、笑ってしまうようなものだった。

「あら、私は愛なしでも生きられるわ」とオリヴィアはそのとき言った。「でも、金がなくては生きられない。私の国なしでは生きていけない。この国にいるのはもううんざり。この国は人に悪いことをさせるもの」

オリヴィアは自分たちの輪番制勤務のうちのひとつのことをまだ考えているのだろうと、エルシーは思った。ある在宅患者で、八十歳の男性だった。その息子は中年の白人で、銀行の融資担当者だった。彼女たちが勤務の引き継ぎをしているとき、その目の前で、老衰した父親を横向きにさせて、しわだらけの尻を平手で何度かひっぱたいたのだ。

「どうだ、**きみたちも**気分がいいだろう」と彼は言った。

上司に携帯電話をかけながら、オリヴィアは、今見たばかりの事態を説明するべき言葉を思いつけなかった。コンサートのあと、虐待された患者のことからオリヴィアの気持ちを逸らすために、そしてオリヴィアを失うかもしれないという思いを互いの頭から散らすために、三人でブレイズとエルシーのアパートへ戻り、五つ星のロムババンクルのボトルを飲み干した。明け方になって、誰のリクエストでもなく指図でもなく、三人でベッドに倒れこんで、混乱した言葉と長いキスと抱擁を交わし、その相手が誰かを確かめることには関心を持たなかった。もう自分たちを何と呼ぶべきかもわからなかった。そのときの三人は、正確に言って、何だったのだろう？　三人組？　三人所帯（メナージュ・ア・トロワ）？　いや。ドーサだった。彼らはドーサだった。三人とももはや、一緒にいてそれぞれが双子のようなそれぞれの分身ではなくなり、孤独で、独りだった。

翌日昼近くになって目覚めると、オリヴィアはいなかった。

ブレイズは翌日の早朝にまたかけてきた。エルシーはまだベッドに入っていたけれど、これきりでギャスパーの元を去る覚悟をしていた。ギャスパーと娘はまだ眠っていて、ギャスパーの酸素ポンプのブーンという低い音が聞こえる以外は、家のなかは静かだった。

「彼女を行かせるんじゃなかった」ブレイズは、エルシーがもしもしと言う前に、ささやいた。

ブレイズがバンドと組んで活動していたころには、ときどき練習のために何日も寝ないことがあった。ギグの日がやってくるときまでにはもうあまりに張りつめ過ぎていて、彼の声は、すべての感情が取り去られてしまったあとのような、ロボットみたいで機械的な声になっていたものだった。言っていることをちゃんと聞き取ろうとしながらエルシーが聞いている今の声は、それと同じようだった。

「ぼくらはうまくいっていなかった」彼は小声で言った。矢継ぎ早にたたみかけるように。「別れるつもりだった。だから彼女は荷物をまとめて突然出ていった。だからぼくは……」

廊下の灯りがついた。足をひきずる音が聞こえた。オーク材の床の上に人影が近づいてきた。モナがエルシーの部屋のドアを開けて、しっかりと目を覚まそうと片方のこぶしで両目をこすりながら、のぞきこんだ。

「大丈夫?」と彼女はエルシーに訊いた。

エルシーはうなずいた。

「お願いだからどうか行かないでくれと頼めばよかったよ」とブレイズが言った。

モナは、ドアを閉めて、廊下の先にある父親の部屋へと歩いていった。

「何があったの?」とエルシーは訊いた。「お金は送ったんでしょう? 連中は彼女を解放してくれたの?」

電話回線がパチパチ音をたてて、何かがぶつかる音が何度か聞こえた。ブレイズが地団駄を踏んでいるの? 頭を壁に打ちつけているの? 携帯電話で自分の額を叩いているの?

「彼女はどこなの?」エルシーは声を和(やわ)らげようと努めた。

「ぼくらはけんかをしたんだ」彼は言った。「でなけりゃ、彼女は出ていかなかっただろう」

モナがドアを開けて、もういちど頭をつっこんできた。

「エルシー、父が、電話が終わったらあなたと話したいそうよ」と告げて、また去っていった。

「ごめん、私、もう行かなくちゃ」エルシーは伝えた。「患者さんに呼ばれているの。でも、まず、彼女は無事だって言ってちょうだい」

次にくる話がなんであれ、聞きたくなかった。けれども、電話を切れなかった。

「ぼくらは身代金を払った」彼は言い、全部言ってしまおうと急いでつけ加えた。「でも、やつらは彼女を解放しなかった。彼女は死んだ」

エルシーはベッドまで歩いていって、座り込んだ。深呼吸をして、携帯を顔から離し、膝の上に置いた。

「そこにいるのか？」ブレイズは叫んでいた。「聞こえているのか？」

「彼女はどこで見つかったの？」エルシーは携帯を耳元に戻した。

「母親の家の前に捨てられていた」ブレイズは落ち着いた声で言った。「真夜中に」

エルシーは、指で頬をなでた。三人一緒にベッドに入ったあの夜、ブレイズが彼女に最後のキスをしたところを。あの夜エルシーには、裸の体をまさぐるオリヴィアの手とブレイズの手を区別するのは困難だった。けれど、酔ってもうろうとした意識のなかで、それは完璧にノーマルなことに思えた。自分たちはあまりに互いを必要としているから、欲望を抑えることはできないのだというように。今、涙が彼女の不意をついてあふれた。彼女は頭を垂れて、目をひじのくぼみのなかに埋めた。

「でも他にもある。きみは信じないだろう」とブレイズは、大あわてでうがいをしているような声になって言った。

「何？」とエルシーは訊ねて、彼とオリヴィアが話しかけてくれなくなってから何度か考えたように、もう一度三人で酔っぱらって一緒にベッドにいたいと願った。

「彼女の母親がぼくに話したんだけど、オリヴィアはあの朝家を出る前に、足の裏に自分の名前を書いたそうだ」

エルシーにはオリヴィアの姿が想像できた。三人が一緒だったあの夜と同じように、髪をワイルドにしている姿が。そして両足を顔の近くまで引き寄せ、足の裏に名前を書いているときの髪もまたワイルドだ。オリヴィアはたぶん、誘拐されるかもしれないと思い、たとえ首を切られても自分だとわかってもらえるように、そうしたのだろう。

「連中はやらなかった、でしょう？」とエルシーは訊いた。

「ああ」ブレイズが答えた。「母親が言うには、彼女の顔も、**体も全部**、無傷だったそうだ」

「体も全部」と強調したのは、オリヴィアがレイプされていないことを伝えたかったからだ、と気づいた。どうしてそれがわかったのだろうと疑問に思ったけれど、あえて訊かなかった。その代わりに、ことさらに大きく安堵のため息をついたので、ブレイズも続いてため息をついた。

「母親は彼女を、北のほうの村にある一族の墓地に埋葬するつもりだ」と彼はつけ加えた。

「あなたは行くの？」と彼女は訊いた。

「もちろん」彼が答えた。「きみは……」

彼女は最後まで言わせなかった。自分はもちろん行かない。行きたいと思ったとしても、飛行機のチケットを買う余裕はない。家族を訪ねるために数か月後のレカイ行きのフライトをすでに予約しているし、家族にお金を持っていくだけではなく、両親への小さな冷蔵庫や弟へのノートパソコンなど、皆に頼まれた特別なものすべてを船で送らなければならない……。

そのとき、一時的に音が途切れた。

「ハイチからだ」彼は言った。「じゃあ、これで」

彼女の生活に再び入り込んできたのと同じ唐突さで、彼は電話を切った。

「エルシー、大丈夫かい？」戸口にギャスパーが立っていた。両腕を広げてドアフレームの両方をつかみ、大きな音をたてて呼吸していた。娘が、ポータブル酸素タンクを持って、その後ろに立っていた。

二人がどのくらい長くそこに立っていたのかエルシーにはわからなかったけれども、彼女が無意識にたてていた音が、体のなかから漏れ出たうめき声やうなり声やすすり泣きが、二人をそこに呼んでいたのだ。彼女は、着ていたタオル地の部屋着のベルトを締めながら、二人のほうへ歩いていった。うなりながら、ギャスパーは目を彼女の背後にやり、小さな部屋を見回して、質素なプラットホームベッドとそれと対になったドレッサーを見た。

「エルシー、娘が、きみが泣いているのを聞いたのだよ」ギャスパーの血の気の引いた唇が、まるで寒気を感じているかのように震えた。それでも「きみの妹は無事なのかい？」と訊いたとき、彼はまだ自分自身のことより彼女を心配しているようだった。

ギャスパーの体が娘のほうに揺らいだ。モナは彼に手を伸ばし、片手でしっかりつかみながら、もう一方の手でポータブル酸素タンクを安定させた。エルシーは前に飛び出し、彼をつかんで言った。「お願いです、私を解雇する決定をどうか考え直してください、ギャスパーさん。もうこんな電話はかかってきませんから」

　彼女の言うとおりだった。それ以降二度と、ブレイズからの電話はなかった。

　二、三日後、ギャスパーが娘の嘆願に譲歩して腎臓移植手術を受けたあと、週末の仕事がなくなったエルシーは、他にすることもなく、土曜日の夜のバスに乗り、デデズに行った。ハイチでオリヴィアの葬儀に出たあと戻ってきたブレイズがそこにいるかもしれないと期待してのことだった。

　夕方の早い時間だったので、店はまだほぼ空っぽで、いたのはデデが身分証明書なしで酒類を買うのを許している地域の大学生だけだった。デデはカウンターの後ろにいた。ウェイトレスが大声で彼に向かってオーダーを伝えるなか、エルシーは彼に向かい合って座った。

「元気にしてるかい？」ウェイトレスが酒を持って去っていくと、デデは訊いた。

「必死に働いているわ」彼女は答えた。「なんとか暮らしていけるように」

「まだお年寄り相手かい？」と彼が訊いた。

「いつも年寄りというわけじゃないわ」彼女は言った。「ときには自動車事故の被害者だったり、癌患者だったりの若い人たちよ」

話は結局、ブレイズのことになった。

二人が結婚するというのは、ブレイズの考えだった。デデと、エルシーの友人の看護助手派遣会社の事業所長が保証人となって、市役所で挙行した三分間の式のあと、デデがバーで昼食会を催してくれた。

「きみはぼくと結婚すべきだった」デデはそう言ってカウンター越しに手を伸ばし、ふざけるようにエルシーの肩をさすった。彼は結婚したことはなかったし、ブレイズが言うには、その気になったこともなかった。

「あなたは当時私に求婚しなかったし、今もしていない」と彼女は答えた。

「もしぼくが別のものを求めているとしたらどうする？」彼は指を鎖骨へすべらせ、ブラウスのいちばん上のボタンまで下ろし、そこにその手を数秒間とどめた。熱く一心に見つめる彼の目には、ぼくがきみの苦痛を和らげてあげられる、そばにいてあげられる、という、愛の仮面をかぶった何かがあった。

感傷的だし哀れなことに思えたけれど、彼女は自分がもっとも愛しているのはステージ上のブレイズだと思った。うまいとはまったく思わなかったのに、それに彼女はたぶらかされた。自らの凡庸な才能に必死で打ち込んでいる姿が、彼女の心を溶かしたのだった。歌いながら群衆のなかのさまざまな顔に向けられる、刺し通すように見つめる視線は言うまでもなく、他の女たちが彼のしなやかで柔軟な身体に恋い焦がれるのを見るのも、彼女を興奮させた。他の女たちが彼について空想をめぐらせるその能力に——彼との生活は永遠に続く歌の集いになるだろうと想像しているであろうその能力に——嫉妬した。でも彼との生活には、ときおりそれを上回るものがあった。普段の何気ない時間のなかで。たとえば、彼が燻製のニシンを詰めた塩辛いオムレツを作るのをずっと見ていたあと、それを朝食用の小部屋で——といっても食事はすべてそこでしたのだけれど——食べるようなときに。子どもを持つことについて話し合うのがもっとも多かったのは、そんなときだ。彼はいとも簡単に彼女を説き伏せて一緒にアパートを借り、それから結婚していた。子どもを持つのもいいじゃないか？　けれども彼女は、子どもを持つのにいちばんいいのは、どんなに小さくても一軒家を一緒に買って、それからだろうと考えていた。

「彼から連絡はあったかい？」とデデは彼女に訊いた。彼女はゆっくりとその手をブラジャーの肩ひもからどけた。

「しばらくないわ」と彼女は言った。

「ハイチに永住するそうだよ」デデは、彼女の拒絶を呑み込んでからウインクをして言った。彼はカウンターの下からグラスを数個つかみ取り、小さな白いタオルで内側を拭きはじめた。そしてもしかしたらそれは仕返しかもしれないし、あるいは彼女に言おうとずっと待っていたのかもしれないけれど、ひとつのグラスを置いて次のグラスを取り上げる間に、こう言った。「あいつは、昔のバンドの金と、きみの友だちのオリヴィアと一緒にでっちあげた誘拐事件で手に入れた多額の現金で、ハイチで暮らしている。誓って言うがぼくには頼れるやつらがいる。もしやつらがあの二人を見かけることがあれば……」

　もしこれが誰か他の人の身に起こっていることであれば、その人はどうしてショックで卒倒しなかったのだろうと不思議に思っただろう。でも、彼女も、気絶はしなかった。むしろそれは、ずっとつきまとって彼女を悩ませていたわずかな疑いが、ひとかけらの不信感が、彼女がここへ来た理由のひとつでもあったそれが、ついにいま立証されたかのようだった。

「それじゃあ、オリヴィアは生きているの？」と彼女は訊いた。

「え、あいつはきみに、死んだと言ったのか？」とデデは言って、手に持っていたグラスを置いた。

「死んでないの？」と彼女は、一応念のために訊いた。

　彼女は笑いたかったけれど、代わりにもう少し言うべき言葉を探そうとした。どうして彼女は、こんなにも簡単に騙されて金を盗られたのだろう？　どうしてあれほどナイーヴで、あれほど愚かだったのだろう？　もしかしたら、あの週はギャスパーの容態がとても悪く、娘が滞在して目を光らせていたことが関係したのかもしれない。気が散って集中できずにいたために、一度は愛していると信じた人物を信用してしまったのだ。ブレイズとオリヴィアは、できるだけ多くを彼女から取り上げるために――金と尊厳の両方を奪い取るために――何週間も訓練し、練習したのだろう。その演技は、誰も疑いを抱かないほど文句なしの説得力を持っていたに違いない。彼らはデデも騙していたのだ。

「私たち二人ともブーキなんだと思うわ」彼女は結論づけた。「まぬけ」

「おめでたいやつ、どうしようもないばかだ」彼はつけ加えて、グラスの内側をさらにきつく拭った。「あの二人が飢えていて、それ以外に金を手に入れる手段がまったくないっていうんなら、理解もできるよ。でもあいつらは、ハイチに戻っていい暮らしができるように、犯罪者になることを選んだ」

「正しいことじゃない」と彼女は言った。正しいことなんてもう何もないような気がしたけれど。

ウェイトレスの一人がドリンクの注文を受けてきて、会話は途切れた。デデは黙って注文に応じ、それが終わると言った。「いいかい、断言するよ。あの二人にぼくから巻きあげた金で楽しませたりしない」

「何をするつもり？」自分の声のなかに懇願する調子を聞き取った。そして恥ずかしかった、処刑を請うているかのようで。

「きみは何かをすべきだよ」彼は言った。「少なくとも、あいつはぼくと結婚したわけじゃないからね」

「彼女はあなたと結婚したかもしれないわ」とエルシーは答えた。

「明らかにぼくは彼女のタイプじゃなかったさ。彼女には不足だった。きみの夫は資格十分だった」

彼女はいま、ブレイズはなぜ自分と結婚したのだろうと自問している。他にもっと金を持っている女たちがいた。犯罪に手を染め、彼のために金持ちの患者からその人が一生をかけて貯めた金を盗むことを私に期待していたのだろうか。あの週はギャスパーの娘がいてくれてよかった、と彼女は思った。でなければ、ブレイズはひょっとしたら彼女を言いくるめてギャスパーの金を盗ませたかもしれない。

「もしもあなたがハイチへ行って彼らを見つけたら、どうするの？」と彼女は、その可能性を自分にも当てはめながら訊いた。

「まずはぼくに金を返すチャンスを与えるね」彼は、背後の鏡張りのテーブルからホワイトラムのボトルをつかみ、磨いていたグラスのひとつを差し出した。彼女は最初ためらいがちに拒否して、グラスを下げてと手を振って合図したものの、自分が彼と話し続けたがっているのに気づいた。それに彼女はオリヴィアとブレイズについてまだ話したかったし、二人についてそこですぐに話ができるのは彼だけだった。

「きみはオリヴィアにまず何をする？」と彼が訊いた。

「頭を剃ってやるわ」彼女は答えた。「ジェルを塗りたくったあの髪の毛を全部剃り落としてやる」

「それだけ？」と彼は訊き、声をあげて笑った。

ラムをひと口ぐっと飲んでから、彼女は言った。「私は人びとを助ける訓練を受けているけれど、この二人は、でっかい石で頭をぶっ叩いて脳みそをとろとろに溶かしてやるわ、この酒みたいに」

「あ痛っ（ウーィ）！　そりゃあんまりだよ」彼は言って、自分のグラスにラムを注いだ。「絶対ぼくに腹を立てないでくれ。いいかい？」

「あなただったらどうするの？」と彼女は訊いた。

「テロリストに対してやるような仕打ちだね。この間の夜、映画で見た水責めだ。やつらの頭に砂糖の袋をかぶせて、鼻に入るまで水を注ぎ込んで、溺れていると思わせるんだ。それにぼくの標的はやつらだけじゃない。ぼくらのような人たちから盗む泥棒全員を……」

「お人よしの人たち、まぬけたち（ブーキ）」

「もう一度言うけど、あいつが文なしになっているとか、彼女が飢えているとかならわかるよ」と彼は言った。

「金を持てば持つほど、もっと欲張りになるのよ」と彼女は言いながら、自分がブレイズとオリヴィアからゆっくり離れて、正義と刑罰を免れることについてのより幅広い話し合いへとすべり込んでいくのを感じていた。

「あなたの仕返しのほうが私のよりいいわ」彼女は言い、ひと回りしてオリヴィアとブレイズへと話を戻した。「あの二人、あなたにやられるほうが、ずっと苦しむもの」

　彼が騙されるのはこれが初めてではなかった。いちど、午後の中ごろに妊娠しているらしい女がバーに入ってきた。産気づいたふりをして、彼が救急車を呼ぼうと携帯電話を捜している間に銃を抜き、レジの金を全部出させた。彼はいま、この強盗の話を持ち出して、自分は面と向かって敵に対するほうが、背後から奪われるよりもいいと言った。

「今回のことは同じようには終わらせない」彼は言った。その声はだんだん大きくなり、話すスピードも速くなっていた。「ぼくはこの件を警察に預けて打ち切りにするつもりはない。だいたいどこの警察だ？　ハイチのか？」

彼女は、ブレイズとオリヴィアが万が一マイアミに戻ることにする場合に備え、近くの警察署に行って被害届を提出しようかと考えていたけれど、それほど役に立つとは思えなかった。ブレイズは、彼女に銃を向けて強盗をしたわけではなかった。彼女が進んで金を与えたのだ。それでも、その金を彼女の手から直接受け取る勇気さえ持っていなかった。電信為替での送金を主張したのだ。

「あの二人を捕らえさせる」デデは言った。「きみのため、ぼくのため、彼らに同じ目に遭わされたぼくら以外のみんなのために。たとえこれが、ぼくが死ぬ前にする最後のことだとしても。絶対にこのままにはさせない。きみもさせてはだめだ」

それでは、一生彼らを憎んで何らかの復讐を日々夢見ることになるだろう。彼女はそんなことは望まなかった。むしろ、何が待ち受けているかはわからないけれど、これから先の人生を考えたい。ギャスパーがまだ生きているのが——その最後の日々を自分が看取った多くの人びとの新たな一人にはならなかったのが——嬉しかった。彼女は、立ち止まらずに動き続けたかった、働き続けたかった。生きていようが死んでいようが、ブレイズもオリヴィアも、これからの彼女の人生にはいないだろう。

詳細。彼らはとてもうまく詳細を作りあげていた。たとえば、オリヴィアが両足の裏に自分の名前を書いていたと告げるというのは、どちらの考えだったのだろう？　彼らはひょっとしたら、オリヴィアがキリスト教の埋葬を望んでいるというしるしに十字架を描いていたとも言ったかもしれない。あの最後の電話は、執り行なわれると思わせている葬儀に決して来させないように念を押すためだったのだと、彼女は気づいた。

デデが彼女にもう一杯ラムを注いだ。それからまた一杯。そして、オリヴィアが生きているという事実が心に染み込み始めたとたんに、いつまでも抱えておくまいと思いながらも処理できずにいた一種の深い悲しみが、今実際に晴れてきていることに——心のなかの遠くかすかな痛みが安堵へと変わってきていることに——驚いた。その安堵感と、彼女は闘いたかった。何日も地中に葬られていたオリヴィアが生き返ったかのように、死んだと信じていた人物が生きているとわかった。そのことで自分に与えられたと感じた苦痛からの解放を、喜んで受け入れたくはなかった。

彼女の顔を涙が流れた、自分では止めることのできない涙が。それが喜びの涙であってほしくはなかったけれど、そのうちの少しはそうだった。彼女の故国は今、前より安全に思えた。両親と弟とは最近、以前と同じくらいよく話しているのだけれど、彼らが誘拐される危険性は少なくなったように思えた。それでも、涙は流れ続けた。怒りの涙でもあった。何年もかけてやっと蓄えたお金を奪われたことへの怒り、そして自分の家を持つという夢が、ブレイズとの間で持つ可能性がなくなってしまった子どもたちと一緒に消え去るのを見たことへの怒りだ。彼女は今、ブレイズに会う前よりも、オリヴィアに会う前よりも孤独だった。この国に着いたばかりのころは友だちが一人しかいなくて寂しかったけれど、そのころよりもっと寂しかった。

デデは彼女から目を離さなかった。彼らの思いは情欲以上の事柄で占められていた。彼女の涙はうめき声となり、次にうなり声となり、それから新たな復讐の幻想が現われた。彼女はいま、デデの店を破壊し尽くすことができればと――すべてを焼き尽くすことができればと――願っていた。ハンドバッグのなかに手を入れ、まだ持ち歩いていたバレンタインカードを引き出し、ずたずたに引き裂いた。それを空中に放り投げると、紙片は羽毛のように軽く舞い上がっていったけれど、落ちてきたときには、彼女の体に打ちつける小石やガラスの破片のように感じられた。

「家まで送るよ」とデデは言い、そして気がつくと彼女は、彼がもう何年も乗っている古い黒のトヨタ車の後部座席にボールのように丸まっていた。彼はなんとか住所を聞き出したのだった。

「きみは一人で暮らしているんだよね」彼が言うのを聞いた。

「同居人がいないときはね」と彼女は答えた。

そのあとの彼女は、頭のなかでは話しかけていたけれど、口から言葉は出なかった。口の中の半分ほどは、胃から戻した食べ物で埋まっていた。そう、彼女は一人で暮らしていた。ノースマイアミの、年配のジャマイカ人夫婦が住む母屋(おもや)の裏にあるひと部屋の簡易アパートで。夫婦はしばしばディナーに誘う短い手紙を置いていってくれたけれど、彼女はいつも仕事をしていてほとんど部屋にはいなかった。夫婦は、私には親しい人が一人もいなさそうなので、気の毒に思って親切にしてくれているのだろう、と彼女は察した。実のところ、彼らと親しくなるのに抵抗していた。もう友人は作りたくなかった。

家に着くと、デデに鍵を渡した。彼は、倒れないように片手で彼女を支えながら、簡易アパートの狭い金属製のドアを開けようとした。そのドアに貼ってあるのは、皿ぐらいの大きさの一時停止標識の形をしたステッカーで、黒っぽい男のシルエットが描かれており、その胸のまんなかには標的の中心に命中した矢があった。輪郭線で描かれた頭と胴の上方には、**このなかに命を懸けるに値するものは何もない**、と書かれていた。ドアの反対側には同様のステッカーがあり、「NOTHING」が削りとられて「EVERYTHING」に書き換えられていたので、変更後の文句は、**このなかのすべてのものには命を懸ける価値がある**、となっていた。そのすぐ横にはもうひとつ別の白黒のステッカーがあり、**略奪するやつは撃ち殺す**、と書かれていた。

ステッカーは、彼女が引っ越してきたときにはすでにそこにあった。その簡易アパートは彼女の前に短期間ある若者に貸されていたのだけれど、ときが経つにつれて深刻な悩みを抱えることになり、ついに家主夫婦は出て行ってくれるよう頼まざるを得なくなったのだった。ともかくそれが、家主夫妻が彼女にした説明だった。彼らはステッカーを剝がして部屋のペンキを塗り直したいと言ったが、エルシーはすぐに引っ越す必要があったので、何もかまわずそのままにしてくれるようにと伝えた。ドアのその言葉は、侵入者から守ってくれるもう一枚の保護層になってくれるかもしれない、と彼女は考えた。

今そのステッカーは、何かより深い真実を宣言しているようにも思えた。この部屋は突然、彼女のすべてになっていた。それが彼女の全世界だった。

「ぼくはこのなかで死ぬ運命にはないよな？」デデが訊いた。「銃（フイズイ）を持って待ち構えているやつなんていないよな？」

彼女は両手を上げて振るジェスチャーで彼の危惧を打ち消そうとしたのだけれど、うまく両手を同時に動かせなかった。いずれにせよ、彼はドアを開けてなかに入った。彼女がよろめきながらバスルームまで行き、便器のなかに口と胃のなかのものをすっかりあけてしまうまでずっと、彼女をそっと抱いて支えていた。そこからドアの向かい側にあるツインベッドまで彼女を抱えていく間、彼女は自分が飛んでいるような気がした。いい雰囲気の飛翔ではなく、空中でくるくるとんぼ返りをしていて、墜落するのではないかとおびえているような感じだった。

ベッドのなかで横向きに寝て、彼女は、三人で一緒に寝たあの夜と同じようにオリヴィアとブレイズが待っている霧のなかとこちら側とを、行ったり来たりした。あの夜、今はもう細かい点までは思い出せない行為をし、言葉を口にした。あの二人に一緒にいる許可を与えたのだろうか？　もしかすると、だから二人は彼女を捨てたのかもしれない。

シーツに指を食い込ませて眼を見開き、霧のかかったようにぼやけた三人の映像と闘おうとした。それは三人が一緒にいる映像だったけれど、特にあの二人に、この場から消えて一緒になりなさいと言っている場面のものだった。それが明らかに二人の望んでいることだったから。彼女が余りの一人になっていた。

濡れたタオルが優しく額に置かれるのを感じた。デデが湿布を作り、彼女の頭の上のほうで安心させるための言葉をささやいていた。何を言っているのかほとんど聞き取れなかったが、長い沈黙のあとで彼が言った。「きみは家にいるよ」

彼女はうなずいた。

「ええ、私は家に戻ったわ」と彼女はつぶやいた。

「ぼくはこのままいようか？」と彼が訊いた。

彼が一緒にいれば、部屋の向こう側の床に座って眠るのを見守っているだけでも、私を落ち着かせてくれるだろう。それでも、朝になって目覚めるときの私は、失ったもののために苦しんでいるだろう。

「もう帰っていいわ」と彼女は、自分の話す力に自信を深めながら言った。

「本当に？」と彼は、彼女の頬をさすりながら訊いた。彼の濡れた指が皮膚のなかにひと筋の温かい流れを彫り込んだ。流れは彼女の体をまるごと吸い込んでいた。

「ぼくが先にきみに出会いたかった」指で彼女の顔に描く輪を広げていきながら言った。「ぼくが先にきみを見たかった。ぼくが先にきみを知りたかった。ぼくが先にきみを愛したかった」

「あなたのせりふはあの人のくだらない歌みたいよ」彼女はぎこちなくそう言ったが、彼がそれを面白いと取るか侮辱と取るかはわからなかった。

「**確かに**くだらない歌ばかりだった」彼はくつくつと笑って、腹の底からのより大きな笑いを抑えるかのように両手で口を覆った。「あいつは大切にされてきたジャンルの音楽をぶち壊しにしていたのに、気づいてさえいなかった。というか、気にしてなかった」

「どうしてがまんしていたの？」と彼女は訊いた。

「きみはどうして？」と彼が逆に訊ねた。

「彼なりの魅力があったのよ」と答えた。そのとおりだった。そのうちのひとつは、セックスの前にやたらと話し好きになることだった。彼にとっての前戯は話すことだった。きみのこれまでのことを話してくれと頼んだ。彼は聞きたがった。彼女の両親のこと、両親との間の問題のこと、彼女が考えていること、彼女の夢のこと。自分がセックスしている相手をふくらませるか、あるいは完全に作り直すかの助けにするように。

「ぼくがあいつをがまんしたのは、友だちだったからだ」彼は言った。「あいつはぼくにとっては兄弟のようなものだった」

「じゃあ、まだ少しは好きなの？」と彼女は訊いた。

「ぼくらが大切に思っている人たちだけが、あいつがぼくらにしたみたいに人を傷つけることができるんだよ」と、ずっと濃くなったあごひげをなでつけながら、彼は言った。額近くの白髪まじりの髪の房の幅も広がっていた。

「私たちが愛している人たち」と彼女は言った。

自分のなかにこんなに多くの言葉がまだ残っているなんて、気づいていなかった。それも、よりによってデデに話す言葉が。彼こそが、こうした言葉を彼女から引き出しているのだった。彼が話したい気持ちにさせていた。

「なぜあなたはブレイズをあれほど助けたの？」と彼女は訊いた。

「ぼくらは同い年なんだ」彼は言った。「ぼくらの父親はランベで共に機械修理工だった。あいつがそういう生活を望んでいないのをぼくは知っていた。そして今では、ミュージシャンの生活ももう嫌なようだ」

「彼はどんな生活も望んでいなかったわ」と彼女は言った。

「最初は望んでいたよ」彼は答えた。「それからオリヴィアが来たんだ」

でも、オリヴィアだけが問題だったはずはない。もしかするとエルシーに足りないものがあったのかもしれない。あるいはブレイズに足りないものが。ひょっとするとブレイズは、ただ国に帰りたかっただけかもしれない。どんな代価を払ってでも、ただただ国に帰りたい人たちもいる。国に帰るためならば、何だってする人たちもいる。

「秘密を少し打ち明けてもいいかい？」と彼が訊いた。

「これ以上もうどんな秘密も受け取れないわ」と彼女は答えた。

「小さなやつを」と彼は言った。

大きかろうと小さかろうと、もうこれ以上聞きたくなかったけれど、彼女は止めなかった。

「彼がきみに初めて会ったあの夜、ぼくもきみに話しかけたかった。でも照れ屋だから恥ずかしかった」そう言って、不安げに笑った。「女性はミュージシャンが好きだ。そうじゃない連中より面白いからね」

「より傲慢だということでしょう」

「ブレイズがぼくより先に動いて、ぼくはそれを許してしまった」彼は言った。「ぼくはあれ以来、ずっとそのことを後悔している」

彼女は想像しようとした、状況がどのように違っていたかを、夫と所持金の両方を失うという屈辱をどのように免れえたかを、人生のなかでブレイズと共に暮らしたあの長い年月をどう無駄にせずにすんだかを。でも彼女には、自分とデデがどのようにうまくやれたかについても、思い描くことはできなかった。それでも、言った。「ときには、行く必要のあるところへ行く前に、回り道をすることもあるわ」

彼は、もっとよく理解しようとしているかのように目を細めた。彼女は自分の言葉の意味をはっきりさせたかったけれど、そのためにどうすればいいのかがわからなかった。彼女は以前ギャスパーが娘に、自分と娘の母親との結婚の失敗について話しているのを聞いたときのことを考えていた。

幸せな結婚はある、とギャスパーは娘に言った。真に幸せな、夫婦が互いにとても愛し合い、親友同士のようなものだ。でも彼が娘に断言したのは、結婚にはそういうものしかないというわけではないということだ。その他に完全に情熱のない結婚もあり、ときにこうした結婚が何年も、あるいは一生涯、配偶者のどちらかが死ぬまで続いたりする。けれど幸福な結婚も不幸な結婚も終わって、そのために生き方を修正する機会を得られることがある。そして結婚のなかには、あとで考えてみると、ただ行く必要のあるところへ行くためにする回り道のように——ときには素晴らしい回り道のように——思えるものもある。

エルシーは今になって気づいた。ギャスパーは娘に告げていたのかもしれない、いつのころか彼女の母親は愛から醒めて、二人で暮らした生活を回り道と考えるようになっていたのだと。

「ハイ」デデが声をかけ、考えごとを妨げた。「眠りそうなのかな?」

「ちゃんと起きているわよ」

「どうかなと思って」彼は言った。「別の話をしてもいいかな?」

「どうぞ」彼女は答えた。「いずれにしても、告白の時間のようだから」

「ある日のことだけど、午後公園でサッカーをしたあと、ぼくは芝生でブレイズがきみとオリヴィアの間に横になっているのを見た。それまでに経験したことのない嫉妬を感じたよ。ひじょうにはっきりしていた。彼はきみたち二人ともを手に入れていた」

「彼は私たち二人ともを手に入れてはいなかったわ」と、自分たち両方ともを手に入れさせるつもりはなかったわと考えながら、彼女は答えた。

「きみら両方のハートを捉えていた」と彼は続けた。

「同じことは私には二度と起きないわ」と彼女は言い、この先もう一切ブレイズとオリヴィアのことは考えなくても済むようにと願った。

「あいつじゃなくても」彼は言った。「生きている限り、きみがまた傷つけられることはある」

「もう行って」彼女は告げた。「あなたも歌い始める前に」

「いずれにしろ、ぼくは店を閉めなきゃいけない」彼は答えた。「でも最後にもうひとつこれだけは言わなきゃならないけど、悪く思わないでほしい」

「何？」と、まぶたにかかる息の熱を感じながら、彼女は訊いた。

「きみがこんなにラムに弱いとは知らなかったよ」

　彼は今度は大きな深い声をあげて笑った。そしてその笑い声が、彼女が酔いつぶれるのを防ぐばかりか、頭の中をいっぱいに満たしていた。自分も笑おうとしたけれど、ほんとうに笑えているかどうかはわからなかった。だから代わりに、ブラウスのボタンを外し始めた。

「いつもはこんなに弱くないのよ」と彼女は言った。

「今夜だけ？」と彼女が訊いた。

「今夜だけだ」と彼は答えた。

昔は

　その電話は金曜日の夜、ベッドに寝そべって生徒のレポートを採点しているときにかかってきた。

「夫が死にかけているの」電話の向こうで鼻をすすりながら女性は言った。「彼の最後の願いは、少しの時間をあなたと一緒に過ごすことなの」

　いったんその言葉を片づけてしまうと、声はしっかりしてきて、すぐに段取りの話に移った。「時間が最も重要よ、もちろん。私たちはできるだけ早いニューヨーク発マイアミ行きの便であなたに来てもらうように手配できるわ。リトルハイチの家の近くにあるホテルに部屋を予約できる。家は小さいけど、そのほうがよければ、泊まってもらえるくらいの広さよ」

　この女性の夫は私の父だった。でも私は一度も会ったことがなかった。私が知っているのは片方の話、母の言い分だけだ。

父は、国に期待を持てそうだと考えた時期に、ブルックリンからハイチに戻った。親子二代に及ぶ三十年間の独裁が終わったので、アメリカで取得した教育学の学位を使って、ポルトープランスに貧しい子どもたちのための学校を開きたいと考えたのだ。母は二十二歳のときに一人でアメリカに来てから、ハイチに戻りたいという気持ちはまったくなかった。父は去り、母はブルックリンに残った。私を身ごもっていることがわかったとき、母は父に離婚届を送った。二人はそれ以後会うことはなかった。

最初は父が私たちを捨てたと話していた母は、最近になって、父に私の存在を知らせていなかったと――彼が病気で死にそうになっていると聞くまでは、知らせていなかったと――告白した。

「父は飛行機で運ばれてきたのですか?」と私は訊いた。

「ポルトープランスからの定期便で来たわ」彼女は答えた。「最初ここに来たときは、もっとずっと容態がよかったの。お願い、来てくださる? 私たち二人にとってこの上なく大切なことなの」

「すべてを投げ出して今すぐマイアミに行けるかどうかはわかりません」私は父の妻にそう告げながら、自分が気分屋のティーンエイジャーみたいに話しているのを自覚した。「学校があるので」

「週末に?」と彼女が訊いた。

「通常いつも」と私は答えた。

「じゃあ、あなたは学生なの？」

「彼と同じく教師です」

「何を教えているの？」

「高校生」

「何の科目？」

「本です」私は答えた。「あ、つまり英語です。新しく来た生徒たちに」

「第二言語としての英語？」

「ええ」

この時点で、二人ともこの会話を終わらせたがっているのは明らかだった。

「お願いだから彼に会いに来て」と彼女は言った。

「わかりません」と私は答えた。

でもすでに、自分は行くだろうとわかっていた。

＊＊＊

私は、他に何もすることがないかのように、ずっとなんとなくこんな電話を待ち続けていたかのように、すぐに次の便に飛び乗ることはしなかった。代わりに生徒のレポートを採点しつづけた。それはちゃんとしたレポートになっておらず、一緒に読むことに決めた文学作品への断片的な反応に過ぎなかった。私は生徒たちに、学校にある限られた選択肢――ウィリアム・ゴールディングの『蝿の王』かアルベール・カミュの『異邦人』――から一つを選ぶように告げたのだったが、彼ら自身が英語にもブルックリンにも異邦人であり、またそのほうが短い物語でもあったので、ほとんどの生徒が『異邦人』の英語版に賛成票を投じた。

「**何だって?**」と一人の男子生徒のリアクションペーパーは始まっていた。「ぼくはもしもぼくのかさん（母さん）がせんだら（死んだら）そんなにらいせい（冷静）でおられる（いられる）とおもうない（思わない）」

電話が鳴る前、私は、手書きで行間に添削のためのスペースのない、ジェイムズ・ジョイス張りの意識の流れ的なその傑作の欄外に、「**そのとおり!**」と走り書きしていた。でも、父の妻との電話を切ったあと、彼に対して、単純化しすぎていることとスペリングの不注意による間違いを叱責する長いコメントを書いた。それからCの評価をつけた。

「じゃあ彼女はあなたに連絡してきたのね」と母は、「ナディアの店」で会ったときに言った。この店は母が私を産んだ一年後に開いて、私の名前をつけたハイチ料理店だ。私たちはいつもの隅のテーブルに座っていた。ここからだと母は、客たちの入口からカウンターを通して厨房まで、店の全体を見通せた。私たちの頭の上のほうには、壁に直接描かれたいくつかの絵があった。テーブルの上方にあって私たちの場所のしるしになっていたのは、このレストランのトレードマークとなっている絵だった。大きなボウルに入ったカボチャスープのなかで泳いでいるぽっちゃりした茶色の女の赤ちゃんの絵で、カボチャスープは丸いボウルからあふれ出ているように見え、ボウルはだまし絵（トロンプルイユ）の額縁も兼ねていた。

店は満員だった。隣の宴会場で九時から人気のラシン・バンドのショーが予定されていて、そのショーに行く客のうち、開演前に夕食をとろうという人たちが立ち寄ったからだ。いつもならば母は貯蔵室と事務室の間を走り回って、冷凍庫から肉を、ワインセラーからボトルをつかみ取っているだろう。そして支配人、案内係、ウェイトレス、あるいはバーテンダーの役を、必要に応じて務めているだろう。でも今日は電話のことを話すと、私を二人の席まで連れていき、座るようにと告げた。

この隅のテーブルは、思い出せる限りずっと私の生活のなかにあった。この場所で、母が働いている間、ベビーカーのなかで昼寝をし、線と線の間に色を塗れるようになり、宿題をし、何冊も本を読んだ。母が店のどこにいても私の姿を見られる唯一の場所がここであり、年月を経るうちにこの場所が大好きになった。

「ナディアの店」ではバックグラウンドミュージックを流していないのが気に入っていた。そのおかげで、このテーブルに座っている間に、読んでいる本のなかで展開している多くの物語にまさる会話を耳にできたから。洗礼式のパーティー、初聖体や結婚式のランチ、卒業ディナー、通夜、葬儀の食事などを目のあたりにしたし、ときには招待されて仲間に入ったりもした。男女が――そしてのちには女性同士や男性同士が――互いへの愛を宣言するのを聞いたし、その最中にも近くのテーブルで別の人たちが互いへの恋が冷めたと告白しているのを聞いた。親たちが子どもたちに小鳥とミツバチのたとえ話で生命誕生の秘密を説明しているのを聞いている間に、別のテーブルでは少女が母親と父親に妊娠を告げ、また少年が両親に誰かの娘を妊娠させたと告げていた。こうした常連たちとレストランの店員たちが、母と私の唯一の家族だった。

それにしても、人びとはどうして、人生を変えてしまうような出来事を知らせるのに食事の席を選んだのだろう？　好機をうかがっていたのだろうか。告白を聞く相手が、他人の目がある場所に座って口いっぱいに食べ物をほおばり、叫ぶことのできない瞬間を待っていたのだろうか？ときおり私は、女性が夫か恋人に、一緒に育てている子どもはあなたの実の子ではないと告げるのを聞いた。年配の親が成人した息子や娘に、遺産を与えないとか、勘当するとか言い渡すのを聞いた。でも私は、誰かが二十五歳の娘に、私の母がその前の週にしたように、その子がまだ一度も会ったことのない父親が――モーリス・デジャンというある人物が――重病で死にそうになっていると知らせるのは、聞いたことがなかった。

母は常に早口で話す人だった。しばしば、どこかへ行く途中に話しているようだった。レストランの客でさえ、料理を褒めちぎってその料理について詳しく知りたいと思っているのに、彼女を会話のなかに引き留められなかった。彼女が急がないのはただひとつ、とても注意深く服を選ぶときだけだった。体にぴったりくっつくシースドレスとプランジングネックと黒のシルクとレースのスリップが好きだった。レースのスリップはとても優雅なので、ときどき借りて外出着として着ていた。電話がかかってきたときもそうしたスリップドレスのひとつを着ていて、まだ初春でたいていの人は長袖だったけれど、それを着たままレストランへ行くことにした。私は、母のひいき客たちがその美しさを褒めるときには、いつも自分が美しいような気分になった。彼らはそれにすぐ続けて、私が母に似ていると言ったから。

前の週の会話の終わりに母は言った。「昔の友人から彼が重病だと聞かされたの。それで、その友人にあなたの電話番号を彼の妻に伝えるよう頼んだわ」これって正確に言って、何がどうなったのだろう、と私は考えた。母はどういう言葉を使ったのだろう？　その友人にさらりと言ったのだろうか？「あ、ところで彼には娘がいてね、これがその娘の番号よ」と。

視線を一か所に長く留めることなくレストランのなかを見回すのは母の第二の天性だったけれど、そのときの母は、きれいにマニキュアをした爪で両方のひじをむずがゆそうにひっかきながら、私から逃げ出したくて文字どおりうずうずしていた。

「彼に会いに行ってちょうだい」と彼女は、入口から入ってきた人に手を振って挨拶しながら言った。

私は、子どもの自分がこの活人画を観察しているところを想像してみた。ほぼ瓜二つに見える女性二人が、硬直させた背中をしゃれたクッションのついた椅子にもたせ掛けて座っている。たぶん二人とも、この椅子に電気のスイッチがあればいいと願っている。そのスイッチを誰がいつなんどきオンにするのかはわからないが、スイッチが入れば彼女たちはその惨めさから解放されるのだ。それとも、そのスイッチを——少なくとも母のスイッチを——入れたいかもしれない人が実際に死につつあるのに、死を冗談みたいに考えるのは間違っているだろうか。

　ウェイターの一人がプレステージ・ビールを二本、水滴がついている冷たい瓶の周りにナプキンを巻いて持ってきてくれた。彼がビールをテーブルに置くと、母は頭の動きでテーブルから離れて私たちだけにしてくれるようにと指示した。

「先週あなたに言ったように」母は、ビールをつかみながら言った。「昔、ハイチで独裁政権が終わると、ここでは多くの結婚が壊れたの。アメリカに永住したい人びとと戻って国を再建したいと自ら宣言（スワ・ディザン）した人びとの間には、はっきりと線が引かれた。あなたの父さんは帰りたい人のグループで、私はこのまま留まりたいほうだった」

　彼女はビールを下ろして両手で顔を覆った。手をどけたとき、泣いているのだとわかった。

「それでも彼は私よりも、私たちよりも、国のほうを選んだのよ」と母は、肩丈のへアピースのなかに指を入れて、頭皮を触ろうと髪をかき分けながら言った。

「私のことを知っていたら、違う選択をしたかもしれない」私はそう大声で言いかけた。そのために母がこの商売を失うことになろうとかまわずに。私たちが、母の事務所ではなくダイニングルームで話をしていたのはそのためだ。他人の目がある場所にいれば、叫んだり大声を出したりさせずに済むと、母にはわかっていた。

「会いたくないの？」と私は訊いた。

「彼が人生の最も重要な年月を生きるのを見なかったのだもの」彼女は椅子から立ち上がりながら言った。「死ぬのを見に行きたくはないわ」

母がキッチンへと消えてから、私は携帯で次の日の午後の便を予約し、それから父の妻に電話をして、行きますと伝えた。

「ほんとうに素晴らしい知らせだわ」彼女は言った。「マイアミの空港であなたを出迎えるわ」

翌日の午後、父の妻は出迎えに来ていなかった。

メールで住所を知らせてきたあと、電話でいきなり「タクシーで来てちょうだい」と言った。

マイアミには一度だけ来たことがあった。大学三年の春休みに、女ばかりの仲間で。あのときも、今と同じように暑くて蒸していた。私たちはマイアミビーチのホテルに泊まって、滞在中のほとんどを海で過ごした。私にとってのマイアミは海だった。今それは、死にゆく父に会う場所となるだろう。

その家はリトルハイチの中心部にあった。錆びつつあって使われていない列車の線路と長く続く樫の古木の並木に挟まれた、角の家だ。所有地の周りは白い塀で囲まれ、その塀の横手に小さな金属製の門があった。通用門のベルを数回鳴らすと、扉を押し開けてもいいというブザーの合図があった。

庭も家も、外塀から想像するより小さかった。短い小道がタビビトノキの群れのなかを通って玄関へと通じており、そこに父の妻が立っていた。紫のカフタン調のドレスを着ていて、私を歓迎するために両腕を上げると、ドレスがドアフレームいっぱいに広がった。素足の両足首に宝貝と小さなベルのついたひもを結んでいて、彼女が私のほうへ動くと貝とベルが鳴った。彼女はメガネを持ち上げて短いアフロの上に置き、それから私の着ているピンクのヨガパンツと揃いのTシャツと継ぎ目のところがはち切れそうになっている手さげかばんをじろじろ見て、訊ねた。

「持ちものはこれで全部？」

彼女のあとについて暗い玄関の広間を通り、リビングルームに入っていった。ベルはその間ずっと鳴り続けていた。室内の調度品は少なかった。ビロードの茶色のソファと揃いのオットマン〔クッションつきの足台〕とテレビ用のコンソール型キャビネット。でもそこにテレビはなくて、大人用オムツのパッケージがいっぱい置かれていた。

父の妻は、ソファに座るようにと身振りで私に合図をして、自分はその反対の端にすべるように腰をおろした。

自分の足を見下ろしながら、父の妻は言った。「このベル？　このベルのことを知りたいのね。

家のなかのどこにいても夫が、なんというか、私の音を聞けるように、つけているの」

カフタン、ベル、アフロ。なるほど、これが私の母に取って代わった地母神というわけね。

「あなたにはきっと訊きたいことがたくさんあるわね」と彼女は言った。

「彼に会えますか？」と私は訊いた。

「ええ」彼女が答えた。「でもまずは私と話さなければならない、覚悟をしておくためにね」

彼女は立ち上がり、ベルは息を吹き返してまた鳴り始めた。「二人ともお酒が必要だわ」彼女が言った。「ここで待っていて」

彼女は、家の他の部分に通じている狭い廊下へと消えていった。頭がくらくらした。前の晩から胃が空っぽで――飛行機でワインをグラス一杯飲んだだけで――今は空腹と不安の両方でむかむかしていた。ベルの音は弱まり、やがてまったく聞こえなくなって、それからまた始まり、止まり、そしてまた始まった。これは、もし死にかけているのが私だとしたら、一日中聞いていたい音ではなかった。けれどそれは、私ならばというだけのことだ。

戻ってくると、父の妻は甘すぎるレモネードをついだグラスを私に手渡した。会話を続けなくても済むように、私はそれをゴクゴクと飲んだ。彼女もそれにならって、私の横にあるサイドテーブルに置いた水差しから自分にも一杯注いだ。私も自分にもう一杯注いだ。そのとき、遠くからささやき声が聞こえてきた。

「他にも誰かいるんですか？」と私は訊いて、周囲を見回した。

父が部屋から出て私のところまで歩いてきて、あまりに長く音信不通にしていたことで私を叱るのを想像した。

「ええ」と彼女は言った。「この家の持ち主たちよ」

しばらくして、沈黙が重すぎるように感じられてきて、私は訊いた。「二人はどこで出会ったんですか？」

「私とモーリス？」

「ええ、あなたとモーリス」私は「モーリス」を少し大きな声で言った。そうすれば父に無理やり出てこさせられるかもと期待して。けれど、自分の声が聞き覚えのないものになり始めていた。

彼女は頭を私の頭に近づけて、あなたのことが心配だわ、というように目を細めて見た。

「モーリスと私は、ポルトープランスの友だちを介して知りあったの」声の調子が重そうになり、今にも泣きだしそうに見えた。

「あなたも戻ってきた人だったんですか？」

「私は十歳のときに家族とハイチを離れて、ボストンで二十年間刑法専門弁護士として働いたあと、戻ったの」彼女はそう言って、ひと息ついた。「独裁が終わったあと、自分に何ができるかを試してみようと思って、故国に戻っていった。司法制度の再建を助けようとしている、ハイチ系アメリカ人弁護士たちのグループと共に活動していた。でも、フランスのナポレオン法典から受け継がれている抑圧的な法律と、独裁政権から受け継いできた抑圧的な法律の間で、自由な活動はできなかった。ポルトープランスで開かれた私の送別会で、弁護士団体の団長が私をモーリスに紹介したの。私はボストンに帰ることになっていたのだけど、彼に、残って学校の運営を手伝うよう説得されたの」

モーリス。私は徐々にその名前に慣れてきていた。人に人生の筋道を変えるよう説得することのできるモーリス。私とは違う姓を持つモーリス。

「子どもはいるんですか？」と彼女に訊いた。

「私とモーリスの？」

彼女と誰か他の人の間にというつもりで訊いたのだけど、私はうなずいた。

「子どもはいないわ」彼女は答えた。「でもハイチに来るとき、最初の夫をボストンに残してきた」

「あなたが知っている子どもはいないのですね」と私は言ってから、彼女の足首のベルの音をかき消すような甲高い笑い声をあげた。

「あなたにはお父さんと同じユーモアのセンスがあるわ」彼女が言った。「残念ながらあなたはその様子を見られないけどね。もうすでに、多くのものが彼から剝ぎ取られてしまっているから」

「どういうことですか？」私は訊いた。「彼は話せます？」

「話したければあなたから話していいわよ」彼女が言った。「私はまだ話しかけているわ。ずっと話しかけ続けるわ」

彼女は、二人がどういうふうに会話するかを説明するかのように、一瞬目を閉じた。テレパシーで？　夢の中で？

「いつ彼は――あなたたち二人は――アメリカに戻ったのですか？」と私は訊いた。

「数週間前に」彼女は答えた。「それから彼の容態が悪化したの。この家を使わせてくれる友人がいて、私たちは幸運だったわ」

「いったい彼はどこが悪いんですか？」と私は訊いた。

「この段階ではそれはもう問題じゃないわ」彼女が答えた。「元には戻せないから」

その前の週の告白のディナーで、私は母に、父についていちばん覚えていることを訊いた。

「真面目さ」と母は言った。「何を言うときも本気だった」

真面目なモーリス。おどけ者のモーリス。合わせればなるほど私の父だ。

「あなたたちはあちらで変化を起こせたと思いますか？」父の妻に訊いた。「ハイチで、という意味ですけど」

「とても多くのものを捨てて行くだけの価値があったか、という意味？」一瞬の間をとってそのことについて考え、深く息を吸ってから、彼女は言った。「まだやるべきことがとても多くあるわ」

「あなた方二人は、子どもが欲しくはなかったのですか？」と私は、そのあとの長い沈黙を埋めるために訊いた。私がなぜここへ来ているのかを思い出させたかったのだけれど、彼女としては、私を父に会わせるのは自分自身の心の準備ができてから、というつもりのようだった。

「『一人の子の世話をするか、数百人の世話をするか、きみならどっちを選ぶ？』私が子どもを作る話とか、養子をもらう話をすると、彼はいつもそう言ったわ」

空になったグラスに、それが魔法のようにまたいっぱいに満たされるのを期待しているかのように、私が手を伸ばしているのに気づいたとき、彼女は言った。「ごめんなさい。私はそれについては同意しなかった。あなたに対する態度にも。あなたのお母さんはあなたを立派に育てたわ。彼が助けていた子どもたちには、私たちしかいなかった」

じゃあ彼は、私のことを知っていたのだ。あのろくでなしは知っていた。そしてそれでも連絡を取らない選択をした。彼は私たちよりも国を選んだ、母が言っていたように。何百人もの子どもたちの世話をするほうが気高く立派だから？　こうなった今、彼の小さな孤児たちの面倒は誰が見るのだろう？　聖なる地母神が、たぶん彼らのために戻っていくのだろう。

「お母さんは、できる限りのことをしてあなたの存在を秘密にしていた」父の妻は、精神的打撃を軽減しようとして言った。「お母さんは、親権の共有を強要されたくなかったのよ。これもひとつの要因だった」

「彼はいつ私のことを知ったのですか？」話しながら私は、自分が歯ぎしりをしているのを感じた。立ち去りたかった、彼に会わずに出て行きたかった、でも、これまで以上に会いたくもあった。

「あなたがティーンエイジャーだったとき。彼は、すでにあまりに多くのときを失ってしまったから、あなたに決して許してもらえないだろうと考えたの」

私はまた喉が渇いた、たった今大量の海水を飲み込んでしまったみたいに。口のなかはからからだった。それでもなんとか言った。「ほんとうに、私に来てほしいと彼が頼んだのですか?」

「いいえ」彼女は答えた。「私が頼んだの。私があなたのお母さんとモーリスの友人から情報をもらったときには、彼の病気はもうかなり進んでいて、認識力もあまりなかった」

「今すぐ会いたいです」と私は思わず口にした。

「会えるわよ」と彼女は言った。

彼女が私にさらに近づくと、足首のベルが鳴った。私は上体を後ろに反らして彼女から離れた。そのとき私は、C判定をつけた生徒のレポートについてあることを思い出した。彼は、無理やり読ませたことで私に対して怒っていたけれど、それよりもカミュに、ムルソーに、異邦人に対して、ほんとうのところは三十歳で死のうが七十歳で死のうが問題じゃない、と彼らが言ったことに対して、怒っていた。

レポートの締めくくりに彼は書いていた。「それはぜたい(ぜったい)問題だ。一びょ(秒)一びょ(秒)がだいせつ(大切)だ」と。

帰ったら彼の評価を上げようと私は心に決めた。

「彼に会う前に、会ってほしい人たちがいるの」と父の妻は言った。

私はソファのそばのオットマンで体を支えて立ち上がった。脚が麦わらのように感じられた。彼女の後についてよろめきながら、両側に家の持ち主の家族写真がずらりと並んでいる廊下を歩いていった。私たちは台所で止まった。そこでは、二人の男性と三人の女性が四角いテーブルを囲んで座っていた。

父の妻は、テーブルについている全員に向かって言った。「こちらはモーリスの娘のナディア。ニューヨークから来てくれたの」

モーリスに娘がいるとわかってショックを受けていたとしても、誰もそのそぶりは見せなかった。

「ナディア、こちらは私とモーリスの友人たちよ」と彼女は言った。

友人のうちの一人は医者だった。手を振って私に挨拶をしてから、再びスマートフォンをタップしつづけた。そこでは私たちがいちばん若かった。彼女はノースリーブの黄色いワンピースを着て、白衣も手術着も着ていなかったけれど、首に聴診器をかけていた。

父の妻は次に、残りの四人のうちカラーつきの服を着た聖職者を指して言った。「ソレル司祭と奥さまとは長年の友人なの」

私はソレル司祭には特別に会釈をした。司祭は私が座れるように、椅子から立ち上がった。私のために椅子を引き出しながら、彼が言った。「きっと大変なショックでしょうね」

「モーリスとナディアはあまり一緒に過ごしていないんですの」と父の妻が言った。

「というか全然」と私は言った。

こんなに長く家のなかにいて、まだ当人に会っていないのが信じられなかった。

「彼に会えますか？」と私はまた訊いた。

「ブレッドスープを召し上がって」と父の妻が言った。

彼女は、浸したパンと厚切りポテトと少しの白いヌードルが入ったあっさりした白いスープを深皿によそって、私に出してくれた。

「ご所望ならもっとたくさんありますよ」とテーブルについている他の女性の一人が言った。なぜか私は、彼女がソレル司祭の妻だと確信した。

音を立ててスープを食べていると、ソレル司祭が私の両肩に手を置いた。他の人はみな――医者以外は――手をつなぎ、頭を垂れた。

「ナディアのために祈りましょう」とソレル司祭は言った。

なぜ父のためではなく私のために祈っているのだろう、と私はいぶかったけれど、スープと同様、その祈りは私の胃を落ち着かせてくれた。

祈ってくれている間、私は顔を低い窓のほうへ向けた。そこでは、午後遅くの夕焼け空から差すオレンジ色の光線に貫かれているガラスに映る私たちの姿に、タビビトノキのはためく影が溶け込んでいた。台所の壁には、さらにソレル司祭と家族の額入りの写真が掛かっていた。写真のなかでソレル司祭はいつも娘さん、つまりあの医者の左側にいて、たぶんあのスープを作ってくれた女性はいつも右側にいた。廊下に並んでいた写真からすると、これがずっと写真を撮るときの彼らのお決まりの立ち位置だったようだ。医者がよちよち歩きの幼児のころから、角帽とガウンを着るようになり、新婦つき添いとしてのドレスを、それからウエディングドレスを、そしてついに白衣を着るようになるまでの。

「もう入れるわ」私がスープを食べ終えると、父の妻が言った。

彼女の後をついて廊下を歩いていくと、司祭とその妻が悲しみを帯びた讃美歌を、死にゆく者への子守歌を歌い始めた。

われらかの川の側に集わん
麗しき、麗しき川の側に

ガーゼや軟膏やその他の医療品がいっぱい置かれたナイトテーブルの卓上灯を除けば、部屋の照明は薄暗くされていた。ど真ん中に病院用のベッドがあり、横には壁にくっつけてアイレット刺繡の白いシーツのかかった簡易寝台が置いてあった。ベッドの真上には天井扇風機があり、横窓についている独立型のユニットから噴き出される冷風を循環させていた。私は父の妻のあとについてベッドまで行った。

母は父の写真を持っていなかったし、父と聖なる地母神は他の人たちのようにオンラインで自分たちの情報を投稿することも募金をつのることもしていなかったので、私には、病院用のベッドに寝ているこの痩せこけた男の人と比較する姿は、自分自身以外に何もなかった。薄いブランケットの下に横たわるパジャマを着た彼の硬直した体の輪郭から、身長は私より低いのがわかった。病気のために縮んだのかもしれないけれど。もしも私と同じだと主張できる部分があるとすれば、それは顔に違いなかった。私が自分自身を見つけなければならないところは、銅の色をしたたるんだ皮膚と、額のでこぼこした盛りあがりと、きつく閉じられた目と、ほとんど消えてしまった眉と、こけた頬の下の深いくぼみと、食いしばったあごとその先に生えた白髪まじりの縮れ毛だった。

私は両手を病院用のベッドの温かみのない手すりに這わせて、父の顔へと動かした。指先が顔に軽く触れると、見た目のとおりに、とげとげしくやつれた感じがしたし、死んでいる感じがした。手のひらを額に押しつけてみると、よく磨かれた仮面のようにつるつるだった。私は説明を求めて、父の妻のほうを向いた。彼女は静かにすすり泣きを始めた。それは私に母の涙を思い出させた、そのとき彼女たちは、それぞれ違う男を悼んで泣いていたのだけれども。そして、そのどちらも私の知らない人物だった。

「逝ってしまった」彼女は言った。「彼は自由よ。私たちは彼の自由を喜ぶわ」こう言うと彼女の顔は、恐ろしさゆえと同じくらい、苦悶ゆえにゆがんだ。「あなたの飛行機が着陸する直前に亡くなったの」と彼女はようやく認めた。

彼女の赤くなり、悲しみ苦しんでいる顔に、父が残した心の空隙を、長く深く切り裂かれた傷跡であるかのようにはっきりと見た。彼女が感じているものを感じたくてたまらなかった。その感情をうらやみ、同じものがほしいと強く思った。

「なぜもっと早く話してくれなかったんですか？」と私は訊いた。

「あわてる必要はないわ、緊急事態ではないから」彼女は答えた。もう落ち着きを取り戻していた。全然泣いてなどいなかったかのように。「お医者さまは、あなたがそうしてほしいと告げたら、死亡を宣告するわ。いつでもあなたの準備ができたときに。意識がなくなってからもう丸一日くらいになるの。でも、呼吸が止まる瞬間まで彼には私たちの言うことが聞こえていると言われたわ」

そういうことで公式には、少なくとも書類上は、医者がそう告げていなかったので、父はまだ死んではいなかった。

「もしもあなたが自分の子どもを持つことがあれば」父の妻は言った。「少なくともその子に、自分は父親に会ったと言えるわ、こんなふうにでもね」

もしも私が自分自身の子どもを持つことになったら、この様子をその子にどう説明するだろう？　母にはどう話すだろう？　父に関することで現在形のことは何もないと、彼に関わるすべては過去形だと、昔のことだと思っている母には？

父の妻には彼女自身の昔の物語があった。昔は、と彼女は私に話した。亡くなったそれぞれの人のためにほら貝が鳴り響いた。昔は赤ん坊が生まれると、産婆がその赤子を地面に置き、その子を拾い上げて自分のものだとはっきり言うのが父親の役割だった。昔は、死者は最初は家に安置された。喜びあふれる通夜では告別の祈りが唱えられ、哀悼の舞が舞われた。死者を家から出すときがきたら、戻ってはいけないのだと彼らにわかるよう、足から先に、表玄関からではなく、裏口から運び出された。彼らの赤ん坊と幼い子らは、その場で死者の霊魂を振り落として、その後一生涯取り憑(つ)かれることのないように、彼らの棺(ひつぎ)の上をまたぐように一方の側から向こう側へ渡された。それから村の長老が、最後の別れとして墓にラムを注いだ。昔だったら、と彼女は言った。私が死別を嘆き悲しむ泣き声をあげて村人たちに――家に駆けつけた人たちにも、はるか彼方にいる人たちにも――父の死を伝えただろう。

父の死に顔を、私自身の顔の痕跡などまったく見えないその顔を見下ろしながら、私は彼をひっつかみ、揺さぶり起こして、**彼**の昔の日々を私に説明させたかった。

「彼はいい人だった、とてもいい人だった」父の妻は続けた。「きっとあなたに、自分の臨終の儀式に立ち会ってもらいたかったはずよ」

私の最初の儀式の場にいなかったくせに、どうして自分の最後の儀式の場にいてほしいと私に望めたわけ？

「どうか彼を許してあげて」彼女は言った。「どうぞ私たちを許してちょうだい。もう急がなくてもいいわ。ここで必要なだけ時間をとってちょうだい。そうしたら、あとで私たちの若いお医者さまが宣告してくださるわ、彼の……」

父の妻の声はしだいに小さくなり、部屋から出ていった。彼女がドアを開けたとき、廊下の灯りが部屋のなかに差して少し明るくなった。私は彼女のものに違いない簡易寝台に腰をおろした。彼女はそこで、何日も、幾晩も、徹夜の看病と死にゆく父の見守りのために過ごしたのに違いなかった。空調装置から噴き出す冷たい空気が体にもろに当たって、私は震えた。上体を後ろに反らして、背骨をアイレット刺繍のシーツに押しつけた。目を閉じたかったけれど、頭の上で回っている扇風機から目を離せなかった。それは私に思い出させた。幼かったころ、母のレストランにあった別のタイプの扇風機に手を入れて、母に警告されたとおりにほんとうに指が切り落とされるかどうか確かめたかったことを。それで思い出したことがもうひとつあった。母に父のことを訊くと、いつでも黙らされたことだ。でも、私が十二歳になった年のある日、母はだしぬけに言った。父は私が生まれる前に彼女の元を去り、私たちとは一切関わりたがらなかったと。だから私は、父を捜したいとは思わなかった。だから私は、父が死ねばいいと願った。

廊下に出ると、父の妻と友人たちが話しているのが聞こえた。この人たちは、自分ではささやき声で話しているつもりだったのかもしれないけれど、そうではなかった。

ソレル司祭が言った。「むろん、簡素な式でよいでしょう。それから火葬を。彼の望みどおりに」

「彼は遺灰をポルトープランスの学校の敷地内に撒(ま)いてほしいと願っています」と父の妻は言った。

彼がまだ生きているかのように、現在形で話していた。

ソレル司祭のリードで、彼らは再び全員で歌い始めた。天使たちがきらめく流れの上を歩く川のほとりに集まることについて。この川ですべての重荷を降ろして、その苦労に報いる上着と冠を神さまからたまわることについて。

然(しか)り、われらかの川の側に集わん
麗しき、麗しき川の側に

それから、祈りも歌も聞こえないしんとした瞬間に、医者が訊いた。「娘さんはあとどのくらいあの部屋にいると思います？」

娘？ 彼女は「娘」と言った。そしてその娘は私だった。娘は、昔のように、父の妻の話によると、父の魂がもうひとつ別の種類の川から立ち上がり、影として、夢として、あるいは風をわたるささやきとして生まれ変わるときまで、一年と一日の間あの部屋のなかにいるだろう。娘は一生、父親と過ごせなかったのと同じ長さの間、そのなかにいるだろう。娘がときの終わりまでずっとここに留まっていたら？

　でも、たとえ娘が一度も会ったことのない人というのではなかったとしても、たとえ父が私の全人生をずっと共に暮らしてきたのであったとしても、私はこの部屋にこれ以上長くはいられないだろう。だから私は立ち上がり、病院用のベッドの手すりの上に身を乗り出して、父の冷たい額に唇を押し当てた。そうすることが当然自分に期待されているだろうと思ったからだ。到着したときにもしも彼がまだ生きて目覚めていたら、私はこうしていただろう。

　父はもう、眠っているようには見えなかった。彼の半開きの左のまぶたのなかに、ひと筋の白目が見えた。その小さな裂け目の後ろに、ベールで覆われた世界が隠されたままだった。それは私が全然あずかり知らずにきた世界であり、これから知ることも決してないであろう世界だった。昔だったら、彼の魂へと開く窓のこれっぽっちさえも私に見せないように、彼の両目の上には硬貨が置かれていたのかもしれない。

　泣くこと、泣きたいと思うこと、失ったことさえ知らなかったものの喪失を嘆き悲しむこと、彼なしでいったい私はどうやって生きていけばいいのだろうと思うことのほうが、たぶんもっと単純でもっと容易(たやす)かっただろう。

「さようなら(オ・ルヴォワール)、パパ」と私は、「パパ」ということばを一回だけ言ってみた。誰かをパパと呼ぶのはどんな感じだろうと、ずっと思っていた。誰かをパパと呼べるように、母が軽くつき合った何人かの男性の一人と結婚するところを想像さえした。実際に私の父親だった男性に「パパ」ということばをかけるのは、これが最初で最後になるだろう。

私はこのすべてに、彼に背を向けて、ドアのほうへ歩き始めた。何かが私を止めるのを期待しつづけた。肩に置かれる手を。たとえ私の全人生をではなくとも、少なくとも今のこの不完全燃焼の瞬間を、一変させるささやき声を。でも父は目覚めなかったし、生き返って私を自分の娘だと主張することもなかった。

私の父は今日死んだ（オージュードユイ・パパ・エ・モール）。

でも私は、もうすでに心のなかで彼を何度も何度も殺していた。強盗にあって、決闘で、テロリストに襲撃されて、銃弾で、手榴弾で、地雷で、ヘビに咬（か）まれて、溺れて、薬物の過量摂取で、車の衝突事故で、列車の衝突事故で、飛行機の墜落事故で、火山の噴火で、津波で、落雷で、地震で、自然死で、睡眠中に、末期の疾患で。今回、私は明らかに成功していた。彼は死んだ、ほんとうに死んだ。

父の妻とその友人たちが待つ台所は、前より暗くなっていた。ブラインドが下ろされて、写真の額縁は黒いベッドシーツで覆われていた。

「彼の霊魂が立ち止まって、ガラスのなかを覗くかもしれないでしょう」と父の妻が表の部屋から私に大声で言った。「そうしたら、彼は旅を続けられなくなるから」

亡くなった父が横たわっているところにいちばん近い洗面所へ行って、そこから母に電話をしたあとに、私は初めて泣いた。

「彼は死んだ、そうね？」と、彼女は電話を取るとすぐに言った。

私は、母が真ん前に立っているかのように、うなずいた。

「気の毒に思うわ」彼女は言った。「関係するすべての人びとに対して」

「彼には奥さんがいた」私はすすり泣きの間に言った。「彼を愛していたいい友人たちも」

「そして私たちにはお互いがいるわ」と彼女が言った。その声は、母はレストランで出す料理以外の、それから私以外の、すべての過去を切り捨てたことに、罪の意識も後悔も感じてはいないのだと、私に気づかせた。

「あなた、そこに残って葬儀に参列するの？」と母は訊いた。

そんなことができるとは思えなかった。私は彼が生きるのも死ぬのも見ていなかったのだから、よくても幸いを祈る一人の人であり、最悪の場合はじゃま者といったところだった。それに、仕事に戻らなければならなかった、**私の**子どもたちのところへ。

「すぐに帰っていらっしゃい」と母は言った。

私はそうすると答えた。

洗面所から出ていくと、父の妻の足首のベルがまた鳴り始めた。最初は静かに、それからやがて歩いてではなく、踊りながら玄関に向かっているかのように鳴り響いた。

「死因は一種の癌でした、脳細胞が星のような形になっていくもので」と彼女が言うのが聞こえた。相手は、死者の体を洗うためか、何にせよその次にすべきことをするためにちょうど到着した人、あるいは人たちだった。

「骨のなかのカルシウムが星屑になったんです」と彼女はそこにいる誰かに告げた。

それから表の部屋で、古いビニール製のレコード盤に針が落とされたときのひっかかるような音が聞こえた。ニーナ・シモンの官能的ながら悲しみに満ちた声が大音量で、川に連れていって洗礼を受けさせてくれと泣き叫び、懇願していた。悲しみはすぐに歓びに変わり、ニーナが洗礼を授けてくれるよう要求し、懇願する間に、演奏はピアノからドラムへと移った。

突然私は父の妻を抱きしめ、彼女に――母にはできなかったように――私を抱きしめさせたくなった。父の妻のほうへ歩き出すと、私は、耳のなかでニーナのドラムが刻むリズムを聴きながら、自分が村人全員を従えて、王の葬儀の列の先頭に立って堂々と歩いているような気がした。

ポルトープランスの特別な結婚

「奥さま、私は死ぬと言われました」

メリサンは市の中心街にある診療所に行き血液検査を受けたが、結果は、死ぬかもしれないという宣告だった。もうかなり長い間咳が続いていて、最初は弱く控えめにしていたが、そのうちに雷がとどろくようなひどいものになっていったので、私はそれまでまかせていた十一か月の息子、ウエスリーの世話をやめさせていた。熱が出て動作が緩慢になり、ほとんど動けなくなるまでに衰弱してようやく、彼女は医療の助けを求めることにしたのだった。

私の寝室の入口に立ってすすり泣くその体は、ドアフレームの角材と同じぐらいの厚みしかなかった。彼女は花模様のシルクのスカートをたくし上げて、顔の涙を拭った。そのスカートは、以前私が持っていたものだとすぐにわかった。大学院の学生だったころに、マイアミの店で六十ドルで買ったものだ。その大学院で私は同じハイチ人のザヴィエと出会い、今は彼とともにポルトープランスで、自宅も兼ねる小さなホテルを経営している。

「お母さんには話したの？」と私は訊いた。

彼女の年齢はせいぜい二十一、二歳だった。母親のバベットは、ホテルの料理人として働いていた。メリサンは私たちの息子の子守り役で、彼女とバベットはホテルの厨房の裏にあるメイド部屋で一緒に生活していた。

私が息子をまかせられる人はそんなに多くはなかった。でも、ウェスリーが彼女を大好きなのは明らかだった。ウェスリーをメリサンの腕に抱かせたら、すぐに彼のいちばん大きな笑い声を探り当てて引き出した。息子を惹きつけたのは、彼女の魅力的なところだと私が思ったのとたぶん同じものだっただろう。小さい妖精のような顔、アシ笛に似た声、足を地につけても安全なのかどうかわからないというような、少しためらいがちな歩き方。

ザヴィエは、メリサンはウェスリーの子守りをしていないときには職業学校に行って、他に何か手に職をつけるべきだと考えていたけれど、私たちは無理強いはしなかったし、行くようにとしつこく迫ることもしなかった。見ていると彼女は、空いた時間には母親が調理をするのを手伝っていた。また私はときどき、彼女が二人のメイドと一緒に、会議室と十二の客室全部の掃除をしながら冗談を言いあっているのを見ていた。彼女とメイドたちとの申し合わせは、手伝いをしたときにはいつでも、掃除のあと何か部屋に残されているものがあれば分け合うということだった。

彼女たちはときどきチップの他に金や銀の装身具――たいていはイアリングの片方とか細いブレスレット――を見つけた。夫はそうしたものを客に返そうとあらゆる努力をしたけれど、数か月経っても誰も折り返し電話をしてこなかったり、返却を求めてこなかったりすると、私たちはメイドに、通りに店をかまえる貴金属商にそれを売るのを許した。商人はそれを溶かして違う装飾品に造り変え、別の客たちに売るのだった。もしもメリサンが学校に通い、ホテルで働いていなかったら、この収入はなかっただろう。けれども学校に行っていれば、将来への足がかりを得られたかもしれない。そして今、彼女に将来はないのかもしれなかった。

「入って座りなさい」と私は彼女に告げた。

私はベッドから立ち上がり、ドアまで歩いていった。まだナイトガウンのままだった。ウェスリーは、夫と一緒にホテルの本館にいた。夫は執務室で、春休みにやってくる五人の大学生を迎える準備をしていた。夫はホテルからの観光ビジネスも手掛けていた。私たちのガイドつきツアーの顧客のほとんどは、外国の地で生まれて国外に住んでいるハイチ人の子どもたちだった。日中はザヴィエがこの土地の歴史的建造物や史跡に連れていき、夜には彼らは、私たちの作家や芸術家や音楽家の友人たちに接待されて、近くの孤児院で子どもたちと一緒に食事をすることさえあった。また、ザヴィエの同僚の一人が、私たちの客を首都の外へと連れていった。かつてはハイチのリヴィエラと考えられていた海岸近くの町、ジャクメルへ、それから一八〇四年にハイチのフランスからの独立が公式に宣言されたゴナイヴへ、そして独立後に建造された息を呑むほど美しい要塞、シタデル・ラフェリエールへ。ザヴィエの観光旅行パッケージは、一種のリクルートの手段でもあった。参加する若者たちに、戻ってきて彼らの持つ技術をぜひ国のために捧げるようにと促したかったのだ。

メリサンの体を支えながらベッド横のロッキングチェアまで連れていく間、私の手に彼女の体はものすごく軽く――紙か布か、あるいは空気のように――感じられた。彼女はすべるように椅子に座り込んだ。その周りに私はいくつかクッションを重ねた。彼女の両肩に両腕をかけると、体からなかなか引かない熱の温(ぬく)みが、無地の白いTシャツ越しに感じられた。

「医者は何と言ったの、正確には？」と私は訊いた。

「彼は」彼女は両手に顔を埋めて答えた。「私はエイズ(シーダ)に罹(かか)っていると言いました」

私は肺炎か気管支炎を予想していたけど、それは考えていなかった。彼女が病院から戻ってきたとき、次回はそんなに長く待たないで診察を受けるようにと説教するつもりでいた。悪くてもせいぜい、抗生物質を必要とするぐらいだろうと思っていた。

「たとえエイズ(シーダ)に罹っていても」私は彼女に告げた。「今はいろんな薬があるわ。患者はそうした薬で何年も生きているわ」

これが突然、また新たなすすり泣きを引き起こした。彼女の両肩が小刻みに上下に揺れて、私もパニックになり始めた。ウェスリー。彼女はそれまであの子の体のあらゆる部分を触り、洗い、拭き、キスをして抱きしめていた。二人は果たして偶然に血を交えたことがあっただろうか？

彼女をここに残して、走っていきたかった、プールを通り過ぎ、ハイビスカスの園もホウオウボクの木立も駆け抜けて、敷地の向こう側のジンジャーブレッド・ハウスへ、息子を見つけに。いつものようにウェスリーは誰よりも早く起きて、夫が執務室へ連れていった。息子はおそらく遊んでいるか、ザヴィエが電話をかけている間、父親の机の下で腹這い（はらばい）になって動き回っているだろう。

メリサンはまだすすり泣いていた。ウェスリーに検査を受けさせなければならないだろう。もしも彼に感染していたら、私はどうやって生きていけばいいのだろう？

私はメリサンを、ただそのまま泣かせておくことにした。全身から出せるだけの涙を出させたあとで、何らかの解決策を見つける努力をしよう。数か所の診療所が、いいレトロウイルスの治療法を申し出てくれた。無料のものもあったし、研究と治験の被験者となるのが条件のものもあった。メリサンが検査を受けた診療所は、カウンセリングはするが長期の治療はできないとのことだった。

彼女の体重が最初に減り始めたときに、医者のところに行くように説得すべきだった。男性宿泊客との、あまり密かにしているとは言えないいちゃつきをとめるべきだった。ザヴィエと私は、夜勤のコンシェルジュから、メリサンはある特定のタイプの客と会話をしたがると聞いていた。太った白人の非政府組織関連の客で、生涯一度も食事を欠いたことがないように見えるために、そうした客を、金持ちだと思ったのだ。彼らの言っていることのほとんどは自分にはチンプンカンプンだというのは、どうでもいいことだった。彼らが母語で話していることの意味を理解しようとするのは、彼女にはとても愉快なゲームだった。彼らが言った言葉のいくつかを復唱することで、自分が英語やスペイン語やポルトガル語やフランス語やドイツ語や、その他の何であれ客が話した言語を学んでいると考えた。それでも、客をご機嫌にしておくために、夜勤のコンシェルジュは彼女にやめさせようとはしなかった。いずれにせよ彼には、彼女がこの男たちと過ごす時間がセックスをするほど長いと思えたことは一度もなかった。それに彼女は母親と一緒に暮らしていて、母親がいつも監視していた。

メリサンは、涙を流し尽くしたようで、ようやく泣きやんだ。そして今はしゃっくりで、頭を私に寄せては離してという具合に、前後にぴくぴく動かしていた。

「セカンドオピニオンを受けられるところを探さなければならないわ」と私は告げた。

彼女は顔を上げて私をにらみつけ、それから、ハチの巣か鳥の巣が私の頭のてっぺんに現われたかのように、目を大きく見開いた。その目は、膨れ上がった毛細血管が眼球いっぱいに広がっていて、真っ赤だった。

「治療法はないと言われました」と彼女が言った。

「ミスター（メーシィエ）・ザヴィエと話させてちょうだい」私は言った。「あなたが何らかのケアを受けられるようにするわ」

ポルトープランスのどこで最良の治療を受けられるか私にはわからなかったけれど、ザヴィエならきっとわかるだろう。彼はすべてのことについて、特に予想される最悪の問題に関することについて、何らかのことを知っていた。これはある程度、ガイド兼ホテル経営者の仕事なのだ。空腹の客が現われたら、食事を出す。酒を飲みたい客には大いに勧める。一人にしておいてくれと言われれば、客の前から消える。話し相手を望まれれば、応対する。失恋した客には愛をあてがう。客が来たときにすでに病気なら、目の前で死なないよう、素早く治療を受けさせる。

　ウェスリーのＨＩＶ検査は陰性だった。ペシオンヴィルで彼の検査とメリサンの二度目の検査をしてくれたカナダ人の医師が、メリサンに必要なレトロウイルスの薬を手に入れる手助けをしてくれることになった。いちばんいいのは、彼の患者の多くが大きな白（グオ・ブラン）と呼んでいる錠剤一錠による治療であるということだった。それならば服薬遵守（コンプライアンス）が簡単になるから。彼にはすでに、メリサンが薬を指示どおりに飲まないだろうということがわかっていた。まず彼女は誰ともセックスをしていないと主張しているが、自分で皮下注射をしていないし輸血もしていない以上、導き出せる結論は、彼女がありえない否認をして現実から目をそらしているということだった。

「きみが、この病気が体に入った可能性のある経路を白状することさえ拒否するつもりなら、どうしてこの病気を強力に治療することが望めるだろう？」と彼はフランス語訛（なま）りのクレオール語で、机を挟んで向き合って座るメリサンに告げた。その間彼女はまぶたを開けたり閉じたりしてぴくぴくさせ、開けているときには、資格免許状がいっぱい掛けられた壁を見つめていた。

でもこの医者が個人的なストックから私たちに二か月分の錠剤を――一錠あたり二アメリカドルで――出してくれると、メリサンは、私たちの誰も予想しなかったほど素直になった。治療を始めさせるために、一緒に朝食をとりながら薬を飲むのを見届けられるよう、毎朝私のところに来なさいと告げた。彼女の朝食はだいたい、卵添えのプランテンかニシン入りスパゲッティのようなしっかりしたもので、私のはコーヒーとトーストのような軽いものだった。ほとんどいつも私の部屋のパティオで食べた。そこからはホテルのプールが見下ろせて、たいてい数人の宿泊客がもう朝のひと泳ぎを始めていた。そうでないときには、ホテルのダイニングルームで私の横に置いた小児用の食事椅子にウェスリーを座らせて食べたりもした。

メリサンは太り始めて、私の古い洋服が前よりもフィットするようになってきた。それに、前ほど泣かなくなった。それはひとつにはホテルの全スタッフが――敷地の整備係や警備員も含めて――私たちを見ているのを知っていたからだと思う。そして彼女が二度としなくなったのは、息子に触れることだった。息子はまるまる太った小さな腕を彼女へと伸ばし、ゆがめてしかめつらをした顔からは悲しげに泣き叫ぶ声が、それから涙があふれたけれど、彼女は無視するか顔をそむけるだけだった。

しばらくすると私は、彼女との朝食の席にウェスリーを連れていくのをやめた。メリサンにもウェスリーにも辛すぎることだったたから。私は間違いなく別の子守り役を必要としていたけれど、メリサンの気持ちを今以上に落ち込ませたくなくて、雇わなかった。その代わり、ツアーの仕事がないときはもう少し手伝ってくれるようにとザヴィエに頼んだ。そして私が出かけるときには――重すぎて抱っこできなくなるとベビーカーに乗せて――どこへ行くにもウェスリーを連れていった。

その週は、私の抱える厄介な客のなかに地元の若い新婚夫婦がいて、新婚夫婦特別室（ハネムーン・スイート）に、二日間しか予約していないのに、四日間も閉じこもっていた。それに上院議員。彼は、安全確保のために自宅を捨てて、今は東屋（あずまや）に隣接するいくつかの部屋のひとつに住んでいた。

メリサンと一緒に朝食を食べる前に急いで敷地内を点検しながら、ウェスリーを連れて全速力で走りまわっているときに、私は上院議員に出くわした。上院議員は水泳パンツだけをはいてプールのそばに座り、新聞を読んでいた。彼は、私が未払いの請求書のことを思い出させるときにいつもするように、微笑（ほほえ）んでウィンクをした。高齢で猫背のフランス人哲学者もいた。ハイチについての本を書いているのだと公言していたけれど、何時と限らずいつでも、タバコを吸い大酒を飲む以外のことをしているのをついぞ見たことがなかった。勤め先の新聞社が電信で送金したということになっている金は届いていないと思い出させなければならない記者に加えて、こうした客たち全員に、常時しつこく注意を喚起する必要があった。メリサンに対するよりもずっとしつこく。メリサンに関しては、もう自分でちゃんと薬を飲めるだろうと私は確信していた。

まもなく私は朝食を一緒にとるのを完全にやめて、メリサンが指示どおりにきちんと薬を飲むのを管理する役目を母親に引き渡した。母親は、メリサンの病気のことを知った日から彼女を売（ブー）

女(ゼン)と呼び始めていて、それは、毎朝、自分がしている仕事の手を止めて、娘が朝食と一緒に薬を飲んでいるかを見届けているときでさえそうだった。

　私は朝パティオから、彼女たちを見ていることがあった。バベットは、背丈はメリサンと同じくらいだったけれど、がっしりしてずんぐりしていた。彼女がメリサンをなじり続けている間、その短い首の静脈は脈打ち、メリサンのほうは、このやりとりを終わらせようと錠剤を飲み込み、それから急いでその場を去った。

「旦那(メーシイエ)さまと奥(マダンム)さまがあんたの百グルドの薬代を払ってくださるのをやめなさったら、どうするつもりだい?」とバベットは、新兵をしごく練兵係の軍曹のように叫ぶのだった。彼女の抱いている恐怖は、手で触れそうなほどはっきりと感じられた。娘の生存の可能性は、今や夫と私にかかっていた。もしも私たちがホテルを売却してよそに移ることにしたら、彼女の娘の病状は悪化するかもしれなかった。製薬会社がその薬の製造を中止したり、ハイチに送らなくなったりしたら、どうなるのだろう? 薬の製造から、それを買う費用を負担する私たちの経済力までのチェーンのどこかがもしも切れたら、彼女はわが子を失うかもしれなかった。

　ある朝私は、メリサンが錠剤を飲んでいるときにバベットが彼女に訊ねるのを聞いた。「もしも外国人が――白人(ブラン)が――薬(メディーカマン)を独り占めにしはじめたらどうする? 旦那(メーシイエ)さまと奥(マダンム)さまがハイチを離れたらどうする?」

　また別の日には、「あんたは決して健康な子どもを持てないだろうよ」と娘に告げた。「絶対に夫を持てないだろうさ」

「きみから彼女に話すべきだよ」とザヴィエは、それを偶然耳にしたあとに言った。

彼は、ときどきミーティングのためにホテルの会議室を使う地元の実業家グループに出すディナーの準備をしていた。話をしながら、ワインの注文について、シェフへの注意喚起について、メニュー案について、携帯電話にメモをとっていた。

「あの可哀そうな子をあんなふうに扱っても、何の助けにもならないよ」と彼は言った。

「あんたはどこに埋葬してほしいの?」バベットはすぐに続けて言った。「しゃれた棺(ひつぎ)にしてほしいのなら、貯金を始めたほうがいいよ」

私たちとは違って、バベットには、この錠剤が可能にした条件つきの希望的観測を味わう余裕はなかった。もしもメリサンが私の娘で、この薬の代金を払うだけの余裕がほとんどないとすれば、同じ恐怖を抱えていたかもしれない。

翌朝私はバベットに、ちょっと話をしたいと伝えた。彼女は、私が夫の執務室のドアを閉めるやいなや私の手を強く握り、こう言った。「ありがとうございます、ありがとうございます。ありがとうございます、奥さま、あの子を追い出さずにいてくださって。あの子を死なせないようにしてくださって、ありがとうございます」

「この薬を飲んでいる人は世界中にいるわ」彼女に強く握られている手を徐々に引き抜きながら

言った。「それから、あなたは娘と過ごす貴重な時間を無駄にしているわ、以前と同じようにあの子と過ごせる時間なのに。ののしるんじゃなくて愛してこそ、あの子の助けになるのよ」

「あの子を愛せですって？」彼女は眉間にしわを寄せて、私から数歩離れた。

「そう、愛するのよ」私は言った。それは命令のように聞こえたに違いない。「あの子を愛さなくては」と私は強調した。

私には彼女が考えていることはわかっていた。この愚かなよそ者たち、もはや完全なハイチ人ではない、ほとんど白人といえる、外国人のような連中、甘くて感傷的なこのディアスポラたち、彼らは愛というとどうしてただ一種類の愛に——私たちを粉々に打ち砕いてしまう愛ではなくて、いつも口にして話題にするものとしての愛に——戻っていくのだろう。このディー・アス・ポー・ラー、ディアスポワ、ディアスポレンの連中、外側だけに関心のある王たちや女王たちは、愛を示すには、しょっちゅう愛を口にするのとは違うやり方がいくらでもあることを知らないのか？

「もちろん私はあの子を愛していますよ」彼女は、どのくらいというのを実際に示すかのように両腕を大きく広げながら言った。「だからあの子をこんなに手荒く扱うんです」

彼女は視線を下げて頭を垂れ、私にありとあらゆるものがあってなおそのうえに、彼女を叱る理由があることを恥じているようだった、自分には、そこに立ちつくして甘んじて受けるしかないことを恥じているようだった。

「ごめんなさい（エスキーゼ・ム）」私は言った。「私たちは二人とも母親よ。私にはわかるわ」

　彼女は部屋を見回した、壁に掛かっている額入りの写真、私とザヴィエの、ハイチにいる家族と遠く離れている家族、両方の家族の写真を。ウェスリーのこの地上での一年に満たない足跡を写した、十枚ほどの写真を見た。彼女は、自身かメリサンを見たいというような表情で壁を見つめたけれど、それでも、見つけられなかったことへの驚きはなかった。

「あなたは、自分自身の子だけでなく、私の子にも必要なものを与えられる母親です」彼女は言い、目を白い天井に向けた。「私たちは同じではありません」

　私はメリサンに健康であってほしいし、あなたもそうだわ、と私は彼女に告げた。その意味で私たちは同じよ。彼女が納得していないのがわかった。私には、この話し合いのあと、彼女がメリサンに謝ることも、母と娘が和解して抱きしめ合うこともないだろうとわかっていた。

　翌朝私はパティオにいて、すぐ横に置いたベビーサークルのなかではウェスリーがぴょんぴょん飛び跳ねていた。そこからじっと見ていると、彼女が黙ってメリサンに水の入ったグラスを渡すのが見えた。

「彼女にいったい何を話したんだい？」と、ベビーサークルをちょっとのぞいてウェスリーを見ながらザヴィエが訊いた。

「つまり、ほら……」と私が言うと、その話はしたくないのだなと彼は察した。

二か月目の終わりに、メリサンが追加の処方薬を必要としたとき、彼女の主治医はハイチを出てモントリオールへ帰った。メリサンは別の医者にかかるしかなかった。今度の医者はキューバ人で、新たに一連の検査を指示した。メリサンが薬草から製した錠剤やビタミン剤を含む、錠剤の入ったいくつかの瓶を持ち帰ってきたとき、彼女が抱いていたよくなってきているという幻想のすべてが消え去ったことがわかった。

新しい処方は彼女には合わなかった。胃痛、吐き気、下痢の症状に苦しみ、何日もベッドで過ごした。キューバ人の医者は、体が薬とサプリメントに慣れるまで時間がかかるだろうが、彼女にはレトロウイルス薬のみでなく薬効のある自然の素材も必要だと言った。ザヴィエが何か所かに電話をかけ、メリサンが確かに適切な治療を受けていることを確認するために、もう一人別の医者——今度はハイチ人の女医——を見つけた。

この医者が、母親と一緒に暮らしている部屋で彼女を診察したあと、メリサンは医者に、一錠の薬での治療に戻してほしいと伝えた。そしてカナダ人医師からもらっていた処方薬の瓶をハイチ人の女医に渡した。すると女医はそのカナダ人医師の名前を見て、大きな音をたてて歯の間から息を吸い込み、叫んだ。「まさか、何てことよ‼」

「どうしたのですか?」と私は、ドアのそばに立ったまま訊いた。

ハイチ人女医の詳しい説明でわかったのは、カナダ人医師がメリサンに与えていたものはアスピリンよりも効かないということだった。偽薬（プラシーボ）だった。まったく彼女の役に立ってはいなかった。

実際のところ、むしろ彼女の免疫システムを弱めてしまっているかもしれなかった。最初の錠剤を私たちに処方して売りつけたカナダ人医師は、同僚の医師たちにその所業を知られ、使い物にならない薬を市のいたるところで、すっかり彼を信用してしまっている多くの患者たちに売りつけていたことを厚生省に報告され、ハイチから逃げ出していた。彼が医師免許を持っていたのかどうかさえ疑われていた。

「あなたは特別に用心しなければだめよ」と医師はメリサンに告げた。彼女は再びその大きな(グオ)白い(ブラン)錠剤を処方したけれど、確実に本物を入手するようにと私たちに告げた。これを聞くと、メリサンの体はシーツの下にさらに深く潜った。彼女は貴重な時間を失っていた。

「あの男は、彼女の命をもてあそんでいたのです」と医師は、一緒に部屋を出るときに私に告げた。メリサンは私たちから顔を背け、私がドアを閉めるときには、さらに枕の中に埋めていた。

　最初の医者をあんなに信用すべきではなかった。もしかすると、白い肌と壁に掛けられたあの資格証明書の数々に騙(だま)されたのかもしれない。もしもメリサンが自分の娘だったら、あんなにやすやすと信頼しただろうか？

「ぼくらは義務の命じるところより、ずっと多くのことをした」とザヴィエは、数日後にハイチ系アメリカ人の美術学校生のグループを連れて国立博物館、ＭＵＰＡＮＡＨに行くことについて運転手にメールをしながら言った。

「どういうふうに？」私は訊いた。「彼女ににせ医者をあてがうことで？」

「ぼくらは努力したよ」と彼は言った。

「私たちは失敗した」と私は叫んだ。

「ぼくらはウェスリーのためにしたであろうことのすべてをした」と彼は言った。

「したかしら？」

私はすぐに、息子に二度目の検査を受けさせるために予約をした。


その日の午後、ウェスリーの医師のところへ行く前に、息子がベビーカーのなかでまどろんでいる間に、メリサンの母親が東屋でザヴィエと私に昼食を出してくれた。ライトブルーの制服を着ている彼女は汗をかいていた。頭は黒いスカーフにすっぽり包まれていた。それは彼女がほぼいつも頭に巻いていたものだったけれど、突然とむらいの布のように見えた。

「気の毒に思っているよ」ザヴィエが彼女に告げた。「でもたぶん彼女は、うちに来る前から病んでいたのだろう。もっと若いときに起こっていたのかもしれないな」

彼女は料理を急いで置いて、何も言わずに背を向けて歩き去った。おそらく私たちのことを、あのにせ医者と同じくらい人を欺く輩（やから）だと思っただろう。その上に今私たちは、彼女の娘を侮辱していた。

彼女に謝らなくては、私たちはメリサンを助けようとしているのだと安心させなくてはと、彼女が去ったあとザヴィエに告げた。私たちは騙されて、金だけではなく希望まで奪われてしまっていた。

私はメリサンの母親をさがしに行こうと立ち上がった。けれどもザヴィエが私の手をつかんで座らせた。

「放っておけ」と彼は言った。その声は本当に怒っていた。あの詐欺をはたらいたおそらくにせ者であろう医者と、この事態全部に対してだけではなく、メリサンの母親に対しても。

数日後、メリサンに会ってウエスリーの二回目の検査も陰性だったことを伝えようと、私は彼女たちの部屋へ行った。ベッドに横になり熟睡していた彼女は、私が部屋に入ってもまったく動かなかった。新しく編んだ腰まであるボックスブレイズは、彼女の顔には大きすぎるように思えたけれど、それは逃げていくヘビの群れのように頭の周りに扇形に広がっていた。まだ虚弱に見える体は、黒いブラジャーと水玉模様のパンティ以外何もまとっていなかった。その体もやがてすっかり順応していくでしょうと、医者は私たちに告げていた。

彼女がとても静かに、とても――こうして口を開けていると特に――無防備な様子で寝ているのを見ながら、私は、彼女はどんな意思を持っているのだろうかと考えた。あの効果のない錠剤を飲んでいるほぼ二か月の間、症状はすっかり消えていた。これで助かると信じたら、それが役に立ったようだった。でも今、その顔には違うものがあった。若さが消えていた。不安定な体重の増減のせいかもしれなかったけれど、眉間や口の周りには、しわさえあった。

一週間後、メリサンは再びベッドから出た。ある朝、ウェスリーと一緒にパティオで朝食をとっているときに私は、彼女が上から下までちゃんと服を着てプールのそばのラウンジチェアに座り、水のなかをじっと見つめているのに気づいた。彼女はスカートのポケットに手を入れて小さなアクセサリーを取り出し、手のひらの生命線をそれでなぞった。次にそれを握りしめ、またポケットに戻した。ポケットから取り出し、視線を下げて見つめ、元に戻す、この動作を二度くり返した。見ているうちに私は、それが指輪だと気づいた。光り輝く宝石がついていて、ごく小さかったけれど、それでも他の部分より多くの光を引きつけていた。

私はウェスリーをプールまで歩かせて、彼女に会いにいった。彼女は目を閉じていたので、来たことを知らせるために名前を呼ばなければならなかった。彼女は私たちを見て驚いた。

「体調はどう？」と、二人で彼女の横のラウンジチェアにすべり込みながら、私は訊いた。

息子が手を突き出して、メリサンの左手にある小さな安物の宝石を取ろうとした。でも彼女は両手を引っ込め、それをポケットに戻した。

「それは何？」と私は訊いた。

メリサンは、私がどのくらい長く自分を見ていたのかと――これをポケットから出したり入れたりするのを見ていたのかと――考えていたに違いない。ゆっくりとさらに深く手をなかに入れ、もう一度その指輪を取り出した。金の鎖はスパゲッティくらいの細さだったけど、思ったとおり、光を捉える小さなガラスの石がついていた。石のきらめきに惹かれてウェスリーがもう一度取ろうとしたが、メリサンは、それを彼の手の届く範囲から守ろうとするかのように、またぐいと引き離した。

「客が忘れていったの？」と私は彼女に訊いた。

彼女は首を横に振った。

「誰かがあなたにくれたの？」

彼女はうなずいた。

「男の人？」

もう一度うなずいた。

「あなたが病気になる前にくれたの？」

「たぶん」指輪を握りしめた拳から目を離さずに、彼女は静かに答えた。

「その人は、あなたと結婚するつもりだと言ったの？」

彼女は無言だった。

結婚すると言ったのだろう、と私は思った。それから自分の生活に、あるいは妻の元に、あるいは誰であれ戻る義理のある人の元へ戻って、そのまま二度と帰ってこなかったのだ。

その指輪は、無論、価値のないもので、街角の宝石職人が造ったよくある模造金ににせの宝石(クリゾカル)

をつけたものだった。同じものを何人もの若い娘たちがはめているのを私は見てきていた。外国からの客や土地の客が、酒とセックスの相手として食い物にするために連れてくる娘たちだ。こうした客たちは娘らに愛していると言い、真心の印としてこれと同じような指輪を渡し、うつろな約束にしがみつかせて去っていき、決して振り向くことはなかった。ホテルの周辺では、この手の指輪には名前さえついていた。私たちはそれを、ポルトープランスの特別な結婚——あるいは、私を愛してそして捨てて（レンメン・ム・キテ・ム）——指輪、と呼んだ。

「メリサン」と私は言いかけ、この指輪は最初に彼女が飲んでいた錠剤のようなものだと告げるのに、あるいは思い出させるのに、いちばんいい言い方を考え出そうと努めた。そのなかには、真実も魔法も癒やしもないのだと。彼女のくぼんだ顔と赤くなった目が、すでに知っていると伝えていた。

「知っています（ム・コネン）」と彼女は言い、痩せこけた手を振って、これ以上その話はしたくないと私に知らせた。

贈り物

アニカは、トマスが七月四日に一緒にディナーに行ってくれるならば、贈り物をあげると約束した。二人は地震の前からずっと、もう七か月以上も会っていなかった。ビスケー湾を見下ろすガラス張りのレストランでというのが、彼女の考えだった。前にそこで何度も食事をしていて、もっとずっと幸せだったときには、二人ともがその薄暗い照明と黒革のカウチを、魅惑的なだけではなくロマンチックだとも思っていた。料理が置かれる木枠型のコーヒーテーブルはいつもちょっと問題だったけれど、マイアミ中心街のスカイラインは息を吞むような眺望で、それに惹かれて二人はいつもそこに戻っていった。七月四日の花火を見るのにはいい場所だったし、レストランが次第に混んできても、二人がいつも座った隅の席は、会話ができるくらいには静かだった。

アニカはこのときのために特別のドレスを買っていた。太ももに軽く触れるほどのミニ丈の黒のホルタードレス。現われたトマスは、かつて彼女が愛した小粋な男、会った瞬間から惹きつけられた男ではなかった。当時彼の不動産会社はマイアミの中心街を見下ろすペントハウスだったが、そこを彼女が訪れて、オフィスの壁を自分の顧客の絵で飾ってあげるから、代わりに、その絵を彼の不動産の借受人や購入者や彼らのインテリアデコレーターに売る手助けをしてくれるよう頼み込んだのだった。

「それはどうかな」と彼は、机を挟んで向かいあって座る彼女の隣でブロンドの女性助手がメモを取っているのに、いやになれなれしい笑みを浮かべて言った。「そうすると大変な仕事量になるだろう。きみはずっとここにいて、絵の管理をしなければならない。それからぼくの世話も」

そのときの彼は、米国のパーク・スロープとハイチのパコからの二重ディアスポラで、まだマイアミには不案内だった。当時はジムで多くの時間を過ごしていた。今テーブルに近づいてきた彼は、前ほどがっしりしておらず、かなり痩せていて、背丈も一インチほど低くなっていた。

彼はカウチにすべり込むように腰を下ろし、両腕を彼女の首にまわした。彼が順番に使っている、多くのアフターシェーブローションのうちのひとつの匂いがした。たとえどこにいてもその匂いをかいだらいつでも彼のことを思えるように、ローションはひとつに決めてと彼女が頼んでいるにもかかわらず、そのやり方は変わらなかった。

「人は匂いを覚えていられないのよ、その匂いが何かか、誰かに、結びついていないと……」と言ったのに。

彼女が伝えようとしたのは、自分が愛している何かか誰か、ということだった。でも、いつもそうだとは限らないことはわかっていた。人は匂いを、嫌悪しているものや、忘れようとしているものに結びつけることだってある。

再会の挨拶をしたあとも、彼が首に巻きつけた両腕をいつまでも離さなかったので、彼女は相手の背中をさする他はなかった。彼が泣いていればそうするように、背骨の真んなかあたりを手のひらで軽くたたいた。以前なら彼は、デザイナーブランドのジーンズと黒いTシャツ姿だっただろうが、今は長袖の白シャツと地味な黒いスラックス姿だった。右の耳にはとても小さなダイヤのイヤリングをつけていて、女の赤ちゃんのものみたいだった。

「それ、新しいわね」と彼女は、イヤリングを指さして言った。

「他の多くのものと同じように」彼は離れて、背中をソファーに押し込んだ。そして背中をまっすぐに伸ばして姿勢を正した。まっすぐすぎるくらいに、何か悪いことをしているところを見つかったみたいに。

彼女のほうが言い寄った。彼はそのうちに、彼女の顧客の絵を新居への祝いとして自分の顧客に渡すために買うことに同意した。彼が絵をひとつ買うたびに、彼女はこのレストランでの祝いのディナーに招待した。彼女のハートを射止めたのは、その自信とうぬぼれだった。他の女性のいるところで――それが彼の会社で働く女性たちであってさえ――自分といちゃつくのを、セクシーだと思った。彼は禿(は)げた頭とマホガニー色の肌をしていて、魅惑的で、写真写りはばつぐんだった。声はラジオから聞こえてくるように太く低く、口を開くたびにオンエアのアナウンスをしているようだった。

「今回は折り返し電話をくれて驚いたわ」と彼女は言った。

「休日で何もやることがなかったんだ」と彼は応じた。

「休日はこれまでにもあったわ」

「重要なのが？」

「この休日はあなたにとって重要なの？」

「ぼくらはここにいる、だろ？」

「あなたが来たのは、約束したものがあるからね」

「ぼくらはいつも、互いに何かを約束してきた」彼は言った。「まあ、いつも何か具体的なものをというわけではないけれど」

　彼はますます混んできている店内を見回した。客たちの声はささやき声からふつうの声へと変わり、それから、ときおり自分の話を聞いてもらえるように叫ぶ人が出てきた。他の常連たちの多くはすでに、交通渋滞中のブリッケル・アヴェニュー・ブリッジをはるかに見下ろす、ガラスの壁のすぐ横の空きスペースを確保しようと動いていた。二人のいつものテーブルを取るのも少し大変で、マネージャーを説得し、いままでここでどれだけのお金を使ってきたかを思い出させて、やっと確保できたのだった。

「ぼくは七月四日はほんとうに好きだな」彼が言った。「ぼくらが去年何をしていたかはよく覚えていないけれどね」

「私は自分のアパートでお昼のピクニックをしていたわ。彼女はベイフロント・パークで花火を見た」

「あれは間違いだった」彼は言った。「娘は花火をひどくこわがった」

彼は絶対に二人の名前を言わなかった、妻の名前も娘の名前も。二人をあいまいで抽象的でぼんやりした存在のままにしておきたいかのようだった。

彼女は出会ってから数週間後に、彼に妻と赤ん坊がいることを知った。彼は、「マイアミ・ヒート」の新人スタープレイヤーに数百万ドルの大邸宅を売ったあと、「マイアミ・タイムズ」紙のビジネス欄で紹介された。その記事によると、九歳のときに家族とニューヨークに来た。妻は裕福なハイチ人一族の家に生まれ、大人になってからマイアミへ移住した。彼女の家族はハイチで建設業に携わっており、彼はハイチの市場に進出したかったので、完璧なマッチングだった。

新聞のウエブサイトに掲載された三人の写真――彼と妻と幼い娘が、豪華なマイアミのペントハウスのリビングルームに座っている――は、襲撃のように彼女を打った。彼らはそろってそこにいた。三位一体で。完璧な家族。妻がレバノン人とハイチ人の血を引いていることは、小豆色の肌とクレオパトラのような濃いふさふさとした髪型に表われていた。一歳になるくらいの娘は、パン生地みたいで食べられそうに見えたが、まるまる太った両腕を宝石で飾った妻の首に回していた。

トマスが体をすべり寄せてきて、それ以上動けなくなった。彼が肩に頭をもたせかけると、彼女はバッグのなかの携帯電話に手を伸ばした。女ともだちに電話をして、助けにきてもらおうとしたのだ。ディナーのあと、ここまで来た道を引き返したり、考えを変えたり、前の行動パターンに戻ったりしたい誘惑に駆られないように。彼女が携帯をバッグに戻すのを見ながら、彼は言った。「ぼくは以前ポルトープランスのカリビアン・マーケットにいたことがある。メイドたちは全員が携帯電話で自分の奥さまと話していた。いや、言い換えたほうがいいな、自分のボスとだ。そしてそれからそのメイドたちは、電話で**自分の**メイドに子どもたちの昼食に何を作るかを指示していた」

彼女が目を細めて当惑した様子を見せると、彼はつけ加えた。「地震のあとで、きみは聞かなかったかい？　家や学校やカリビアン・マーケットの下に埋まって、携帯メールで何時間も助けを求めていた人たちのことを」

「家が崩壊したとき、あなたは携帯を持っていたの？」

彼は頭を肩から上げた。アニカは、ずっと軽くなった彼の重さが離れていくのを感じた。

「そのときに限って持っていなかった」彼は答えた。「家族だけに心を砕こうとしていたんだ。でも、あそこで携帯を持っていたらよかったのにと思うよ」

彼が詳しい話をしなかったので、彼女は「あなた、元気そうだわ」と言った。嘘だった。やつれた顔には、メイクアップがうまければ隠せるかもしれないような、切り傷や傷痕がいっぱいあった。

バスボーイが水を持ってきて、それからウェイターがナイフとフォークなどをメニューと一緒に持ってきたけれど、この人たちは影か幽霊のようなものだった。店の特別料理とメニューについて話していたが、彼女はあまりに気持ちが乱れていてよく聞きとれなかった。いずれにしても、メニューは覚えていた。

「少し時間をくれ」と彼は、飲み物は何にするかを訊かれて答えた。

「床で食べたほうがましだな」と彼は、木枠のコーヒーテーブルを平手でたたきながら、以前と同じように言った。

ウェイターが戻ってくると、トマスは、いつもと同じチリ産のピノ・ノワールを注文した。キリッとした味と素朴なアロマのワインだ。二人のお気に入りだった。彼はエビとクラブケーキも注文した。

「きみはずっと仕事をしていたのかい？」ウェイターが行ってしまうと、彼は訊いた。「まだ絵をたくさん売っているのか？」

「私は最高の顧客を失ったのよ、覚えてる？」

「そうだ。僕を」と彼は自分の両肩を軽くたたいて言った。

「今は数人のインテリアデコレーターと組んでやっているわ」彼女は続けた。「まあちょっと後退したけれど、自分でスケッチもしているの。シンプルな線画をね」

話に追いつこうと、彼がベストを尽くしているのがわかった。いろいろと話したかった。彼がよく訪ねてきたこの近くのマンションにまだ住んでいること。寝室はまだ小さいままで、彼女が集めているパティオ用の椅子がいっぱい置かれたあのテラスからは、今でもマッカーサー・コーズウェイとビスケーン・ベイを見下ろせること。彼女は今でもまだマイアミ・デイド・カレッジで芸術史入門のクラスを週に二コマ教えていること。それから今は、写真をもとに、ノートサイズのスケッチブックに鳥たちを写生していること。好きなのはアンティル諸島のマンゴーハチドリで、これは後ろ向きに飛ぶことが知られている唯一の鳥だということ。また、胴体が縞模様（しまもよう）のヒメキツツキもたくさん写生しているのだけれど、この鳥の羽根はドミニカ共和国で発見された二千五百万年前の琥珀（こはく）のなかに埋まっていたのが見つかっていること。

ウェイターがワインを持ってきて、トマスは匂いをかいでテイスティングをするふうを装った。いっぱいに注（つ）いだグラスを彼女のグラスに当てて、彼は言った。「健康に（サンテ）」「よりよき日々に」彼女はぐっと飲んで、グラスを置いた。

前菜が来て、次々と運ばれてくるのを、二人とも無関心に見下ろした。彼女は、今この新しい彼と——左脚の膝から下を失ったこの人と——寝るのはどんな感じだろう、と考えた。どちらの脚が義足なのかは、見てもほとんどわからなかったけれど。彼女は、前に途切れたところから二人の関係の続きを生きていくのはたやすいだろうと、甘やかされてはいても強健な彼の体をかつて熱く求めた切望は――渇望は――まだそのままだろうと信じたかった。でも、確信はなかった。彼がいくぶんか自信をなくしているのがわかった。けれどもたぶんその自信喪失は、脚のせいというよりは、彼が失ったすべてのものとすべての人たちのためだろう。彼の体のなくなった部分を――その脚を――見て感じたいと思った。それがまだ彼女のベッドに向かって、そしてベッドから離れて、歩いていたときに、あるいはそれがまだ彼女の体にきつく巻きついていたときに、見て感じたように。彼が今にもかがんで、ズボンの脚の片方を引き上げ、義足を見せてくれるかもしれないと思った。でも彼はそうはせずに、小さな皿からクラブケーキをつかみ取り、口に放り込み始めた。彼女がその顔を、前よりもだらしなく老けて見える彼の顔を見つめている間、時間をかけて噛んだ。

「行った？　ハイチへ、あの……あと？」と彼女は訊いた。

彼は最初答えずに、もうひとつクラブケーキをつかんで、それをグラスいっぱいのワインで流し込みながら、いっしょに言葉も喉に詰め込んで流してしまおうとしているようだった。

「いや（ノン）」というひと言だけが、口が空になってから彼が発したすべてだった。

地震の日の午後、彼女はマイアミ・デイド・カレッジで教えていた。その学期に学生のうちの幾人かと親しくなり、ハイチ学生協会が主催するディナーに招待されていた。彼らは、エンターテインメントとして、ロロという名の地元で人気のハイチ人歌手も招待していた。

授業を終えて教室から出たあと、ディナーには出ないことにしようかと考えていた。そのとき、電話が鳴り始めた。彼女の愛する人は皆遠くにおり——両親はブルックリンに住んでいて、他の親戚はパリやサントドミンゴやモントリオールにいる——心配ではあるが所在は確認できた。そしてトマスは妻と娘と正月休みをハイチで過ごし、滞在が長引いているが電話には出ない、という状況で、結局学生のディナーに行くことにした。まさにこんなときにこそ、他の人びとともにいるべきでは？　と考えたのだった。詳細な報道はまだなかった。

大学のレセプションホールは、人でいっぱいだった。彼女が入っていくと、何百人もの学生と教職員が、ダンスフロアになるはずだった場所に大きな輪を作って座っていた。視界に入る人たちのなかで、精神的指導者にいちばん近い人物である歌手のロロが、輪の中央に立っていた。誰よりもずっと背が高い彼は、それでも途方に暮れ、面食らい、両手の指を固く組み合わせて、今にも泣き出しそうな表情をしていた。学生協会の会長は、不安そうな若い女性だったが、ロロのところまで歩いていった。すすり泣きながら彼女は、儀式を続けるよう彼に頼んだ。

儀式が私たちを今すぐ癒やしてくれたらいいのに、とアニカは考えていた。ロロが何を思いつくのかを見届けようとしている間、彼女は、何度もトマスとその妻のソーシャルメディアのページをチェックし、彼らの友人たちやそのまた友人たちのページにも行ってみた。でもアップデートはなく、気遣いと心配の言葉が絶え間なく続くだけだった。

一週間後、彼のマイアミの不動産会社が同僚らにより再開されたとき、彼の助手が教えてくれたのは、妻と娘は死亡し、彼の左脚は膝から切断されたということだった。彼はアメリカに戻ってきていたが、居場所は誰にも教えないことになっていた。携帯はつながらなかった。彼が会社に戻ったのは二、三日前で、そのときになってやっと彼女からの電話を受けた。

ウェイターが再び回ってくると、トマスは食べ続けている料理をさらに注文した。手で取って食べている小さなサイズのもの、エンパナーダやバッファローウイングを。彼女は神経質になりすぎていて食べられずにいたが、彼は気づいていないようだった。

「タロイモが食べたいんだよな」と彼が言った。たぶん、彼女がよく彼のために作ったマランガのフリッターを思い出しているのだろう。

「作ってあげられるわよ」と当然自分は言うのだろうと思ったけれど、言わなかった。彼を家に招待したくてたまらない誘惑に負けたくなかったから。それに、いずれにせよ、彼が来たがるなんてことはないだろう。電話に出るまでにだって、何か月もかかったのに。

「こんなのがずっと食べたくてたまらなかったんだ」と彼が言った。

「前は食事にあんなに気をつけていたのに」と彼女は応えた。

「気をつけていたものもあったし、気にかけないものもあった」彼が反論した。「それに、ここに来たいと言ったのはきみだ。ここでぼくらはたまにこんなものも食べていた。サラダばかりじやなく」

「全部を一度にではなかったわ」と彼女が言った。

「きみは食べてないね」彼はようやく気づいた。「もっと飲めよ。幸せになれるぞ」

「今の私は、必ずしも幸せでいることを求めているわけではないわ」と彼女は答えた。

「求めるべきだよ」彼が言った。「この花火は、みんなそのためじゃないか？　アメリカ人の幸せになる権利と、そのたぐいのもの全部のためさ」


彼女は、自分がほんとうに描きたいものを、つまり地震をスケッチする方法も描く方法も想像できなかったから、百万年前の鳥をスケッチしはじめた。スケッチは絵のための習作のつもりだったのだけれど、それ以上には進めなかった。地震を描くときには、大地の怪物が地球をむさぼり食っているところを描くのだろうか？　粉々に壊された家々を？　生命のない血だらけの死体を？　瓦礫の上に散らばった、誰のものかもわからない私物の数々——Tシャツ、ドレス、靴、櫛、歯ブラシなんかを？　墓地と墓標と、そうしたものに覆いかぶさって泣いている取り乱した葬儀の参列者を描くのだろうか？　十字架を、しおれてちりに覆われた花を、あるいは、希望を表わすために、生き生きした真っ赤な花を描くのだろうか？　その真意をつかみそこねる人がいるといけないから、カンバスにメッセージを書くのだろうか？　もしくは、恋人と彼の死んだ妻と死んだ赤ん坊の娘をスケッチするのだろうか？　オンラインの写真をもとにした、模倣的なフォトリアリズムの作品、原物に非常に忠実で、原物と見まがうばかりの作品なのだけれど、ただそのスケッチのなかでは彼女らの高級なデザイナーブランドの服は羽となり、脚と顔を除いて、彼女たちは鳥になる。

彼女には、長く先延ばしにしてきたディナーに来たことを後悔しながらも、自分にたらふく食べさせている男を描くこともできる。

「ずっとどこにいたの？」彼女はついに訊いた。彼が――あるいは彼女が――この夜の間のどこかで席を立って逃げ出すといけないから。

「今夜教えてくれると言ったわ」

数日前の最初の電話で彼は、ディナーのときに何でも訊きたいことを訊いてもいいと告げた。料理を脇にどけ、神経質に含み笑いをしてから、彼は言った。「身体機能のリハビリ、これは今も行っている。心神喪失者の病院にも。ぼくは心神喪失者の病院にいた」

「精神科の病院？」

「大当たり」彼は両手を上げて、嫌みたっぷりに喝采した。

「ごめんなさい」彼女は言った。「知らなかったわ」

彼女は相手の背中に手を伸ばした。彼は体をかわした。

「きみに知らせるつもりはなかった」彼は言った。「誰にも知らせるつもりはなかった」

彼の助手から、ある場所で治療を受けていて誰とも話したくないと言っていると聞いたとき、切断された脚のこと、義足のことしか考えなかった。精神のことは――あまりの悲しみに打ちひしがれていたために、別の助けも必要としていたのだとは――考えなかった。

「ぼくがポルトープランスで知り合いになった幾人かの男たちだが」料理にまた手を伸ばしながら彼は言った。「ホテルの部屋で愛人たちと一緒に圧(お)し潰されているのが見つかった。ぼくの妻子がばらばらになって妻の両親の家から引き出されたのに、ぼくは生きていて、きみとの関係を続けるとしたら、どんなふうに見えるだろう？」

それが、待っている間に、どの神にせよ、彼女たちの呼吸がだんだん浅くなっていくのを自分と一緒に聞いていた神と、交わした取り決めなのだと言った。そして夜になり、余震が続き、暗闇のなかで妻と娘が静かになったとき、彼女らが死を免れて自分も死ななかったら、二度とアニカと口をきかないと誓った。

彼女はワイングラスを取り上げ、この話の幽霊のような、影のような筋書きを心に描いてみた。家の梁(はり)のひとつが彼の脚を砕き、妻と娘が最初は助けを求めて叫び、それからだんだん血を、体力を、希望を、そして呼吸を失っていく。それから三人を捜して瓦礫を掘り続けてきた人びとが、彼だけが生きているのを見つける。彼の助手が言ったように、かろうじて生きているのを。

「というわけで、あのすべての出来事のあとでぼくがきみと寝続けたら、どう見える？」と彼はくり返した。

「どう**見える？**」と彼女は、それ以上の言葉を呑み込む前に言ってしまった。彼は、二人の愛が倫理にかなうものだったことがあると思っているのだろうか？　倫理に悖るものだったというのでなければ、妻子が死んだとわかったときにまず感じた喜びのうずきを、彼女はどう説明できるだろう？　彼女が感じたのは実際に歓喜だった？　あるいは、ほぼ一年間抱き続けた、妻子が消えてくれて自分が彼女らの代わりになるという空想の、別のバージョンだった？

「ぼくはきみのために妻子と別れるつもりはまったくなかった」と彼は言った、彼女がめぐらせている考えに答えるかのように。彼はコーズウェイとガラスのタワーと超高層ビルのほうに顔を向けた。湾に映ったその影が、夜空の闇が深まるにつれて、水の上に類似の都市を作りだした。「それに、きみだけじゃなかった」彼はつけ加えた。そう言っているうちにも、その声は次第に冷たくなっていった。「他の女性もいたことを、きみは知っておくべきだと思う」

彼女は話そうとした。けれども声が割れて、音は喉のなかに落ちていった。彼を諦めて自分から去らせなければという思いの他に、最も感じていたのは、恥辱だった。彼はまっすぐ本音でつきあう人物であり、ときに残忍でもあったが優しくもあった、と自分に思い出させた。ほんとうはまだアパートにいたいのに、走り回って急いで服を着ているさまが、甦った。

ベッドカバーの下にすべり込みながら「あと五分」と言ったものだった。五分がときにはあと五時間になり、ときが経つにつれて、不在の理由を妻に説明するために必要となる嘘がますます大きくなっていった。そんなとき彼女は、自分たちの裏切り行為から本当のものが生まれる可能性はないだろうと感じた。そしてその考えは、子どもを産みたいという思いによってややこしいものになっていった。彼もそれを望んでいたに違いない、と内心で自分に言い聞かせた。だって、本気とは言えないながら避妊の努力をしていたものの、彼女は事実妊娠したのだから。

「他に知りたいことはあるかい？」と彼が訊いた。

彼が知りたいことは他にあるのかしら、と思った。

彼はそわそわして、両手をこすり合わせていた。いらいらして、怒ってさえいるようだった。その突然の気分の変化に彼女はおびえた。彼の頭は、完全には正常に戻っていないのかもしれない。あるいは、これまでのことをすべて話す準備ができていないのかもしれない。たぶん、それが彼女に近づかなかった理由だろう。

「頼むから、妻を愛していたかと訊かないでくれ」彼は言った。「その答えを、きみは気に入らないだろうから」

「もちろん、あなたは彼女を愛していた」と返事をした。

「それならぼくはきみと何をしていたんだ？」

「私も愛していたんでしょう。誰が私を愛さずにいられる？」と、ここに至っても彼をからかおうとして、同時に自分自身を少し笑って言った。

でも、多くの他の男たちは彼女を愛さなかったし、彼女も愛さなかった。時間を取り過ぎたし、負担になり過ぎた。永続性を望まれると、彼女の気持ちは離れた。一緒に暮らしたがり、引っ越してきたがり、結婚したがるとすぐに、彼女は興味を失った。ただひとつの例外は、今回の、この男だった。彼への関心はずっと続いた。

地震が起きた日の夜、大学のホールで、歌手のロロは、誰かロープを持っている人はいるかと訊いた。誰もいなかったので、何人かの男性がネクタイを、数人の女性がスカーフを提供した。ロロが会場からの助けを借りてネクタイとスカーフをつなぎ合わせ、部屋の真ん中にテーブルの大きさの輪を作った。

「これは地震の震源地です」ロロが言った。「ぼくたちは、これを愛で満たすのです」

それは必ずしも彼女が望んだもの、必要としたものではなかった。そしてロロが、ユニークな祈りの言葉や、讃美歌や聖歌の朗唱や、あるいは慰められるリフレインの詠唱やらで、もっと意味のある儀式をしてくれなかったことに対して、ほぼ全員が彼女同様にがっかりしているようだった。これは彼らの自然発生的な信仰の門（ポルタ・フィディ）、一時的な信仰の門、にわか作りの聖地となるはずだった。ネクタイとスカーフで作った震源地は、彼女には陳腐に、空っぽでにせ物に思えた。でもそれは、その時点での彼らなりの魔法の儀式だった。より古来のセレモニーが何か詳細に思い出されるか、より新しいものが編み出されるまでの。別の司祭、先唱者、司教代理、あるいは一般信徒だったら、違う儀式を行なったかもしれないけれど、基本的な考えは同じだっただろう。つまり、意志と願望の力だけで、私たちの力の及ばない何かに影響を及ぼそうと努力すること。

一人の学生が出ていって、ハイチ産のラムのボトルを持って戻ってきた。すると、ロロが輪の真ん中にそれを注ぎながら、全員に何度もくり返して朗唱させた、「ポー・サ・ン・パ・ウェ・ヨ」と。

アニカも加わって、本当は言いたくなかったけれど、口ずさんだ。「ポー・サ・ン・パ・ウェ・ヨ。私たちには見えない人びとのために。ここにいない人びとのために」と。


レストランは満員になりつつあり、ウェイターがテーブルに来る頻度も減ってきた。二人とも、食べるよりも飲む量のほうが多くなっていた。ワインのボトルは空だった。

彼の助手の話では、妻の両親の隣人が酒瓶を保存する専用のキャビネットを持っていて、それがなんとか地震で壊れずに残っていた。彼らは所持していたものすべてを野戦病院へ持ってきていた。彼の脚は、この病院で膝関節より下を切断された。外科医の友人がその圧し潰された左脚を切り離す前に、彼は三十年もののスコッチをひと瓶飲み干していた。脚を救う望みはなかったし、飛行機で輸送しようにも——より無菌状態での処置を求めて国外の病院へ移送しようにも——時間が足りなかった。

「電話をくれたとき、贈り物があると言ったね」彼は彼女を見ていた。そしてその目は、よりおなじみの、ちゃめっけたっぷりで肉体的欲望にあふれるまなざしだった。他の女性ともつきあっていたが妻と別れる気はまったくなかったと言ったことは問題ではない、というかのようにふるまっていた。そして、彼女がその贈り物を取り出すのを待っているかのように、両手を差し出した。けれど彼女が宙に浮かせた手をそのままにしておいたので、諦めて引っ込め、ポケットにつっこんだ。

過去にこのレストランに一緒にいたときには、彼女はよく、彼が妻と出会う前に自分が出会いたかったと考えたものだった。でも、そうなっていたら、彼女が妻となり、彼は彼女を騙していただろう。しかも一人だけではなく、彼がたった今告げたように何人もの女を作って。けれども、実際に自分と妻以外の女がいたとは思わなかった。もしもそれが本当だったら、あんなふうに口走ったりはしなかっただろう。

「ぼくに会いたかった本当の理由は?」と彼が訊ねた。

もっともらしい答えを考えだしたかった。「贈り物をあげたかった。それから、生まれなかった赤ん坊のことを――霊になってしまった私たちの子どものことを――あなたに話したかった。あなたに会えば、二人の人を死なせてまで手に入れる価値のある人なんていないと実感できるだろうと思った」

贈り物はアパートに置いてあった。彼を車に待たせて、それを持ってきて渡してから最後の別れを告げる、という筋書きを思い描いていた。贈り物に対する彼の反応を見たくなかった。それについて話をしたくなかった。彼がそれを持ったままでいるのか、捨ててしまうのか知りたくなかった。

「あなたに会いたかったのは、顔を合わせてこの関係を終わらせるべきだと思ったからよ」と告げた。

「それは彼女たちが死んだときに終わった」彼は答えた。「きみにはわかっているはずだ。そのために会う必要はなかった」

彼は、喉を掻き切ってくれと差し出すかのように頭を後ろに反らせて、それから、喉を守るようにその前の部分を片手で覆った。こうして実際に会って、彼がまた強烈に揺さぶられているのがわかった。彼女は、彼がこれから自分を許そうともがいていくだろう多くの罪のうちのひとつだった。彼女は数か月前、お悔やみを述べて二人の赤ん坊のことについても知らせようと電話をかけ続けているにもかかわらず、彼が電話に出るのを拒絶していたときに、すでにそれを感じとってさえいた。

流産に関する限りは、それほど大きな打撃ではなかった。授業のあとで疲れていて、その夜、ちょうど太陽が湾に沈んでいるころに眠りに落ちていった。数時間後、下腹部の急なさしこみで目が覚めたが、痛みは急激で、骨盤が背中にドンドン叩きつけているようだった。少量の出血があり、それから血の塊(かたまり)が出て、次にはもうひどい出血になった。真夜中に自分で運転して近くの病院の救急処置室へ行き、その数時間後には、「不可避の」流産をしたと告げられた。

「どうして不可避なんですか?」と疲れ果てた表情の産科の若い待機インターンに訊いた。

「医学用語です」インターンは答えた。「あなたの子宮頸部は広がっていて、胎児の心臓は拍動していませんでした。違う結果になることはありえませんでした」

七月四日の花火が始まろうとしていた。常連たちの幾人かは、ガラスの壁のほうへ移動していた。屋上のラウンジへ上がった人たちもいた。彼が立ち上がるのを助けようと、彼女は手を差し伸べた。彼は予期していたより素早く立ち上がった。そして木枠のテーブルを横へ押しのけ、彼女の前を歩いた。壁まで行くと、自分の背中とコンクリート壁とガラスで三角形を作った。それから脇に寄り、まさにますます混み始めたときに、彼女を自分の両腕の間にすべり込ませた。

最初の花火が上がった。赤い星がひとつ爆発して、流れるような赤、白、青の筋になって夜空にたなびいた。彼の両膝が崩れて、彼女の膝にあたった。彼の体が緊張した。両腕を彼女の腰に巻きつけた、抱きしめるためではなく、自分の体をまっすぐに保つために。彼は震えていた。ぶるぶる震える唇が、彼女の耳をかすった。何か言っていたけれど、よく聞き取れなかった。それから彼は両方の手で彼女の肩を押し下げて、その体をぐるっと回した。

「地面が動いてる」と彼は耳もとで叫んだ。

顔からは汗が噴き出し、呼吸が速くなっていた。花火の音が大きくなり、より手が込んで凝ったものになってくるにつれて、建物が振動しているのが彼女にも感じられた。ガラスが持ちこたえられなくて、自分も彼も他の人たちもみんな、何階かを落ちて湾に投げ出されるのではないかと心配になった。

「ここから出なければ」と彼は口の動きで伝えた。叫んでいたのかもしれないけれど、言葉は口の中に閉じ込められていた。

「戻りましょう」と彼女は言った。

その場を去りつつ、彼女は彼の両手をつかんでいた。いちばん近くにいる人たちは、何かがおきていることに感づいて、彼らを通すために脇へよけてくれた。彼女がテーブルのほうへ連れていく間、彼は握られた手を離さなかった。

ウェイターの一人に急いで水を持ってきてくれるよう彼女が合図をすると、そのウェイターはガラスの瓶を持ってきた。トマスは、速まった呼吸を整えようと、鼻から深く息を吸い込んでは口から吐き出した。こうなったのはこれが初めてではないのは明らかだった。

彼女が瓶からグラスに水を注いでいるとき、彼は、十分に長いひと呼吸を入れてから言った。

「これがもしハイチのレストランだったら、ぼくは頭に水をかけるね」

「どうしてハイチのレストランじゃないといけないの？」と彼女は訊ねた。

「祖国の人たちなら、わかってくれるだろう」

「ここではできないって言うの？」と彼女は訊いた。

瓶と、彼の目の前にある水のいっぱい入ったグラスを見下ろして、彼女は言った。「やってみてよ」

「ほんとうに？」

彼はグラスを持ち上げ、それからゆっくりと自分の禿げた頭に水を注いだ。水が顔をすべり落ちていくと、それがあごを伝ってシャツの前の部分に落ちる前に舌で受けようとした。

「きみの番だ」と彼は、水を拭こうともせずに言った。

「気がふれたの？」と彼女は訊いた。

「明らかにね」彼は瓶を彼女の頭の上でぶらぶらさせて、「かけなさい」か「やめて」か、どちらかの言葉を待っていた。花火は終わり、常連たちがテーブルに戻り始めていた。

「やるつもりなら、やりなさい」と彼女は言った。

頭にかけられた水は氷のように冷たく、髪の毛をぺしゃんこにした。それは彼女のむき出しの肩からしたたり落ち、ブラジャーを伝って腹部へと落ちた。

「いいわ、もうやめて」と彼女は言い、両手で顔を拭った。彼が瓶を下ろしたときには、もう空になっていた。

彼女はそこに座り、真新しいドレスを着てずぶ濡れになって、大きな喜びを感じていることで自分を憎んだ。彼らは今や一部の常連たちが見入っているちょっとした見もので、ある者は彼らの明らかな生の喜び（ジュワ・ド・ヴィーヴル）への羨望をもって、またある者は明らかに気に入らないという目で見ていた。

彼女は、彼が以前とは違ったふうに——騒音と揺れる建物から守り、彼の言ういわゆる心神喪失者の病院の外側に留めておくために——自分を必要としているのだと自分に言い聞かせた。でもそれさえも弱い口実だった。彼女が今ここにいるのは、以前と同じように、ただいたいからだった。そして、二人のどちらもこのような瞬間には値しないのかもしれないけれど、彼女はこんな瞬間がもっとほしかった。

担当のウェイターがやってきて、彼らに何枚か余分の布ナプキンをくれた。

「取り乱して、すまなかった」彼の顔は、花火から逃げていたときほどではなかったものの、また暗く陰鬱になった。

「自分が去年ベイフロントパークにいたときのクァディンになったような気がした」

クァディンは、娘の名前だった。ダイナが妻だった。彼女に娘のことを名前で言ったのは初めてだった。

「たった今、ぼくの頭は破裂しそうだった」と彼は言った。

「あなたと会って、自分が何をするつもりなのかわからなかったわ」と彼女が言った。

ウェイターが伝票を持って戻ってきた。トマスが払うと言い張り、多額のチップを加えた。

「それで、これからぼくをどうするつもりなんだい？」と彼は訊いた。

彼女のアパートまでの三ブロックを歩いていく間、水はまだ二人の体からしたたり落ちていた。通りは花火を楽しんだあとの群衆で混雑しており、彼の遅い足取りのせいもあって、アパートに着くまでにいつもの二倍の時間がかかった。

アパートの部屋に入って、彼はくつろいでいるようだった。いろいろなものでいっぱいのリビングルーム、ぎっしり詰まった本棚、古いグレーのソファとシェーズロングソファ、そして一対の飾り気のないフロアランプを見回している間もずっと。

「何か飲み物はいかが？」と彼女が訊いた。

「水はいらない」と彼は答えた。

台所のどこかに、前回最後に二人が会ったときに手に入れたチリ産のピノ・ノワールのボトルがあった。彼がこのワインをひどく気に入り、ウェイトレスを説得してまだ開けていないボトルを売らせたのだ。彼はそのワインを後日来たときに飲もうと、このアパートに置いていったのだったが、それは実現しなかった。

彼女がボトルを持ってこようと考えていると、彼が言った。「かまわないでくれ。今夜の液体はもうおしまいにするよ」それから服を脱ぎはじめた。濡れたシャツのボタンを外して、剝がすように脱ぎ、次に白いアンダーシャツを脱いで、床に落とした。そしてベルトのバックルを外すと、ズボンが足首までずり落ちるままにした。

「乾燥機に放り込めばいいわ」と彼女は、服を持ち上げようとかがみながら言った。

「必要ない」その声はあまりに確信に満ちていたので、彼女はその服をまた床に置いた。

ズボンは足首までずり落ち、プレードのボクサーショーツだけをはいている状態で、彼は身をかがめてカーペットの敷かれた床に座った。見ると、その体は全身傷だらけだった。背中にも腹部にも太ももにも、何かがぶつかり、何かに引っかかれ、突き刺されたり、皮膚を何層か剝ぎ取られたりした部分には、裂けた傷痕やくぼみや皮膚が折り重なってひだになっているところやケロイドや斑点があった。床に座って彼は、まず脚を上げてズボンから抜き出し、それから義足を出した。

義足は、黒い表面は皮膚のようで、もう一方の脚とほぼ同じに見えた。彼女にはシリコンの鋳型のように見えたものを、弧を描くように前後に動かして、それから膝のところで引っぱって外した。それはぷっと噴き出るような、吸引と反対の音をたてて外れた。そのすぐ下にはボールのように丸く膨らんだ黒い皮膚があり、ホッチキスの針でつけられたような傷痕があった。

「きみは見たがっていた」彼が言った。「ぼくにはわかった」

なにもそんなふうに**目にする**ことを期待していたわけではなかった。彼女は体をすべらせて、カーペットにだらりと横たわっている切断された脚をはさみ、彼の横に座った。呼吸が再び激しくなっているのが聞こえた。今度は、当惑からか自己憐憫からかと思われた。

「触ってもいい？」と彼女は訊いた。

彼が何も答えなかったので、手を差し伸べて、丸くなった先端を指でやさしくトントンとたたき、それから手のひらで、膝の骨がある部分のずたずたの皮膚をなでた。隆起部のうち、あるところはガラスのようにつるつるで、あるところは温かいパンのように柔らかかった。縫合の傷痕は怖くて触れなかった。縫合の痕と痕の間からより薄い色の皮膚が覗いている裂け目のために、脚の残りの部分がまだ癒えていないように見えたから。

「満足したかい？」と彼は訊いた。

彼は答えを待たなかった。彼女の手を払いのけて義足に手を伸ばし、そこにない脚をなかに押し込み（と彼女には思えた）、素早く元通りに取りつけた。それから濡れた服を、脱いだときよりもゆっくりと着た。最初にズボンを、それからアンダーシャツを、そしてシャツを。

全部着てしまうと、彼は壁を押さえて立ち上がった。彼女も立ち上がった。

自分の用意したちっぽけな贈り物が、この現状にわずかでも慰めといえるものをもたらすだろうなんて、なぜ思えたのだろう？ 小さな額縁に収められている、色鉛筆で描いた鳥の姿をした彼の妻と娘のスケッチ。静止していて、飛んでさえいない、人の顔と脚をもつ鳥。かつて実在した、死んだ人をモデルにしたスケッチ。赤褐色と赤の背景に、妻はアンティル諸島のニシコウライウグイスで、虹色に輝く紫の尾羽とエメラルドグリーンの翼を持ち、娘はルビー色の喉をしたハチドリで、体は黄金色だ。

それは包装されて、ソファの近くのサイドテーブルに置いてあった。彼女は歩いていって、それを手に取り、彼に渡した。彼が無地の茶色い包み紙を取り去っているとき、それは先祖代々の聖堂に捧げるためのものなのかもしれないと思えた。絵を見下ろして彼は、自分の見ているものを確認するかのように首をかしげた。それから状況をのみ込むと、口をぽかんとあけた。

「これは何だい？」と彼は訊いた。

「哀悼の気持ちの表明よ」

スケッチを渡したことのみならず、これをスケッチしたこと自体が、彼を困惑させているのだと気づいた。意図したのはこういうことではなかった。彼女はそれが、彼の妻と娘の記念碑のようなものになってほしいと思っていた。でもまだ早すぎた。

彼は両手を伸ばして彼女を引き寄せ、二人が同じ角度から絵を見られるようにした。

「まったくばかげたたわごとだって、きみにもわかっているだろう？」と彼は言った。

その意図も実行したことも、両方がひどく狂気じみていると認めざるをえなかった。精神科にかからなければならないのは、彼だけではないのかもしれない。彼の横顔を見上げると、懸命に笑いをこらえているようだった。

「ぼくのために描きたいと思うなら、年を経たあとの二人の姿を描いてくれ」彼は、気持ちがすっかり落ち着くと言った。「子どもが失踪して長い年月が経ってから、警察がそれだけの年齢を重ねた姿を描くように」

彼が言っているのは、画像補正とエイジ・プログレッション技術のことだった。彼女は、マイアミ・デイドでの今学期最後の授業で、受講している学生芸術家たちの職業選択の可能性として、法科学鑑識技術と法廷画について論じた。彼女自身はそれを職業としたことはなかったけれど、以前いちど彼に、誰であってもその人の現在と年を重ねたときの姿を、たとえ紙に視線を落としていなくても描けるのだと、実際にやって見せたことがあった。見たいものをソフトウェアに作らせることができるのだと——何枚かの写真をコンピュータにインプットして、何年でも望みの年を加えればいいのだと——彼に教えるつもりでいた。でもそれから、彼の娘を年齢とともに成長させたなら、痛みを和らげ、気持ちを落ち着かせてくれるかもしれないと思った。乳児期の脂肪をなくし、下あごの輪郭をシャープにして、首を伸ばし、体全体を伸ばして身長を高くし、あとから胸の膨らみのための乳頭のつぼみを与えるのだ。そして、彼の妻にも数年を贈る。髪に白髪の房を加え、目尻に小じわをつけ足し、肩に丸みを与え、ウエストを膨らませる。

「今じゃなくてもいいよ」彼は、彼女たちの鳥の顔に目をくぎづけにしたまま言った。「一年か二年経ってから頼むかもしれない。もしかしたら、もっとあとに」

これは、私たちが二年後か三年後にまだ互いの人生のなかにいるだろうということを伝える、彼なりの方法なのだろうか？

「もう行かなくては」彼は言って、額を彼女に渡した。「今夜はありがとう」

彼女はスケッチを、その日の午後包装したときから置いていたサイドテーブルに戻し、それから彼についてドアまで行った。彼のためにドアを開け、出ていこうとしている間、取っ手をつかんでいた。玄関口から下りてしまう前に、彼女は訊いた。「奥さんは私のことを知っていたの？」

「あなたが話したの？」

彼は振り向いて再び彼女に向き合い、うなずいた。

「彼女がぼくらを目にしたんだ」彼は言った。「レストランで、あの最後の夜。ぼくが頻繁にそこに来ているのだろうと考えて、何が起こっているのかを見に来たんだ」

彼女は今、さらなる恥辱を感じていた。そしてまた、彼の妻が密会の現場をとらえて大騒ぎしなかったことに深い感銘を受けた。

「ハイチへの旅は、彼女との関係を修復するためのものだった」彼は続けた。「家族に囲まれて、ぼくらの結婚を修復するつもりだった。家族が周りにいると、ぼくらはいつも、より強い絆を感じられたからね」

「あなたはダイナとやり直すつもりだったの？」と彼女は訊いた。

アニカの口からダイナの名前が出て、彼はびっくりしたようだった。彼女がその名を知っているなんて、考えもしなかったとでもいうように。

その瞬間、彼女は失った二人の赤ん坊の話を彼にしようと思った、けれどもやめた。それは、彼にとって抱えるべきさらなる悲しみ、新たな喪失となるだけだろうから。それとも、ひょっとしたら、また父親にならなくてもよくて、あるいは子どもを通してもう一人別の女と結びつけられずに済んで、ほっとするかもしれない。

彼は背中を向け、おじぎをするかのように首を曲げて廊下を歩いていった。義足のわずかな不均衡を埋め合わせるために、逆方向に飛びはねるように歩いたが、それが少し強すぎて、ディナーに来たときには気づかなかった不安定さを彼にもたらしていた。よろめきながらエレベーターに乗り込む姿を見て、彼女は、彼はすべてを一人でどうやって処理しているのだろうと思った。それでも、彼はすでに彼女なしで何か月も生きてきているのだと、自らに言い聞かせた。

エレベーターのドアが閉まり、彼が戻ってくる可能性が小さくなってから、アパートのなかへ戻った。オールド・ピノ・ノワールを探し、キッチンのキャビネットに入っているのを見つけ、それとスケッチを持ってテラスに出た。

鳥に姿を変えたクァディンとダイナのスケッチをパティオ・チェアのひとつに置き、彼女たちの隣に座って、コーズウェイとゆっくりその橋を渡っている車の長い列を見下ろした。車はどれも、バーベキューと打ち上げ花火から帰る夫婦や家族でいっぱいだった。

「あなたたち二人はこれから、お互いの世話をしていかなくてはいけないわよ」と彼女は絵に声をかけた。

彼女は二人に、自分の子どもの世話もしてほしかった。彼女の子どもも、決して年を取らないだろう。目に見える姿さえ持たないだろう。彼女は、三人ともに――クァディンとダイナと、別れがあまりにも早くて名前さえつけられなかった赤ん坊に――今自分が見ているダウンタウンのスカイラインの映像を見せたかった。三人に、彼女の歴史の天使たちに、一緒にこの湾岸の流動する都市に見とれてほしかった。

ワインのコルクを抜き、頭を後ろに反らせて、瓶からぐいっと飲んだ。発泡性の食酢のような味がした。無理やり飲みこむと、それは彼女の舌を焼き、喉を焦がした。とても飲めるものではなかった。ロロがラムを注いだ儀式を思い、ボトルに残ったワインを全部テラスのセメントの床にこぼして捨てた。ワインはひどく酸敗していたので、きっとヘモグロビンの減少した血液のように見えるだろうと思ったけれど、そうではなく、おおかたは茶色で、溶けた皮膚のようだった。

　ワインが薄くなって彼女の足の周りに広がっていくのを見ながら、あの地震の夜にロロと他の人たちと一緒にしたようにささやいた。「ポー・サ・ン・パ・ウエ・ヨ。私たちには見えない人びとのために。ここにいない人びとのために」

熱気球

ルームメイトのネアは、大学を一年の一学期で退学し、レヴェでフルタイムで働くことにした。レヴェというのは、他の活動もあるがとりわけ、ポルトープランスの貧困地区でレイプからの回復センターを運営している女性団体だ。レヴェとの一週間の感謝祭の旅でハイチに行ってきたあと、ネアは両親と私と指導を受けていた数名の教授に一斉メールを送り、自分はマイアミに戻ってきているが、大学には戻らないと伝えた。

　ネアの父親のフランク・アッシャー博士は尊敬を集めるトリニダード人言語人類学者で、カリブ研究学科の学科長だった。贅肉（ぜいにく）のない痩せ型で、頬が赤くてそばかすのある童顔の男性だ。まったくのところ彼はネアにそっくりだったけれど、そのネアは、とがった頬骨と黄褐色の肌をしていて、格安中古衣料品店で買ったゆったりした黒のパンツとマーチングバンドふうのジャケットを着ていると、体全体と一緒にそんな顔もその下で消えてなくなるような感じがした。アッシャー博士は、取り換えるようにといくら頼んでも説得できないとネアが言った、もろそうなワイヤーフレームの眼鏡をかけ、ネアが親父ブレザーと名づけたトレードマークのブレードのカジュアルジャケットを着ているのだけれど、もしそれを身に着けていなければ、ほとんどの同僚たちの息子のように見えただろう。事実、彼は多くの同僚よりも若かった。彼とネアの母は——彼女は経済学者だ——大学院の一年のときに結婚した。結婚後すぐにネアが生まれて、それが両親の離婚の原因だとネアは思っていた。それでも、アッシャー博士がネアに、いくつか入学許可を得ていた大学のなかでも特に、ニューヨーク州北部のネアが成長期のほとんどを過ごした小さな町にあって母親が教えている大学への入学を断り、父親が大物として在籍するマイアミの大学に入学するよう勧めたとき、ネアはそうしてみようと決めた。

アッシャー博士はネアのベッドに座り、彼女がドアから入ってくるのを待っているかのように、静かに額をこすっていた。ネアからの退学通知のeメールは彼をひどく狼狽させ、そのために私たちの部屋まで来て私と直接話しているのだったが、実は彼はあまり話をしていなかった。

ネアと私の部屋は、一年生用の階の他のたいていの部屋よりも大きくて、ツインベッドが三つではなく二つ置いてあり、共有のクローゼットがひとつと、部屋の端と端にそれぞれの個人用ドレッサーが置いてあった。それぞれのベッドの横には本棚つきの机があった。私の机の上には、開いた本とノート、それからスナック菓子の包み紙があり、その間に私と両親が写ったフレームつきの写真があった。入寮日の一週間前にストリップモールで撮ってもらおうと両親が言い張ったものだ。私は、勉強のために机の前に座るときはいつでも両親のことを考えられるように、その写真をそこに置いていた。父さんはチャコールグレーのスーツ、母さんはピンクのひだべりのあるドレス、私は花模様のくるぶし丈のマキシドレスを着て、三人全員がハート形の顔を笑顔で輝かせているのを見ると、私はいつも、落第するわけにはいかないのだと思わされた。

部屋のネアの側には、写真もポスターも飾られていなかった。彼女は、印刷した写真はもう古いと思っていた。友人や両親やニューヨークにいる他の家族など、大事にしている人びとの顔はみんな携帯電話に入っていた。私が飾っている写真は、家族写真以外にはなかった。悲しかったり、疲れていたり、あるいはただ空想にふけっているときに眺めていて落ち着けるのは、装飾のなにもない白い壁だった。同じ階のたいていの住人たちとは違って、私たちの部屋には小さな冷蔵庫も電子レンジもなかった。ネアはごちゃごちゃものを置くことを猛烈に嫌ったし、私はいつでも素早くまとめて持って出られるくらいのものしか持たないことに慣れていた。

ネアのベッドは、一週間前にポルトープランスへの旅に出発する彼女をアッシャー博士が車で空港へ送った朝に残していったまま、病院式のベッドメーキングによるシーツの隅の折り目とふわりと膨らませた枕とで、きちんと整えられていた。ネアが置いていった本は、机の上にきちんと並べられていた。アッシャー博士はそこからいくつかを取り上げてパラパラとめくった。彼は『イリュミナシオン』という詩集に時間をかけ、そのなかの数ページを黙読した。

旅立つ直前、ネアはフランスの詩人アルチュール・ランボー（彼女は「ランボ」と発音していた）の著作に熱中していた。私に話していたのは、そのいくつかの詩が彼女に可能性を開いてくれて、自分はそれに「狂喜している」ということだった。翻訳ではなく原書でランボーを読めるように、春にはフランス語の授業をより多く履修する計画をたてていた。三年次にはパリに留学し、ゆくゆくはフランス文学で博士号を取り、ランボーを中心とした象徴主義者に関する学位論文を書くのだと言っていた。

「ルーシー」アッシャー博士は言った。「あの子がこうなった責任の一端はきみにある」彼は『イリュミナシオン』を閉じたが、まだ放さずに持っていた。その声ははっきりして断固たる調子で、話のペースも完璧だった。授業で学生に話すときの話し方なのだろうと私は想像した。「どうかお願いだから向こうへ行って、娘に大学へ戻るよう話してくれないか？　私の電話には応えてくれないのだよ」

＊　＊　＊

ネアがレヴェという女性団体のことを知ったのは、私からだった。私は週二十時間の労働学習課程の仕事をキャリア／ボランティア・サービスでしていて、そこの掲示板で最初に見たもののひとつがレヴェのロゴ入りのチラシで、星がひとつだけ出ている暗い夜空を見上げる女性と少女のシルエットが描かれていた。そのチラシには、私の母のような栄養不良のハイチの女性たちのカラー写真が載っていて、そのうちの何人かは田舎の狭い泥道で水の入った重いバケツを頭に載せて運んでおり、別の何人かは川岸にしゃがみ込んで衣類を洗っており、また数人は露天市場でハエのたかかった肉を売っていた。チラシのいちばん下の部分にある、レヴェの感謝祭の一週間の旅行に参加するよう呼びかける勧誘の近くには、十代の少女が病院のベッドに横たわる写真があったが、その少女の顔は傷つけられ、目は腫れあがって閉じていた。

私は、誰も見ていないときを待ってそのチラシを掲示板から引き剥がした。そうしたのはひとつには、私はハイチで生まれてはいないけれども自分を「ハイフンの左側の」（つまり血筋のうえでの）ハイチ人と考えており、人びとがその少女の傷ついた顔を私の顔と結びつけるのではないかと怖かったからだった。両親がいつも夢見るように話していた、また私もオンラインで見ていた、細かい白砂の素朴で美しいあの浜辺はどこにあるの？　ハイチは山の国だというのに、露にしっとりぬれた山頂はどこ？　世界最大の要塞のひとつ、シタデル・ラフェリエールはどこ？　大学生たちが訪れているかもしれない洞窟と岩屋、滝、大聖堂、教会、ヴードゥー寺院、博物館、美術館はどこ？

その夜私は、チラシについてと私の憤りとの両方をネアに説明した。彼女はとても静かに聞いていたので、眠ってしまったのかと思ったほどだった。長い間をおいてから、彼女は、夜更け（よふ）にささやくときのような声で言った。「すごく面白そう。行ってみたいわ」

「私は絶対に行きたくない」と私は伝えた。両親と一緒でなければ、という意味だったけれど、それは言えなかった。

けれども、ネアがレヴェの旅行に行きたがったことには、驚かなかった。彼女は両親が離婚したあとでさえ、彼らと一緒に世界中のいろんなところへ行っていたから。

私の生い立ちはネアとは違っていた。両親はジョージアとフロリダの沿岸でオレンジ、ベリー、レタス、トマト、トウモロコシの収穫の仕事をしながら移動している間に出会った。思い出せる限りの昔から、私は栽培業者所有の住居で寝ていたが、それは基本的に二段ベッドであり、ときには納屋や家畜小屋の裏側に置かれた簡易ベッドで、薄い木の板や厚板だけが私と両親を動物から隔てていた。また、農場内にある土間床のバラック小屋や、重労働を科されている犯罪者のために建てられたような「宿舎」や、窓が割れ、床のカーペットは汚く、壁のペンキは剝がれているのに高すぎる料金をふんだくられるモーテルにも住んだ。

新しい場所に移動するたびに、両親は私を新しい学校に入れた。私は数週間かけて落ち着き、二、三人の友だちを作ると、また移動しなければならなかった。一緒に学校に入っていた私より年上の子どもたちの多くはやがて中途退学し、金を稼ぐために親たちと一緒に農場で働き始めたけれど、両親は私にそうはさせなかった。農場は自分たちのためのものであって、私のためのものではない、と父は言った。あなたを私たちと一緒に農場で働かせるのは、自分たちの手を洗ってそれを泥のなかで乾かすようなものよ、と母は言った。

仕事を終えると、父は毎晩私の宿題をチェックして、たとえわかっていなくてもわかっているようなふりをした。日々母に命じられたのは、十代で母親になったり、農場労働者になったりしないように、一生懸命に勉強して成功することだった。私自身の夢は常に、安定した家庭を持ち、一か所に留まることだった。

いちばん家庭のようだと感じられた場所であり、両親が夏の収穫のためにいつも戻っていった場所は、フロリダ州ベル・グレイドにあるトレーラー・パークだった。そこで私たちは、運がよければ、暑くて騒々しい駐車場からは離れた、背後にある運河に近い場所で、二部屋のトレーラーを借りられた。そこだと、雨が降れば、コンクリートの悪臭ではなく大地の香りをかぐことができた。このベル・グレイドで私は、毎夏、移住労働者の子どものための六週間のプログラムに参加した。一種の教育キャンプで、これが、両親が収穫を追いかけられるよう私が頻繁に——ときには年に四回か五回——転校している間に学習しそこなった分をすべて補ってくれた。このサマーキャンプが参加した百人ほどの子どもたちに教えてくれたのは、私たちが訪れた植物園では植物はただ美しくあるためにだけ育てられうるということ、そして、博物館や美術館に展示されている古いものや新しいものは、誰かが所有しているのだということだった。私はこのプログラムの本部が置かれている高校のプールで泳ぎを習得した。コンサートや演劇の鑑賞に行った。試験の受け方を教わり、大学への進学を目標にするよう励まされた。

私は、オリエンテーションの週の初日、部屋での共同生活の最初の夜にこうしたすべてをネアに話したとき、暗闇のなかで彼女が鼻をすするのを聞いたことを覚えている。

「ね、わかったでしょう、私たちは結局でたらめに組み合わされたわけじゃないのよ」と、いったん心を落ち着かせると、彼女は言った。「大学教師の子どもは別種の移動労働者だから」

「ネアは大丈夫でしょう」その夜、アッシャー博士が彼女の『イリュミナシオン』を持って私たちの部屋を出るとき、私は彼に告げた。「私が行って、彼女を見つけて話をします」


賑やかなコンパとラシーン〔一九八〇年代後半からヴードゥー教やララといった伝統音楽を基盤に、ジャズやアフリカ音楽を取り入れて現代的なポピュラー音楽に再生したもので、ミジック・ラシーン（根源の音楽）と呼ばれた〕を巨大スピーカーから通りに向かって鳴り響かせ、人の出入りも頻繁な、隣接するハイチ料理レストランと理髪店とは違って、リトルハイチにある正面がガラス張りのレヴェの事務所は静かだった。通りからその全体が見える壁には一面に、多くの悲しそうな女性の写真があったが、希望に満ちた表情の女性の写真も少なからずあり、彼女たちの目はレーザー光線のようにカメラを見つめていた。ネアともう一人の女性が互いに向き合って仕事をしており、私からは二人の横顔が見えた。三十度に近い暑さのなかでもネアは、彼女の歳より古そうな分厚い茶色のジャケットを着ていた。おそらく、私たちが——私は必要から、彼女は好んで——持ち衣装のほとんどを調達している救世軍とグッドウィルの格安中古衣料品店で手に入れたものだろう。彼女の顔は、一週間以上前に私が最後に会ったときよりやつれていた。前かがみになり、座り心地の悪そうな、急な角度に背中を曲げていた。

私は午前中ずっと、通りの向かい側のコーヒーショップの外に置かれたぐらぐらするテーブルから、彼女を見つめていた。彼女はずっとコンピュータの画面を見つめ続けていた。そしてようやく机から立ち上がり、もう一人の女性のいる部屋の隅まで歩いていって、少し言葉を交わした。それからゆっくりと外へ出て、ジャケットのポケットからタバコを一本取り出し、両手のひらをカップ状にして口を囲み、火をつけた。彼女がタバコを吸っていることは知らなかったが、私の見ていないところでこっそり吸っていたのかもしれない。

私はコーヒーを飲み終えて、人通りの多い道路を横切っていった。渡りながらまだ、なんとか偶然の出会いを装いたいと思っていた。

「ヘイ、ネ」と私が言うと、彼女は顔を上げて私を見た。

「ヘイ」とうわのそらで平らな胸をさすりながら答えた。

私が来るのを予期していたようだった。片方の手のひらを広げてそのなかに唾を吐き、タバコの火を唾で消してから、濡れた吸いさしをジャケットのポケットにしまった。

「eメールを受けとったみたいね」と彼女は言った。

「それで、感謝祭休暇旅行に参加して、今じゃこれだけが人生でやりたいことなわけ?」と私は訊いた。

彼女は振り返って事務所を見て、ため息をついた。机の引き出しのひとつを開けたままにしていたので、戻っていってそれを閉めるべきか、ここで私と立ち話を続けるべきかわからずに悩んでいるふうだった。

「元気にしてる？」と私は訊いた。

彼女が顔を背けたのでその視線を追っていくと、一匹のフォックステリアがいた。通りの向こう側のコーヒーショップの前にあるパーキングメーターにつながれていて、そこで眠っていた。フォックステリアはほぼ全身が白で、黒い斑点があった。というか、ともかく私は、彼女はテリアを見ているのだと思った。

以前二人の真夜中のおしゃべりのなかで、十五歳になった夏に、仮免許を取らせてくれるよう、両親を説得したときのことを彼女に話したのを思い出した。父さんが走行距離三十二万キロ以上の古いステーションワゴンを買って、私に運転を教えてくれた。

ある日曜日の午後、私はマック・シティーにたくさんあるサトウキビ畑のひとつの端を、父を助手席に、母を後部座席に乗せて運転していた。水路の縁に連なるショットガンハウスに近づいたとき、突然茶色のピットブルが車の前に飛び出してきた。車にはエアコンがなかったので、窓は開けていた。

その犬を轢いたとき、ぶつかった音と尾を引くクーンという鳴き声、それから車の前輪と後輪がその上を走ったときの訴えるようなうめき声を私は聞いた。車を止めて、サイドミラーで外を見た。犬の体は動かず、圧し潰されたようだったが、血は見えなかった。たぶん毛皮の下に隠れていたのだろう。それがピットブルだとわかったのは、トレーラーパークの隣人のうちの数軒が飼っていたからだ。サマープログラムに参加している少年の数人は、サトウキビ畑でピットブルを闘わせていた。私には見にいく勇気はとてもなかったけれど、他の大勢の少女たちは見にいってその闘犬にお金を賭けていた。

父はパニックになって、私にアクセルを踏めと言った。

「あのままにしておけないわ」と私は言った。

「死んだ犬をどうするつもり？」と母が訊いた。

私が躊躇していると、車のエンジンが止まった。父が降りて、急いで運転席に乗り込んだ。助手席に飛び移った私は、父が走り去る前に泣き出した。

「獣医のところに連れていくこともできたのに」と私は言った。

「ばかを言うんじゃないわ」母が応じた。「あんたにそんなお金があるの？　それに、あれはすぐに死ぬわ、運がよければね。飼い主に知られたら私たちはどうなるかわからない。あの犬のために私たちが殺されても、悲しんでくれる人なんて誰もいないでしょうよ」

私はある晩ネアに話したことを思い出した。それ以来どんな犬でも、見ると必ずあの日のことを思い出すし、両親が二人一緒に素早い決定をすると必ず死を考えてしまうと。そしてそれが理由で、授業が始まる直前に、あの犬が死んだときにハンドルを握っていた右手の手首の内側に、小さな茶色の生きている姿のピットブルを刺青(いれずみ)してもらったことを。ネアは私の刺青を見下ろし、手を差し伸べてそれをやさしくさすった。

「一緒にコーヒーを飲みましょう」彼女が言った。「あなたはもう飲んだけれど、それでも」

「私があそこにいるのを見たのに、出てこなかったの？」

「あなたが私に会いに来たんだもの」彼女はちょっと振り返って、開いた引き出しとオフィスにいるもう一人の女性を見た。女性も私たちを見ていた。私たちより年上に見えた。まあ、私の母親でもいいくらいとまではいかないけれど。赤いノースリーブのジャンパーを着て、髪は白い撚り糸を編み込んだ二本の大きなコーンロウに結っていた。真っ赤なマニキュアに加えてこの髪型が、この手の仕事をするには色っぽすぎるように思わせた。ネアは片手の人差し指を立てて私を指し、それからコーヒーショップを指した。女性はうなずいて許可してくれた。

通りを横切るときに、小さな子どもを守ろうと手を握るように、ネアと手をつなぎたかった。彼女が私よりずっと速く歩いていなければ、つないだだろうと思う。眠っているテリアのそばを通ったとき、どちらも立ち止まらなかった。

私はネアの後について、コーヒーショップの奥のほうにあるトイレの近くのテーブルまで行った。そこの空気は外よりも涼しかったけれど、ランチタイムの客でゆっくりといっぱいになりつつある店内の他の場所よりもずっと暗かった。ウェイターがやってきて、私が少し前にいた客だと気づきながらも、二人でホットチョコレートを二つ注文しただけで、彼がしつこく勧めるパニーニもサンドイッチもデザートも注文しないと、むっとしたようだった。

そこに座っていると、私たちがともに過ごす時間には際限がないかのように、これから永遠に二人で黙ってホットチョコレートを飲み続けるかのように思われた。でも、これまでにもネアが言うべき言葉を考えだそうとしているときにしていたように、頰をすごい勢いでこすり始めたので、骨に達するまで頰をこそいでしまうのではないかと私は心配になった。

「旅行はひどいものだったわ、ルース」彼女はだしぬけに言った。「旅行そのものがではなくて、状況がね」

「どういうふうに？」と私は訊いた。

「私たちが履修をやめた、紙を見ないで描くように教えるクラス、覚えてる？」

ブラインド輪郭線描画のクラスは、私たちが一緒に履修しようとした唯一のクラスだった。私たちのどちらも友だちを増やすことにはつながらなかったけれど、それぞれが自力で視野を広げる努力をして、必修の一年次のセミナーでさえも違うものを選び、それが彼女をランボーへと導き、私をタイノ族の神話へと導いたのだった。

「この旅行は、すべてがブラインド輪郭線描だった」頰をこすり続けながら彼女は言った。「レイプ回復クリニックで、自分がいったい何にかかわろうとしているのか、わからなかった」

「残念だわ」手を伸ばして、彼女の手を顔から引き離した。彼女はどうすればいいのかわからないというように両手を見下ろし、それから体を少し持ち上げて両手の上に座った。そうする間、ずっと私の目を避けていた。

「あなたにはたぶん信じられないような、いろんなものを目にしたわ。自分をレイプした男から舌を嚙み切られた女たちも見た」と彼女は言った。

彼女はそこにいた一週間のほとんどを十代の少女たちと過ごした。十三歳や十四歳の子もいた。私たちがコーヒーを飲んでいたカップの上くらい広く開いたフィスチュラ〔産科ろう孔。未成熟な少女が妊娠し、産婦人科医や助産師のいないところで、陣痛開始から何日間もかけて分娩。その結果、産道に孔が開き、傷が膀胱や直腸にまで至り、膀胱膣瘻や直腸膣瘻を引き起こす。患者は慢性的な尿失禁・便失禁にみまわれ、そのため家族から疎まれ、社会に拒絶されるという悲惨な状況に置かれる〕がある子たちや、梅毒の傷痕（きずあと）が両脚に走っている子たち。うす暗い街角で働いていて、客たちに集団レイプされた数人の女の子たちにも会った。それから、国際援助組織の職員らの乱交パーティーに雇われて食べ物と交換で性を売り、あげくに、どれだけセックスすればどれだけ食料を得られるかはまったく自分たちには決められないと思い知った少女たちもいた。

今では私のほうが彼女の目を避けていた。テーブルの上にある目の前のカップを見ることさえできなかった。

「今はあなたがあの旅行に行きたがらなかった理由がわかる」と彼女は言った。

でも、彼女の言ったことは全部当たっているわけではなかった。私が一緒に行きたくなかった理由は、単純でもあり複雑でもあった。まず、参加者は航空料金を自分で払わなければならなかったけれど、私にはそのお金がなかった。ネアの分は彼女の父親が払っていた。私の分も父親に払わせると言ってくれたけれど、それは私のプライドが許さなかった。それに、彼女が今話していることのどれひとつとして、自分の最初のハイチ旅行で目にしたくはなかった。私がまず見たかったのは、ハイチの浜辺と山々と要塞と滝とカテドラルと博物館だった。それに、レヴェのような団体が援助している女たちのなかに、自分が含まれて**いなくて**幸運だったと常に感じさせられることが、ひどく嫌だった。そもそも、彼女たちの援助が必要とされていること自体を嫌悪した。

　ネアは希望を持てるようなことも見ていた。カウンセリングやセラピーや瞑想と並行して、近辺に住む年輩のハイチ人の女性たちが物語を話したり歌を歌ったりして少女たちを慰めた。護身術を教えにくる人たちもいた。クレオール語を話さないネアはたいてい、ハイチに拠点を置くレヴェの女性たちに教わったフレーズで、ンパップ・ジャンム・ブリーイエ・ヌ――あなたたちを決して忘れないわ――と誓いながら、少女たちを抱きしめた。

　マイアミに戻ったとき彼女は、私が手首にピットブルを刺青してもらった、キャンパスから三、四キロのところにあるタトゥー・パーラーで、自身の献身（コミットメント）のシンボルを胸に刺青してもらった。刺青は心臓の近くの、胸骨の上にあるとのことだった。何の刺青なのか訊くのが私には怖かったけれど、すぐに、訊く必要はなくなった。

　彼女の説明では、寝泊まりもしていたレイプ回復センターで、ある朝起きると、開いた窓枠に、水で満たされた二つの透明のビニール袋を目にした。そこで暮らしている患者たちが、ハエをなかに入れないために窓にひもで吊るしたのだった。ハエたちは水で満たされたビニール袋に拡大されて巨大な怪物のようにゆがめられた自らの姿をその複眼で見て、逃げ去ると信じられていた。

「それをどうやって胸に刺青するの？」と私は訊いた。

「手首に犬を刺青するのと同じよ」彼女は言った。「でも私のはヘタな施術者にやらせたから、水の袋じゃなくて二つの熱気球みたいに見えるの」

「見せてもらえる？」と私は訊いた。

「だめ」彼女は言った。「見せるためのものじゃない。プライベートなものよ」

そう言いながらも、彼女は微笑(ほほえ)んでいた。いつかは見せてくれるかもしれないということだ。

「あなた、あそこで何をしているの？」と私は、おおよそ通りの向かい側の彼女の机を指さしながら、訊いた。

「私は正式な職員じゃない」彼女が言った。「公式に登録されてはいないの。彼らにその資金はない。でも彼らは――『彼ら』ってだいたいジョゼットだけど――彼女は私に助成金や寄付金を要請するeメールや手紙を書かせてくれているの」

「それで、そろそろお父さんのところに引っ越すつもり？」と私は訊いた。

「今はジョゼットのところにいるけど、母さんが助けてくれることになっている」と彼女は答えた。

「それじゃあ、お母さんはあなたがしていることを認めてくれているの？」

「いずれにしても、母さんは私にはギャップイヤー〔入試に合格した生徒が入学前に半年から一年休学し、その間に普段の大学生活ではできないことに取り組める制度〕が必要だと考えていた。でも父さんがすぐ大学に入れと言い張ったのよ」

「もう仕事に戻らなくちゃ」と彼女は明らかに、この話題にうんざりしているというようにつけ加えた。

そしてテーブルから立ち上がり、ドアへ向かって歩き始めた。私はしかたなく彼女のあとをついていき、出入口に着くと彼女の横にすべり込んで、彼女が出ていく前に、指でその指を軽くなでた。

外に出ると、パーキングメーターにつながれていたテリアはいなくなっていた。さっきまで犬がいたところに立って、ネアは言った。「私がこう言うと、両親はそれはもう十分すぎるほどくり返し言われてきたことで、今さら言うだけ無駄と考えるだろうけれど、でもね、ルース、世界にはほんとうに多くの苦しみがある」

通りの向かい側のレコード店から鳴り響いていた音楽は変化していた。今スピーカーから鳴り響いているのは、クレオール語のゴスペルソングだった。

「また会いにきてもいい？」と私は訊いた。

「もちろん」と彼女は答えて、通りを渡り始めた。

向こう側の縁石まであと半分あたりまで行ったとき、あまりにゆっくり歩いていたために、一台の車がキーッとタイヤをきしらせて止まり、ドライバーがうるさく警笛を鳴らした。車の窓から頭をつき出し、彼女に向かって大声で卑猥な言葉を投げつけている男は奇妙な夢のなかに出てきた幽霊なのかというように、彼女は途方に暮れた様子で私が立っているパーキングメーターのところまで戻ってきた。そのときの私の胸には、不注意だと彼女を怒鳴りつけたい衝動と、無事だったことを祝福するために抱きしめたい熱望とが同居していた。身を前に傾け、彼女は、私が感じていたのと同じ強烈な悲しみをもって、私を見た。

歩き去るのかと思ったとき、彼女は回れ右をして、何か私の上方にあるものを取ろうとするかのように両腕を上げた。彼女の指が私の背中に落ち、震えていた。チョコレートとタバコの匂いがした。かがみ込んで、顔を私の首に埋め、私を抱いた。彼女が自分の感じているすべてを――これまでに感じてきたことすべてを――私のなかに押し込もうとしているかのように思えた。できるだけ長く私たちをつなぎとめていようと、彼女の背中をつかんでしがみついた。けれども、彼女は両手のひらを優しく私の胸に押しあてて突き放した。

突然外の世界が戻ってきた、行き交う車と、未払いの勘定書きを手にしたウェイターと。

「私が」と、彼女とウェイターの両方に告げた。

奨学金と労働学習課程の仕事からの収入があるのにまだ両親が毎週送金してくれている百ドルの一部で、ウェイターに支払った。ネアは通りを渡り、レヴェの事務所へ戻って、机についた。椅子を回して通りに背を向け、ジョゼットと話し始めた。ジョゼットは彼女の話に笑ったけれど、私からネアの顔は見えなかったので、彼女が笑っているかどうかはわからなかった。少しおしゃべりをしたあとで、彼女とジョゼットはそれぞれのeメールをチェックして電話をかける仕事に戻った。私は、朝の大半を過ごしたぐらつくテーブルが空いたので、再びそこに、喫茶店の外の歩道に置かれたその席へと戻った。そしてネアが私のほうを見るのを待ち続けた。けれども、彼女は一度もこちらを見はしなかった。私が立ちあがってそこを離れたときでさえ。

その夜、アッシャー博士が、ネアの持ち物を取りに部屋へ戻ってきた。彼も娘に会いに行き、レヴエで働くことが自分にとってベストだと、彼女が父親を説得したのだろうと思った。

「彼女、元気そうでしたよ」と私は言い、彼がきびきびと動き回って持参した大きなダッフルバッグに衣服や本を詰め込んでいる間、ずっと部屋の自分の側にいた。何を持ち帰り、何を置いていこうとしているのかわからなかったので、ともかくじゃまをしたくなかった。

「大丈夫そうに見えたよ」彼は足を止めて、ベッドにかかっている鮮やかな黄色のシーツの上に両手をすべらせたけれど、それはそのままにしておいた。

私は彼に告げたかった。ハイチへ向けて旅立つ前に、キャンパスの外にある彼のアパートでの二人の夕食に、ネアが私を招待してくれたあの金曜日の夜を、私がどんなに楽しんだかを。リビングにある茶色いなめし革のソファに、座る部分も背もたれのクッションも私の肌よりも柔らかいのを感じながら、私もまた片手をすべらせたことを。壁の全面を覆う書棚は壁紙のように見えたけれども、書名を覚えようとしながら、本の背をなでたことを。彼の寝室や客用の寝室に置かれた美術品や、彼がネアに強いて私に見させた絵画のほとんどを私は理解できなかったけれども、それがこぼれた絵の具やアイスクリームの渦巻きや、失敗作のようにさえ見えて、気に入ったことを。彼の自宅オフィスにあった木製やブロンズ製のアフリカの仮面や、バスルームとキッチンにあった白黒とカラーの写真が――特に世界中の日没時の夕焼けと市場のものが――気に入ったことも、彼に知ってほしかった。

彼の家に着いたときにはすでに、ヤギ肉のロティとコーンスープはできあがっていた。ネアと私はサラダを作るよう頼まれていたから、二人で冷蔵庫から材料を集めている間に、ネアが彼に、ランボーを読み始めたと告げた。

「さすが私の娘だ」と彼はさりげなく言った。娘の奇妙な興味と発見についてはずっと聞き続けてきた、というように。

「これまでのところ、きみの好きな作品は何かな？」と彼が訊いた。

「『イリュミナシオン』に夢中よ」と彼女は答えた。

「ぼくの好きな作家はボードレールだ」と彼が言った。それから、二人とも私がサラダスピナーをくるくる回しているのを見やって、私がひどく仲間外れにされた感じをもつ前に、ドレッシングはどれがベストか、みたいなことに話題を変えた。

「じゃあルーシー、気をつけて元気でな」とアッシャー博士は、ネアのものを入れたダッフルバッグを持って部屋を出ながら言った。

「ええ」と私は答えた。

「疎遠にしないでくれ、また会おう」と彼はつけ加えた。

同じ日の夜、私は寝入りばなに、ドアの開く音を聞いた。誰かが押し入っているのかもしれないと怖くなり、ベッドの上に上体を起こして座った。ネアだった。ドア口に立っていて、その姿は廊下からの灯りに丸く取り囲まれていた。その日の午前中に着ていた服のままだった。

彼女がドアを閉めて、暗闇のなかを自分のベッドのほうへ歩いていくと、キャリーバッグを引く音が聞こえた。彼女は机の上の電気スタンドをつけ、私は目をしばたたいてそのまぶしい光に目を慣らそうとした。

「ネ」

「ヘイ」

「ここで何をしてるの？」

「住むの」と、それほどわくわくしてはいないというような声で、彼女は答えた。

彼女はドレッサーのところまで行き、シャワー用品の容器を取り上げて、いちばん上の引き出しからタオルとパジャマ代わりに着ている幅広の白いTシャツを取り出した。

「気が変わったの？」と私は訊いた。

「そう」と彼女が答えた。

彼女を戻るよう説得できたのは私だったのだろうか、父親だったのだろうか、と考えた。

「今学期の履修を終えなければ住み込みでは働かせないとジョゼットに言われたの」と彼女は言った。

たぶん父親がジョゼットと話したのだろう。

「でもまだあそこでボランティアは続けるわ」と彼女はつけ加えて、部屋から出ていった。

彼女がシャワーを浴びている時間は、いつもより長く思えた。ホールにいる彼女の気配を察知しようと、各部屋とシャワーとキッチンのエリアとを行き来している足音に、彼女が戻ってくるまでずっと聞き耳をたてていた。戻ってきたとき、彼女はだぶだぶのTシャツを着ていた。無言で、シャワー用品入れと服とタオルをドレッサーの上に置いた。それから卓上灯を消して、ベッドにもぐり込んだ。

「戻ってきてくれて嬉しいわ」と、彼女がすぐに眠ってしまわないようにと願いながら、言った。

「私はあまりにも簡単に、話に影響されるの」と彼女は言った。その声はすでに、暗闇のなかへと消えゆきつつあった。

「どういう意味？」と私は訊いた。それは、学校へ戻るようにと彼女を説き伏せるために父親が言いそうなことに思えたから。

「私はあまりにたやすく、聞いたり見たり目撃したりする話に、とくに悲劇的ないたましい話に、心を揺さぶられるの」彼女は続けた。「これが私の人生の物語（ストーリー）になるのだろうと思う。あまりにたやすく他の人びとの物語に、考えと行動を左右される女の子になる」

「あなたは他の人たちを助ける女の子になるんだと思うわ」私は言った。「マザー・テレサみたいなタイプね」

「マザー・テレサはときどき、リッツカールトンの床にぼろきれを敷いてその上で寝たそうよ」と彼女が言った。

「そしてそれから外に出て、世界を救おうとした」と私はつけ加えた。

「それで、あなたはどんな女の子なの？」と彼女が訊いた。

そのことについて、私はあまり考える必要はなかった。すでに知っていたからだ。私はいつも安定を、安全な港を求めることになる女の子であり、女。いつでも自分の持つすべてを——命も含めて——一瞬で失いうることを、決して忘れない。けれど声に出してネアに伝えたのは、違う言葉だ。私は、彼女がいつでも頼りにできるような友人に、レヴィの旅行にさえ一緒に行けるような友人になるつもりでいると告げた。

彼女は何も言わなかった。そして私は、彼女が眠ってしまったのに気づいた。彼女がいちばん深く眠っていることを知らせる、フーンという軽いいびきが聞こえたからだ。このいびきに以前はときどきいらついたけれど、こうしてまた聞けて、嬉しかった。

いびきがピークに達して、もう貨物列車でも来なければ彼女を起こせないとわかってから、私は、自分の机の電気スタンドを点け、彼女の側まで歩いていった。彼女は仰向けに寝ていた。そもそも、そのためにいびきをかいているのだろう。着ているシャツはすごく大きくてゆるかったので、肌に触らずにネックラインを下げるのは簡単だった。

私は布を、彼女の小さな胸まで引き下げた。するとそこに——彼女の胸骨の上に——あった。

二十五セント硬貨大の、二つのバスケットなしの熱気球が。ひとつは藍色（インディゴブルー）で、もうひとつは血のような赤で、ハイチ国旗の二つの色だった。気球の下のバスケットがあるはずの場所には、赤インクの筆記体でJE EST UN AUTREの語があった。これは、彼女がハイチへ行く前に書いていた論文のテーマだ。ランボーの「私とは一人の他者」

ネアがハイチに行っていた収穫祭の期間には、両親はミシシッピで、新しい順路（ルート）での収穫の仕事をしていて休暇があまり取れなかったので、私はキャンパスに残って、食堂で外国人学生たちと一緒に感謝祭の食事をとり、一年次のセミナークラスのためにタイノ族についての本を読んだ。

タイノ族は、自分たちはもともとは洞窟に住む人びとだったと信じていた。彼らは太陽の光に当たれば石になるのだった。光のなかへと踏み出すとき、危険は覚悟のうえだった。しかし、とにかく彼らはそれを断行した。新しい世界を創造するために。今も存在しつづけている世界だ。なぜなら、私たちは今もここにいるのだから。私は、次に半分眠りに落ちながらおしゃべりするときには、ネアにこの話をしてもいいなと思った。でもさしあたりは、彼女がまだ眠っている間に、右の手首を彼女の両乳房の間の割れ目まで下ろして、ほんのしばらくそこに置いた。すると、少しの間、ほんの少しの間、私の痛みと彼女の痛みが互いを抱きしめあった。

日は昇り、日は沈み

1

それは孫の洗礼式の日にまたやってくる。失われた瞬間、空白の部分、キャロル自身はどう判断すればいいのかわからないもの。彼女はある瞬間そこにいて、次の瞬間にはもういない。自分がどこにいるのか正確に知っている、でもその直後にはもう知らない。年上の教会の友人たちは、自分たちが受けた外科手術について似たような話をする。顔に酸素マスクを装着されて十から逆に数え始め、一を言う前に目覚めたら、もう何時間も、ときには何日も経っているのだと。彼女は、自分も同じことを経験しているような気がする。

娘の夫ジェームズは、ドレッドヘアの高校の数学教師だ。彼が孫のジュードを抱いている。ジユードは娘の球形の頭と銅色の肌と長い指を受け継いでいて、キャロルに抱っこされるといつでもその指で彼女のあごを包む。よく声をたてて笑う活発な子だ。全身を揺すって笑う。キャロルはよく何時間も続けて彼を見つめる。そのまるまる太った顔が同じ年齢だったころの子どもたちの記憶を、どんどん消えてしまいつつある記憶を、甦（よみがえ）らせてくれるようにと願いながら。

娘のジーンは、出産から七か月後のジュードの洗礼式の日には、まだ二十七キロぐらい太りすぎている。このことで――そしてその他の想像もつかないようなありとあらゆることで――ひどくみじめな思いをしていて、そのためたいていの日は寝室に隠れて過ごしている。娘が精神的に脆弱な状態にはまり込んでいるので、キャロルは、孫の子守りをもう一人の祖母グレースと一緒にと頼まれれば、いつでも喜んで引き受ける。キャロルは、自分がまだ思い出すことのできる子どもの歌や、いないいないばあの遊びでジュードを遊ばせるのが好きで、そのなかのひとつは、昔よく子どもたちとしたソレイ・レヴェー、ソレイ・クーシェー――日の出（サンライズ）、日の入り（サンセット）――と彼女が呼んでいるものだ。孫のベビーサークルを黒いシーツで覆い、日の入りと宣言し、それからシーツを取り払って、日の出と言う。彼女が混乱して順序を逆にしても、孫は気にしないようだ。どっちみち、孫には違いはわからない。

ときどきキャロルはグレースが誰だかわからなくなり、子守りのおばさんと間違える。けれども、グレースが息子とジーンが結婚したのを不満に思っていたことは覚えている。ジーンは格下で、息子にはふさわしくないと信じていたのだ。その非難の正当性は今、ジーンが母親として失敗していることで、証明されているように思える。

ジーンは本当の悲劇を知らずに生きてきた、とキャロルは思う。残酷な独裁者に支配される国で育ったキャロルは、隣人たちがデニムの制服を着た独裁者の取り巻きたちに家から引きずり出されるのを見た。伯母の一人は、逮捕されていく夫の前に身を投げ出して、死にそうになるまで殴打された。キャロルの父親は、彼女が十二歳のときにキューバへ渡って戻らなかった。母親の唯一の生き延びるための手段は、他の人たちの家を掃除することだったが、その人たちでさえかなりの無理をしてやっと彼女に手間賃を払っていた。

キャロルのいちばん仲良しの友だちは、同じ大家から借りている隣の同じようなトタン屋根の部屋に住んでいた。夜、母が眠っている間に、キャロルはよく友だちが母親から金切り声で怒鳴られるのを聞いた。母親は、娘が生きていること自体を嫌悪しているようだった。キャロルは、アメリカ生まれの自分の子どもたちをこうした酷い話から守ろうと必死の努力をしてきたけれど、そのために、今彼らにはどんな悲しみにも打ち克つ力がない。牧師になっている息子のポールはそれほどでもないが、子ども時代の友だちの名をつけたジーンはそうだ。娘の精神はとてもひ弱だから、何にでも動揺してしまう。あの子には、今の自分の生活は偶然のなせる業だということがわからないの？　不幸で、飢えていて、休みなく立て続けに働いても収入はほとんどなく、暴君からハリケーンから地震まで、ありとあらゆるものの気まぐれに支配されるのがふつうのこの世界では、自分が例外なのだとわからないの？

孫息子の洗礼式の朝、キャロルは自分で着た覚えのない長袖の白いレースのドレスを着ている。髪は後ろにまとめてきつく結っていて、今はそれが少し痛い。週の初めに、彼女はアパートの三階にある娘の住居のテラスから、ジーンがマンションの腎臓の形をした共同プールに両足を浸しているのを見た。テラスに出たのは、その水を見ようと思ってだった。午後遅くにはめずらしいコバルトブルーの色になり、そよ風が吹いていなくても、水を動かす人がなかに入っていなくても、表面にゆっくりとした小さな波が立つそのさまを。

「私はあの子の洗礼をしないわ！」ジーンは電話で叫んでいた。「それは彼女のやりたいことで、私たちのじゃない」

「もうすぐぼくたちの行く番ですよ」とジェームズが言い、キャロルを白昼夢から引き戻す。彼の口調はジュードに話しかけるときと同じものだ。明らかに、彼女にこう言うのはもうこれで何度目かだ。娘は彼女を見ていないし、キャロルの友人たちでいっぱいの会衆を見てもいない。きっとジェームズが着せたに違いない無地の白いロンパースをまとったジュードをさえ見ていない。ジーンはずっと床に視線を落としていて、その間、他の人たちが交替でジュードを抱いて、教会内で声をたてさせないようにしている。最初はグレースが、それからキャロルの夫のヴィクターが。次にジェームズの妹で代母のゾーイ。それからジェームズの親友で代父のマルコス。

キャロルは、娘はまだ若いのだと、くり返し自分に言い聞かせる。わずか三十三歳。ジーンはかつては満ち足りた若い女性で、ジェームズが教えている高校でガイダンスカウンセラーとして勤めていた（ジェームズとジーンがつきあい始めたとき、友人たちは彼らをジェイ・ジェイと呼んだ。それからジュードが生まれると、三人はトリプル・ジェイとなった）。

「あの子は以前は子どもが好きだった。そうでしょう？」キャロルはときどきヴィクターに訊ねる。「息子を産む前はね」

ジュードの名前が説教壇から伯父（おじ）のポールによって呼ばれると、ジェームズは彼らに祭壇のほうへ行くようにと合図をする。長くて白い聖職者の職服に身を包んだポールが説教壇から降り、ジュードがまだ父親の腕に抱かれている間に、その額に香油で十字を描く。油が目に入るのを嫌がり、ジュードは泣き叫ぶ。それにはかまわず、ポールがジュードを抱き取って非常な大声で祈り始めると、ジュードは驚きのあまり黙ってしまう。祈り終えると、彼はジュードを母親に返す。ジーンは息子の油でぬれた額にキスをして、彼女の目に涙があふれる。

キャロルには、娘が全然楽しんでいないことはわかっている。けれども、彼女自身はこのような儀式に心の安らぎを見いだしているし、この儀式が執り行なわれるまでは、彼女の孫息子は――彼に対する母親の関心の欠如も含めて――世界の悪から守られないだろうと信じている。

その後、娘のアパートでの洗礼式後のランチのときに、キャロルはジェームズとジーンが寝室から出てくるところを見る。ジュードはジーンの腕のなかにいる。簡素な無地のロンパースを脱がせて、さらに簡素なノースリーブのワンジー〔かぶるタイプのロンパース〕を着せている。ジーンは出入口で立ち止まって、よだれ掛けを持ち上げ、ジュードの顔を覆ってつぶやく。「日の入り（サンセット）」それからよだれ掛けを下げてきいきい声で言う。「日の出（サンライズ）！」

　娘が赤ん坊を相手にこの遊びをするのを見ていて、キャロルは自分自身がよだれ掛けを上げて下げてというしぐさをしているように感じる。今この瞬間にではなく、記憶にもやのかかった過去のある時点で。それはまるで、ジーンがキャロルになり、ジェームズはかつて小粋で痩せ型の洒落男（しゃれおとこ）だった夫ヴィクターになったようだ。ただ現在のヴィクターは、歩くときにはステッキを持ち、それをしじゅう地面にコツコツと打ちつけているけれど。

　すべてが失われてしまったわけではないのだわ、とキャロルは考える。だって娘が私から習い覚えているものが少しはあるのだから。すると、あのいつものあまりにもお馴染（なじ）みの自分が欠けていく感覚が帰ってくる。どうしよう、もう二度と誰のこともわからなくなったら？　夫のことを忘れたらどうしよう？　彼を愛する感覚を思い出さなくなったらどうしよう？　それは長年の間に、大きく変化してきた感覚だ。ちょうど今、娘の夫への愛も変化していると思えるように。ただジェームズは、ヴィクター同様に忍耐強い人だけれど。彼がジーンに対して怒鳴ったり叱りつけたりするのを、一度も見たことはない。ベッドから出るようにとか、自分たちの子どもにもっと注意を払うようにとさえ言わない。キャロルと自分の母親に、ジーンには時間が必要なだけだと言う。でも、この種の忍耐がどのくらい続くのだろう？　心がさまよって、二人の愛がもはや存在しないところにまで行ってしまう相手とともに生きることに、人はいったいどのくらい長く耐えることができるのだろう？

キャロルの症状がどれほど進んでいるかを知っているのは、夫だけだ。彼女の気分が突然変わったり、怒りの爆発のあとに完全な沈黙が続いたりすることに、彼は絶えずさらされている。もう何年も、彼女が症状を隠すのを、またはさまざまな方法――パズルなどの教育的なゲーム、特別なジュースやお茶と一緒にとるココナツオイルやオメガ3のサプリメント――を使って、症状を軽減させるのを助けてきた。しょっちゅう電気器具のスイッチを切ったり、オーブンとか冷凍庫とか、普通でない場所にしまった鍵を見つけたりしている。彼女が言いかけた文を言い終えるのを助けたり、同じことを何回もくり返すと、ひじでそっと突いて知らせたりする。でも、いつかは彼も疲れ果てて、彼女を施設に入れるだろう、するとそこでは、他人が彼女の面倒を見なくてはならないだろう。

ジュードが生まれたときヴィクターは、彼女が孫の世話をする練習ができるようにと、人形を買い与えた。茶色い男の子の人形で、ジュードと同じように丸い顔で、頭はきついもじゃもじゃの縮れ毛だ。彼女がその人形を風呂に入れると、ジュードとまったく同じように、髪の毛が頭皮にくっつく。人形を入浴させ、寝る前にパジャマを着せることで彼女を落ち着かせ、より深い眠りに導いてくれる。でもこれは、彼女の病気と同じように、まだ夫婦の間だけの秘密、もうそれほど長くは隠しておけないだろう秘密だ。

2

いい母親にはどうやってなるの？　誰でもいい、ジーンは誰かに訊きたい。母が認知症に、あるいは彼女が患っているのが何にせよそれになる前に、母に訊くだけの勇気が自分にあればよかったのにと思う。母は検査を受けてはっきりした診断を下されるのを拒否していて、父もそれでいいという態度だ。

「見つけたくないものをあちこち探しまわったりはしないものだよ」と彼はこれまで何度かジーンに言ってきた。

父は洗礼式のランチで乾杯の音頭をとる。「今日私たちを結びつけてくれたジュードに」とクレオール語で言い、それから英語で言う。

ジェームズがジーンにシャンパングラスを渡すけれど、ジーンは息子を抱いているので、受け取ったグラスのバランスがうまくとれない。母親が自分のグラスを置き、手を差し伸べてジーンの腕からジュードを受け取る。

「私がこの子を抱いて乾杯するわ」とキャロルは言う。ジーンは、母がほんとうにジュードの体をシャンパングラスだと思うのではないかと恐れる。最近は、母に息子を抱かせるのが、二人だけにするのが怖い。けれども自分とジェームズがそばにいて、ジュードがむずかってももじもじしてもいないので、反対はしない。

乾杯のあと、ジェームズがジーンとその母親に料理を一皿持ってきてもいいかと訊く。キャロルはうなずき、それからすぐに心変わりをして、「たぶんあとで」と言う。ジュードは今彼女を見上げており、その赤ん坊らしい両目で、しわが寄って疲れて見える顔をじっと見つめている。

キャロルは最近あまり食べていない。それに対してジーンは、深くて酸敗した穴が体のなかを掘り進んでいるような、底知れぬ割れ目が常に埋められることを要求しているような、そんな感じがしている。ジェームズは何も強要しない、彼女が数日間ずっと、昼夜を問わずただベッドに寝ているだけのときに、ベッドから出るよう要求しないことも含めて。それは彼のやり方ではないのだ。恋愛中も結婚後も、彼女に圧力をかけて何かをやらせるようなことは一切してきていない。彼からの働きかけはすべて、提案か勧めとして差し出される。学校で教えている、やかましく騒ぎたてる生徒たちに対して忍耐強くあるための練習を常にしているかのようだ。そのときにでさえ、彼がかっとなることは決してない。他方、彼女の母は、近ごろ激しい非難をくり返している。ただ、そのあとにはもう自分のしたことを思い出せないようだ。母はこれまでずっとものの静かな女性だった。間違いなくジェームズの母親より優しい。ジェームズの母親は、もしもジェームズがいなければ、ジーンやキャロルには見向きもしないだろう。

ジーンはしばしば、母はハイチでのほうが幸せだったのだろうかと考える。でもそうは思わない。ジーンには悲しむ権利はないと、母はよく言ってきた。キャロルだけに悲しむ権利がある、なぜなら恐ろしいものを見聞きしてきたのだから。ジーンの父親の人生に対する態度は違う。彼はジーンの知る誰よりも、喜びの快感に、あるいは快感の喜びに——どちらでも好きに言えばいいがともかくそちらに——より強い関心を持っている。人生のすべての瞬間を楽しむと——自分に入手できる最高の服を着て、最良の食べものを食べて、自分の好きなハイチのバンドが演奏しているところに行って、ダンスをするのだと——誓いを立てたかのようだ。

ジーンの子ども時代には、ほぼずっとヴィクターは市バスの運転手をしていた。それから年を取ると、タクシーの運転手になった。客を乗せていないときにはマイアミ国際空港の駐車場に座って、タクシー運転手の仲間とハイチの政治状況について話し合った。母親は、もしも家庭の外で働いていたら、認知症にはなっていなかったかもしれない。彼女にとっては教会の委員会と家族が人生の仕事の場だったけれど、それは、ヴィクターが昼夜とも働いて、さらに週末の内職までしていたから可能になった贅沢だった。キャロルは、彼女が望みさえすれば、教会の友人たちの多くがしているように、学校のカフェテリアで昼食賄いとして、またはお年寄りの話し相手か子守役として、働けただろう。

ジーンは母のように主婦になりたいと思ったことは一度もなかった。なのに今こうして、息子をかかえて家に縛られている。もう家の外に出ることはあまりなく、予約した診察のため息子を病院に連れていくときくらいだ。いつも怖くてほとんどベッドから出られないし、息子を抱くことさえ、落とすのではないかとか、きつく抱きすぎて窒息させるのではないかと不安でできない。

すると、疲労が始まる。心身を消耗するとても激しい疲労で、眠ることさえできなくなる。母であることは、霧の立ちこめた泡のようなもので、そこから外に出られる時間はあまりに短く、息子の体を両手で包むことさえできない。不思議なことに、この子は扱いやすい子だ。家に連れ帰ったその日から、夜はずっと寝ている。いつも決まった時間に昼寝をする。やたらにむずかって泣くこともないし、手こずらせもしない。ただそこにいるだけだ。

ジェームズは彼なりの乾杯を呼びかけることにする。全員の注意を引こうと、シャンパングラスをスプーンで軽くたたく。

「ぼくは妻に乾杯したいと思います。すばらしい妻であり母であることにだけでなく、勇敢にもジュードをぼくたちの生活のなかに連れてきてくれたことに対しても」と彼は言う。

彼はなぜ彼女を勇敢だと思いたいのだろう？　たぶん二十六時間かかって、最後は帝王切開をすることになったお産のことを思い出しているのだろう。そうやって取りあげられた息子は、首にへその緒が巻きついていた。自然分娩をすると彼女が頑固に言い張ったために、もう少しで死ぬところだった、と医者は告げた。

妊娠自体は楽だった。彼女は産気づくまで、いつも通りの規則的なスケジュールで働いていた。痛みは強く、脈も動悸も激しかったけれど、二十五時間が過ぎたあとでさえ、我慢できた。最初の子のときはひどく苦しいけれど、二番目の子のときには楽になりますよ、と看護師たちは彼女に言い続けた。

赤ん坊が危ういところで助かって、彼女は運がよかった、恵まれていた、と母は言った。

乾杯をしたあと、夫は彼女の頰にキスをした。

「いいぞ！　いいぞ！」と彼女の兄が、朗々とした牧師の声で言う。

ジーンの目と夫の目が合い、彼女は、新しい火花が二人の間を行き交えばいいのにと願う。子どもの他に、まだ互いを結びつける何かが。彼女は泣きたくなる、けれども母親を刺激してまたいつものように、あなたはスポイルされた子だ、あなたに必要なのはすねるのをやめて人生をうまくやっていくことよ、などとわめかせたくない。子どもが生まれて、その誕生が必ずしも彼女を喜びで満たすわけではないと実感してからあとの時間のなかで、また母の意識が、それから母の愛も、壊れて消え去りつつあると気づいてからあとの時間のなかで初めて、今日教会で彼女は泣いた。

3

ジュードの生まれる一週間前にキャロルは、ハイチ人がティ・マーシェ〔小さな市場〕と呼んでいるオカ・ロカ・ハイアリア・フリーマーケットへ行き、ユーカリノキの葉と酸(す)いオレンジを娘の分娩後最初の入浴のために買った。それに、コルセットと二、三メートルのモスリン〔平織りの柔らかい綿織物〕を買い、モスリンはジーンが腹部に巻く帯に縫った。でも、帝王切開だったので、入浴も腹帯もできなかった。そのために娘の腹部の膨らみは元に戻らなかったのだ。実際のところ、ジーンの体は前よりも大きくなった。キャロルとグレースのふたりが彼女のために煎じた、ウイキョウとアニスの実の煎じ汁を飲むのを拒んだからだ。そして彼女は、母乳を与えることも拒んだ。母乳育児をしていれば、体の余分な脂肪を溶かすだけでなく、落ち込んだ気分も和らげてくれただろうに。

ジーンとポールが赤ん坊だったころは、周りに助けてくれる女性はいなかった。親戚たちがキャロルと子どもたちを世話してくれる間ベッドで寝ていられるような贅沢は、彼女にはなかった。夫はできるだけのことをしてくれた。薬草を買ってきて、お茶を作ってくれた。彼女を風呂に入れてもくれた。毎朝仕事にでかける前に、腹帯を結び直すのを手伝ってくれた。でも、彼が家にいない間は、彼女はあまりに孤独でホームシックになってしまい、赤ん坊たちの頬が自分があとにしてきた国の大地であるかのように、その顔にキスをしつづけた。

子どもたちのいない生活など、想像できなかった。子どもたちがいなかったら、もっと戸惑い、生きる目的もなくしてしまっていただろう。二人ともに、望むものをすべて手に入れてほしかった。だから、家計が逼迫してくるといつでも――特に彼女とヴィクターがマイアミのリトルハイチ地区に家を買ったあとは――子どもたちが学校に行き、夫が仕事をしている間に、よその家々の掃除の仕事をしていたけれど、そのことは家族にはいっさい告げなかった。その秘密の収入によって、彼女に対する夫の評価はさらに上がった。毎週、彼女に家計費を手渡す前に、彼は誇らしげに子どもたちに告げた。「きみたちのママは実にやりくりがうまいのだよ」と。

掃除の仕事で得たお金は、それなしではのけ者にされてしまうと娘が思いこんでいるもの――

ブランドのスニーカーや服、クラスの指輪〔クラスリング。高校や大学の卒業記念リング。日本語でいうカレッジリングにあたる〕、学年末のダンスパーティーに着ていくドレス――を買うのにも使った。息子が興味を持っているのは本で、しかも図書館にあるものだけだった。彼は、穴のあいた安い靴で楽しそうに歩き回った。

自分が払った犠牲の話を娘にするべきだった。そうしていれば娘に、いつまでも落ち込んではいられないのだと、もっと楽に伝えることができただろう。この国に来たときにキャロルが悲しんだままでいたとしたら、家族は今どこにいるだろう？　ときには自分に取り憑いた悪魔を――その悪魔が何であれ――ただひたすら振り払わなければならない。自分のために生きたくはなくとも、子どものために、子どもたちのために、生き始めなければならない。

4

ジーンは知らない間に父と二人だけになっていて、そのときに初めて夫と母がジュードを連れて自分から離れていったことに気づく。

母親の状態について、父とはもうかなり長い間話していない。父にも夫にも話したくないことだけれど、実は、今週の初めに母が訪ねてきたとき、息子が昼寝をしている間に、彼女は頑張って外に出てプールのそばに座った。水に両足を浸してすぐに見上げると、母がテラスからじっと見つめているのに気づいた。母は混乱しているように――自分がどこにいるのかわかっていないように――見えた。ジーンはジェームズと電話で話している最中だった。急いで電話を切り上げて、上階に駆け上がった。アパートに着くと、母はドアのそばに立っていた。母はドアを押して閉め、ジーンの両肩をつかんで、ドアにたたきつけた。キャロルの体がもっと大きければ、ジーンの頭を叩き割っていたかもしれない。

ジーンは「母さん（マンマン）、母さん（マンマン）」と呪文のように言い続けて、やっと彼女を現実に引き戻した。

「どうしたの？」と母は訊いた。

ジーンは救急車を、少なくとも父を呼びたかったけれど、ショックを受けていたし、それに、その日のそれからあとの母は大丈夫のように思えた。ジーンはできるだけ母と一緒にいるのを避け、彼女には好きなテレビのトークショーを見せておいて、母がジュードと二人きりにならないようにした。

翌日母は、ジェームズが出勤したあとにやってきて、クレオール語で彼女を怒鳴りつけ始めた。「悪魔と闘わなきゃだめよ」彼女は叫んだ。「わがままに自分のためだけに生きるのはやめなさい。子どものために生き始めるのよ」

そうした出来事のためにジーンは母を恐れ、母のために恐れるようになった。彼女が洗礼式を最後までやり通すことに同意したのは、それが助けになるかもしれないと願ってのことだった。ひょっとしたら母は、自分の思いどおりにことを運ぼうと、正気を失っているふりをしているのかもしれない。

彼らの家のリビングルームのソファに、ジュードを抱いて、ジェームズの隣に座り、キャロルはこの一週間でいちばん落ち着いているように見える。ポールがキャロルのもう一方の側に座っていて、三人はジュードについて、あるいは子どもというもの一般について話しているようだ。それからジェームズの友人のマルコスが加わる。するとジュードが手を伸ばして、彼の大きく膨らんだアフロヘアに触ろうとする。

兄はどうして母が壊れていっていることに気づかないのだろう、とジーンは思う。洗礼式についていろいろと何度も話し合うなかで、キャロルの精神状態について一度も口にしなかった。それは、敬虔な女性として、自分の母親としてではなく主における「姉妹」として彼女を見ることに慣れていたからだろうか？　ポールはこれまでずっと、現実的なことにはたいして注意を払ってこなかった。児童期の大半を、世に知られていない小説や人類学の研究書、それに著名な神学者や聖人の伝記など、彼らの周りにいる大人たちでさえ聞いたこともないような本を読んで過ごした。高校三年生のときに正式に母の教会に加わる前に、彼はすでに司祭になろうと考えていた。いつも現世のことよりも、来世のことに関心を持っていた。

母はポールに詰めるようにと合図をして、ジュードをソファの彼らの間のスペースに下ろす。ジュードは首を前後に振り、大人たちを、特にジェームズを、見上げ続ける。

「このごろはどんな具合かな？」とジーンの父が訊ねる。ジーンに話しかけながら母を、ジーンがこれまで見たことのないような視線で――賞賛でも愛でもない、突然の恐怖というか、苦悩とさえもいえる視線で――見ている。

「大丈夫よ」と彼女は言う。いつもならば答えはこれで十分だ。父は、夫と同じく、普段は無理強いしない。でも今回はさらに突っこむ。

「どうしてこれを全部今日やるのかね？」父は、答えをすべて知っているのにもかかわらず、訊く。「きみはこの子を、母さんのためにも産んだのかい？　母さんがきみの代わりにこの子の世話をすることはできないからね。それはきみが自分でしなければ」

「もちろん私は母さんのために息子を産んだんじゃない」とジーンは言う。

「じゃあどうして産んだのかね？」彼が訊ねる。「きみはこの子をほしがっていないようだ」

　彼女は父に言いたい。自分が感じていることが何であれ、これは、息子をほしくないかどうかという問題ではないのだと。問題は、役割をこなすだけの力量がないということなのだ。たとえ夫の助けがあっても、仕事はあまりにも大きすぎ、あまりにも延々と続く。相手が父であれ他の人であれ、説明するのが難しいのだけれど、当然作動すべきもの、たぶん頭のなかでつくはずの電気が、点灯しなかった。体がすっかり変化したにもかかわらず、ときどき彼女は出産などしていないような気がする。息子をほしくないとか、彼が生まれなければよかったと思うとかではなく、ただ、彼がほんとうに自分の子だと信じられないのだ。

「母さん(マンマン)のほんとうの問題は何？」と、話題を変えたくてたまらずに訊く。

「きみについての話が終わっていない」と父が言う。

「母さんはどうしたの？」と彼女はあくまで追及する。

「いつもの彼女ではない」と彼が答える。

「それだけじゃないわ」

「私に何を言わせたいのかな？」

「私たちは真実を知る必要があるわ」

「私たちは」母を、それから自身を指差して彼は言う。「すでに真実を知っている」

ジーンは、何かジェームズかマルコスが言ったことに対して母親が――最初は穏やかに、それからもっと大きな声で――笑うのを聞く。彼女は、ひょっとしたらもうすでに診察を受けて診断が出ており、両親はそれを秘密にしているのかもしれないと気づく。

「何を言っているの？」と彼女は訊く。

「私はじきに、彼女をどこかに入れなくてはならないだろう」

彼女は費用のことを考え、本来の居場所を追われるのは母だけではないだろうと思う。必要な世話を受けられなかったり、虐待されたりしないような、ちゃんとしたところに母を入所させるために、父は家を売らなくてはいけないかもしれない。自分たち家族が、人生のとても多くを家族に捧げてくれた母の面倒を見ることもできなくなるなんて、なんと皮肉ななりゆきだろうと思う。

「私はなにも明日そうなると言っているわけではない。だが、私たちはいつか彼女をどこかに入れなければならないだろう」

ジーンは、父の表情にある痛みをそれまで見たことがなかった。見ようという心がまえがまるでなかったからだ。他人の痛みのことはまったく考えていなかった。でも今は、父の変化が見える。髪には白髪が増え、声はけだるそうだ。目は寝不足で赤く、肌は気苦労で荒れている。

5

キャロルと子どものころの友だちのジーンは、ベニヤ板だけで仕切られた隣の部屋に住んでいて、二人はよく、このベニヤ板に開けた穴を通して話をしていた。ジーンは、朝近所の水道まで水を汲みに行くときに、口笛を吹いてキャロルを起こすのだった。ジーンの口笛は、ピピリット・グリのキーキーいう鳴き声のように聞こえた。それは灰色のタイランチョウで、その地域を飛び回っていたけれど、男の子たちがぱちんこで撃ち落としては地面を掘って作った炉で焼いて食べたので、やがていなくなってしまった。

ある朝、ジーンは口笛を吹かなかった。そしてキャロルはそれ以降彼女を見なかった。近所の男の子たちは、母親が彼女を殺して埋め、それから逃げたのだと言ったけれど、ジーンの母親はたぶんただ家賃を工面できなくて、夜逃げしたのだろう。

次にその部屋に住んだのはヴィクターだった。ヴィクターの父親はマイアミへ運航する船で働いていて、地域の住民は誰もが、ヴィクターもいずれはそこへ行くのだろうとわかっていた。彼の父親は、年に二度ほど洋服をいっぱい詰めたスーツケースをいくつか持ち帰り、ヴィクターはいつも、母親が使えないからいらないと言ったTシャツやドレスを持ってきてくれた。ヴィクターはじきにベニヤ板の穴を見つけて、指を突っ込んでは彼女に振って見せるようになった。すると彼女は、地域の最後のタイランチョウのように、彼に口笛を吹くのだった。

キャロルは、ヴィクターに最初に会った瞬間から、彼がやがて自分の世話をしてくれるようになるだろうとわかった。彼が自分に対して陰謀を企てるようなことは、あるいは施設に入れると脅すようなことさえ、一度も考えなかった。でもなんと彼は、今ここで知らない女と共に自分を陥れようとしている。彼がかつて好きだったタイプの女、いちばん好いていてくれたときの彼女とまったく同じ、肉づきのいいきれいな女だ。

夫とこの女は、ひそひそ声で話をしている。何を話しているのだ？　そして自分はなぜこの、夫がときどき彼女を騙して本物の赤ん坊だと思わせるために使う、もじゃもじゃの縮れ毛の人形の横に座っているのだろう。彼女の本物の赤ん坊たちはもういない。彼らは友だちのジーンと一緒にいなくなってしまって、彼女に残されているのは、夫が買ってくれたこの人形だけだ。

何が起こっているかに気づいている者がいるかどうか確かめようと、部屋を見回す。誰か気づいているだろうか、見知らぬ者たちと、立てかけて座らせられている人形に挟まれてソファで動けなくされている間に、この若い女が、すぐ目の前で、彼女から夫を盗んでいるのを？　人形の脇の下をつかんで自分の肩にかける。人形の表情はとてもリアルで、ほんとうに生きているみたいで、今にも泣きだすかのように、口がゆがみ、頬はくしゃくしゃになる。それをなだめようとして彼女は、口笛でピピリットのキーキー鳴く声を出す。

キャロルは起きていることのすべてを両側の男たちに説明しようとするが、彼らには理解できない。男のうちの一人が、人形を返してもらいたいというように、両手を彼女のほうへ差し出す。彼らは今、彼女を取り囲んでいる。肉づきのいい若い女も近づいてきている。キャロルには、この騒ぎが一体なにごとなのか理解できない。彼女はただ、夫が近くにいないときによくしているように、この人形を庭に連れ出したいだけなのに。太陽をいっぱいに含んだそよ風を顔に感じて、真昼のプールのきらめきを見たい。みんなに、私は自分自身だけでなく、この人形の面倒も見られるのだと証明したい。

6

母は、ジュードを腕に抱えてどうやってジェームズとポールの間をくぐり抜け、テラスまで走っていくのだろう？　母がジュードをテラスの手すりの上方でぶら下げている間、ジュードは身をくねらせ、声をあげて泣いて、むきだしのまるまる太った両脚を奇妙にあちこち回している。

父が最初にテラスまで行き、ジェームズと他のみんなが続く。キャロルはテラスの日陰のほうにいるけれど、汗をかいている。頭の後ろに結った髪は、ジュードか他の誰かが引っぱっていたかのようにほどけている。

ジーンには、母の骨と皮ばかりの腕がどのくらい長く息子を支えていられるのかわからない。なにしろジュードは泣きながら体をよじっていて、その間じゅう、テラスにいる人たちがどんなに必死で自分を部屋のなかへ戻したがっているかを知っているかのように、彼らのほうに頭を振り向けているから。

ポールは急いで階下へ下りて、ジーンは兄の顔を見下ろし、もしも母が落としてしまったら息子がどこへ落ちるかを考えている。ジュードが伯父の腕のなかへと落ちる確率は、プールのなかへ、あるいはテラスの下のフィカスの生け垣の上に落ちる確率と変わらない。

マルコスもプールのそばに現われ、ジェームズの妹ゾーイも現われる。ジェームズは、消防のレスキュー隊と電話で話している。ジーンの義母グレースは、ジーンが床に崩れ落ちるのを防ごうとするかのように、両腕でジーンを抱え込んでいる。ジーンの父は母から一メートルぐらいのところに立ち、懇願し、必死で訴えている。

電話を切るやいなや、ジェームズはジーンの父親と場所を入れ替わる。ジュードは小さな両こぶしを固く握りしめ、また開いて、両手を父親に向けて突き出す。彼は一瞬泣きやむ。ジェームズが自分をつかむのを待っているかのように。ジェームズが彼をつかもうと腕を伸ばすと、キャロルは上体を傾けてジュードをさらに外に押し出す。誰もが息を呑み、グレースが手を離すと、ジーンは体を二つに切られたかのように、体を折り曲げてかがみ込む。

「母さん（マンマン）、お願い」ジーンは立ち上がりながら言う。「お願い（スープレ）、母さん（マンマン）。お願い（タンプリ）」

他の住人たちが、それぞれの部屋から出てくる。もうすでにテラスに出ている人たちもいる。プールのそばのポールとゾーイとマルコスに加わった人たちもいる。息子はこの前の健診では八千六百グラムだった。今の母の体重の、およそ五分の一だ。母はもうこれ以上、そんなに長くは息子をしっかりとつかんでいられないだろう。

ジーンは夫のほうへ歩いていく。ショック状態にあるような父のそばをかすめるように通り過ぎ、注意深く近づいていく。

「母さん（マンマン）、お願い、私の赤ちゃんを返して」とジーンは言う。彼女は、息子をおびえさせないよう、しっかりとした、落ち着いた声で話すように心がける。

母は、今ではもうすっかり見慣れてしまった、呆然とした表情で彼女を見やる。

「キャロル、その赤ちゃんを私に渡して」とジーンは言う。たぶん娘ではないほうが、母の目には、より権威ある人物に見えるだろう。母はジーンのことを、耳を傾けなくてはいけない人物だと——従わなければいけない人物だと——思うかもしれない。

「赤ちゃん」と母は言う。そしてそれは、自分が小さな子どもを持っていることに気づいたというより、ジーンへ向けた愛情を表現する言葉のように聞こえる。

「あなたの赤ちゃん？」とキャロルは訊く。その両腕は、ようやくジュードの全体重の重さを感じはじめたかのように、揺れている。

ジーンは声を低くする。「それは私の子なの、母さん。お願いだから私に渡して」

母の両腕がゆるんできているのを見て、ジーンには母が正気に戻りつつあるのがわかる。でもまだすっかり戻ってきてはいない。そしてあまりにも突然に戻れば、混乱してジュードを落としてしまうかもしれない。母親の目がじっと自分に注がれている間に、ジーンはうなずいて夫になかに入り込むように合図をして、夫と父が同時にぱっと飛び出し、父は母に手を伸ばし、夫は息子をつかまえる。母は、ジュードが安全に手すりの内側に戻ってから、握った手をゆるめる。

ジェームズは、まだ泣き続けている息子をしっかり胸に押しつけたまま、テラスの床に崩れ落ちる。ジーンの父は、母の手をひいて部屋のなかへ連れ戻す。一緒にソファに座り、両腕をその体に回すと、彼女は頭を静かに父の肩にもたせかける。

そのすぐあとで、二人の黒人女性の警察官が到着する。救急救命士たちも続いて来る。救急救命士の一人によって母の瞳孔に光が当てられ、それから血圧が測られる。症状の発現期から抜け出したようで、今は疲れているだけのように見えるけれど、キャロルには精神鑑定が必要だと診断される。ジュードにも検査がなされて、祖母にきつくつかまれていたために脇の下にいくつかあざができているだけだとわかる。ジーンは、低くされた車輪つきの担架にヴィクターとポールに助けられて登るときの母の目に、呆然とした表情が戻るのを見る。父は縛りつけないでくれと頼むが、救急救命士のリーダーは決まった処置だと主張し、母を傷つけはしないと約束する。

ジーンは、母はただ自分に教訓を与えようとしているだけだと、ショックを与えて抑鬱状態から抜け出させ、彼女にも息子を愛することができることを思い出させようとしているだけなのだと望んでいた。でも、車輪つきの担架に縛りつけられている母の目を見る。その目はとろんとして空っぽだ。ジーンを見ているようだけれども、実際には彼女を通り越して壁を、それから天井を見ている。

手首と足首に拘束ベルトがパチンとはめられると、キャロルの体はだらんとゆるむ。完全に望みを手放して、彼女を苦しめてきているものが何であれ、それに降参しているように見える。二度とここへは戻らないと——少なくとも以前と同じ状態では戻らないと——わかっているようだ。ジーンも知っている。この瞬間は、誕生とは違い、新しい始まりなどではないと。

7

キャロルはこの光景を、娘とその夫が男の赤ちゃんと一緒にいるこの光景を、もっと見ていたいと願う。ジェームズが、眠ってしまった息子を抱く妻の体に両腕を回して、抱きかかえている。おそらくジーンは、息子が自分にとってどれほどかけがえのない存在なのかに気づくだろう。キャロルは、自分の経験を少しばかり娘に話さなかったことを悔やむ。孫にそんな話をすることも、今となってはもう決してできないだろう。彼と遊ぶことも二度とないだろう。

夫が最初に彼女を医者に診てもらいに連れていったとき、脳のスキャンと脊髄穿刺(せんし)をする前に、医者は家族の病歴について質問した。両親か祖父母が何らかの精神障害に、あるいはアルツハイマー病や認知症に罹(かか)っていたかどうかを訊いた。彼女はその質問にひとつも答えられなかった。なぜなら、質問をされたときに自分のことを何も思い出せなかったからだ。

「彼女はいい歴史家ではないね」と医者は夫に告げた。それはヴィクターによれば、自分自身の身の上話をすることさえもできないと伝える、その医者なりの言い方だった。

彼女はいい歴史家**ではない**。そうだったことは一度もなかった。健康だったときでさえ。今後もそうなる機会は決してないだろう。孫息子は彼女を知らずに育つだろう。二人の唯一の記憶すべき逸話は、テラスから彼をぶら下げたことになるだろう。殺そうとしたのだと考える人もいるかもしれない。彼女にとっては、そのすべてはじきに蒸発して消えてなくなるだろう。でも、彼女以外のみんなが覚えているだろう。

彼らは、車輪つきの担架に乗せた彼女をアパートから運び出そうとしている。彼女の手首はベルトで担架に固定されているけれど、息子が彼女の左手をしっかりと握っている。ジーンはジュードを彼のもう一人の祖母に渡し、担架のところまで歩いていく。そして顔をキャロルの顔のすぐそばにまで寄せるので、キャロルはジーンが自分に噛みつくつもりだと思う。でも、それからジーンは後ろへ下がる。すると、キャロルの頭に思い浮かぶ。彼女は子どもたちが昔よく楽しんだ、もうひとつのいないいないばあ遊びのアロー・バイをやっているのだということが。互いの顔がほとんど触れそうなところで、ジーンは鼻にしわを寄せてささやく。「こんにちは(アロー)、母さん(マンマン)」

それから「さようなら、母さん」と。

これは娘が実際にしているのだと自分に信じさせることができさえすれば、それはふさわしいことだろう。彼女の家庭生活に、少なくとも子どもたちとの生活に、ふさわしい終わりだろう。子どもたちとの生活のなかでは、いつも子どもたちにハローと言いながら、親にグッバイを言う準備をさせている。いつでも別れをひどく恐れていながら、子どもたちに、大きくなるように、賢くなるように、はいはいして、まだ言葉にならない声を出して、歩いて、話して、毎年の誕生日を――親として生きて目にしたいと願い、子どもが生きていてその場にいられるようにと祈る誕生日を――迎えるように、声援を送って励ましている。ジーンはやがて知ることになるだろう、そんなふうに生きるのが、どういうことかを。自分の一部が切り離されて動き回り、その部分をあまりにも愛しているから、ときどき正気を失いそうな感じがすることさえあるというのがどういうことかを。

娘が手を伸ばして彼女の右手を取るので、今は子どもたちの二人ともが、彼女の、ちっとも自分の手のようには思えない、痩せこけて震える手を握りしめている。

「ありがとう、母さん」娘が言う。「ありがとう」

感謝されるべきことは何もない。彼女は自分の仕事をしただけ、親としての務めを果たしただけ。今はもう、ハローもグッバイもいらない。すぐに何も残らなくなるだろう、しがみつくべき過去も、待ち望むべき未来も。ただ今だけ。

七つの物語

飛行機が着陸態勢に入ると、私は、座席から島をよく見ようと額を窓に押しつけた。空港は上部に有刺鉄線をつけたコンクリートの壁で囲まれていて、壁のところどころはブーゲンビリアと竹の葉の繁みで途切れていたが、それはまだ亀裂が目立つ部分に意図的に置かれたもののように思えた。この境界線の外にあるものはすべてが危険だった。あるいは危険だと、窓のない掩蓋（えんがい）陣地のような主要ターミナルが暗示しているようだった。次の便で戻ったほうがいいのかもしれないと思った。でも私は、この島国の首相夫人に個人的に招待されていた。

「最愛のキム」キャリー・モリセットは二、三週間前に、私的なeメール・アカウントから私に書いてきた。「少女時代にブルックリンで一緒に過ごしたあの（少なくとも私にとっては）人生を変えるようなひと月のことをあなたが書いたエッセイを読みました。私はあなたに再会できる日をずっと長く待ち続けてきましたが、この休暇中にいつもより多くの自由な時間を持てます。

こちらですべての手配をします。どうぞいらしてください！」

大晦日の午後遅くで、気温はカリブ海の日陰でさえ焼けつくように暑い三十二度だった。ターミナルにいる他の乗客は、主に観光旅行者か、より涼しい気候の土地から帰省している地元の人たちだった。帰省者たちは、愛する人びとへの贈り物ではち切れそうな特大の手荷物を引きずっていた。その他の乗客は白人の宣教師で、大半は年配の男性だったけれど、他に何人かの女性と男女の大学生たちもいた。彼らの着ているTシャツの胸には、**今生命に触れて、永遠に魂を救う、**と書かれていた。Tシャツの背中にプリントされた一週間の信仰復興伝道集会の日程は、たまたま私の滞在期間と同じで、大晦日から顕現日の翌日までだった。私はそれより長く滞在することを考えていたけれど、接待してくれる友人の歓待につけこみたくはなかった。なんといっても私たちは、七歳のとき以来会っていないのだから。

本館に入ると、あごひげを生やした儀典局の若い役人が出迎えてくれた。彼は、専属契約を結んでいるオンラインマガジンに載った、作家としての私のプロフィール写真を引き伸ばしたものを持っていた。その写真の私は厚化粧をしていて、こうして二百四十センチ×三百六十センチの発泡プラスチック製のポスター用ボードに拡大された、卵形の顔と幅広い鼻とくっつきすぎている目と頭の後ろでゆるく結った縮れ毛は、道化のもののように見えた。

儀典局の役人は、あとについてくるようにと私に合図をして、豪華なラウンジへと向かった。

明るい大理石の床にはペルシャ絨毯（じゅうたん）が敷かれ、そのへりにはワニ革のソファが置かれていた。表側の部屋の壁には、キャリーと夫のグレゴリー・ミュレイの公的な肖像写真の周りに、大量の植物が細密に描かれた、かなり大きな十枚ほどの水彩画が掛かっていた。

これより一年ほど前、私はときおりオンラインでキャリーを検索していた。そして最近、およそ千平方マイル〔約二千六百平方キロメートル〕の島に住む二十五万人ほどの人びとのためのワクチン・キャンペーンから災害への備えにいたるまで、彼女の得意な行動計画を報告する記事をいくつか見つけた。最初に首相の妻として受けた新聞のインタビュー記事では、夫が「ベストを尽くす」よう後押しすること、そしてもしも夫がなまけ始めたらためらわず公に批判することを約束していた。

同じ記事に、「私は妻の美しさのためだけでなく、その強い心のために結婚したのです」との夫の言葉が引用されていた。「彼女は、全国民と同様に、話したいことを自由に話す権利を有するこの国の一国民です」

キャリーの父親のチャールズ・モリセットはこの島の最も有名な首相であったが、キャリーが七歳のときに護衛の一人によって暗殺された。母親は彼女を連れて逃げ、ブルックリンのプロスペクト・パーク・サウスで私たちの隣家に住む伯母（おば）のミス・ルビーのところに身を寄せた。その数週間後に暗殺者が逮捕され、裁判にかけられて投獄され、獄中で暗殺されたあとで、キャリーと母親は、ミス・ルビーを連れて島へ戻った。長年にわたって、一種の理事会である市民助言者たちの評議会によって国が運営されている間に何度か選挙が試みられたが、いずれも失敗に終わった。そしてついに、二十年後、島を独裁する少数の政治家の子であり、官選審議会の最も若い弁護士の一人として働いていたキャリーの夫が、新首相と同様に二十歳以下であった有権者の大多数の票を得て当選した。

空港のラウンジに入ってきたキャリー・モリセットは、ぴったりして体の線が出る濃緑色の丈の短いドレスを着て、細い腰にベルトを締めていた。身につけている宝石は、いくつかのフープイヤリングと、長くて先の細い指にはめた細いプラチナの結婚指輪だけだった。ファッションショーのステージを歩くモデルが休暇をとって、その完璧な漆黒の肌と両耳の後ろにたくし込んだ丸く膨らむ短い黒髪を見せつけているようだった。キャリーと私は七歳のころは同じくらいの背丈だったけど、今の彼女はストラップつきの赤いハイヒールのサンダルを履いていて、私よりずっと高かった。

「会えて嬉しいわ、キム」彼女は、島で育つ間に話したフランス語、英語、スペイン語、オランダ語のすべてをひとつに溶け合わせた、熟達した発音で話した。七歳のときの彼女はたいていは英語を話していて、その声は私とそれほど違わなかった。というか、少なくとも私はそう思っていた。

夫は後ろに立って、挨拶の順番を待っていた。黒いスーツを着た六人の男女がそばにいて、おつきの護衛隊員だろうと思われた。彼もまた、壁に掛かった公的な肖像写真を含む、写真のとおりの人物に見えた。堂々とそびえ立つような長身の筋骨たくましい男で、四角く黄土色で輪郭のはっきりした顔をしていた。夫のために彼女が選んだのに違いない黄褐色のスーツを着た彼とキャリーが並んで立っているのを見て、七歳のときに**彼は**何をしていたのだろうと考えずにはいられなかった。

7(セブン)

キンバリー・ボイエ作

……最初にブルックリンにやってきたとき、がりがりに痩せて悲しみのなかにあった友人は、毎晩泣きながら眠りについた。彼女の国の首相だった父親は、護衛の一人に市外に連れ出されて射殺された。私たちを結びつけたのは彼女の母親の年配の伯母、ミス・ルビーだった。私たちの隣に住んでいて、ヴィクトリア朝ふうの大きな家には、彼女たちの島国から持ってきた手の込んだ刺繡飾りや、ロココ様式の家具などがたくさんあった。

この友人が最初に私の家に来たとき、彼女は泣いていた。私の両親——二人とも小児科医——は、彼女を私の部屋に連れてきて、嘆願するような目で、すすり泣いている彼女をもてなすようにと私に頼んだ。

母さんと父さんがドアを閉めて出ていくと、私は、壁に寄りかかり顔を両手に埋めて大声で泣いている彼女のところまで歩いていって、何をして遊びたいか訊いた。きっと彼女は私をののしってからドアに向かって走りだすのだろうと思っていたけれど、違った。彼女はただ、そこに立って泣き続けた。

彼女の状況についてはあまり知らなかった。母が簡単に話してくれたのは、ミス・ルビーにとって特別な女の子がやってくるということと、その子は「とても大きなものをなくした」ということだけだった。

「あなたのなくした大きなものって何?」と私は新しい友人に訊いた。

彼女は不意をつかれた。これは、「何をして遊ぶ?」の続きとして予期していた質問ではなかったのかもしれない。彼女は両手から顔をあげて話ができるくらい長く泣きやみ、「みんな死ぬの」と言った。

「そんなことはないわ」と私は答えた。みんなが死ぬことになっているのなら、私の両親も私も死ぬだろうけれど、私たちが死ぬのはいやだったから。

「私の国の人はみんな死ぬの」と彼女は補足して言い直した。

私はその言葉について少し考え、そして訊ねた。「あなたは国を持っているの?」

「ええ、私は国を持っているわ」と彼女は答えた。世界について私よりも多くのことを知っているというプライドで、彼女は一瞬慰められた。

「ここはあなたの国じゃないの?」と私は訊いた。

「ここ? 違うわ!」

「それなら、あなたの国のことを教えて」と私は言った。

「私の国は緑でね」彼女が答えた。「暖かいの」

言い換えると、彼女の国は、冬のブルックリンとはまったく違うものだった。

「砂浜があるの」彼女は続けた。「たくさん。砂浜にはいろんな色の砂があるの。白。黒。灰色。ピンク。金色。お父さんは私に、日の出のときの金の砂浜を見せてくれたことがあるわ」

彼女は私の部屋のステンシルプリントの天井を見上げた。もっと詩的で美しい世界を想像しようとしているようだった。両親はおおかたドアの外で聞いているのだろうとわかっていたが、彼女がまた泣き始めると、はたせるかな母が入ってきた。

母が姿を見せると彼女は泣きやみ、また部屋から出ていくと、今度は泣かなかった。彼女の国の話を聞いたあと、私はその国についてそれまで聞いたことがなかったのに気づいた。そこに住む人がみんな死ぬというのも、あり得ることだった。

「あなたの国のことは気の毒だわ」私は言い、それからまた訊ねた。「何をして遊びたい?」

彼女は、ときどき私の両親が、彼らにすれば理解するのはあたりまえだと思っていることを話しているのに、私が理解しないときにするのと同じ目つきで、私を見た。

「どうしてみんなが死ぬと思うの?」私はベッドの端に座って、隣に座るようにと彼女に合図をした。

「お父さんが死んだから」と彼女は、ピクリとも動かずに言った。

「確かなの？」

「母さんがそう言い続けているから、本当に違いないわ」

彼女はまた泣き出しそうに見えた。それで私は仰向けに寝て、前の年に死んだおばあちゃんの体が棺のなかでそうなっていたみたいに、両脇に置いた腕を硬直させた。そして目を閉じて言った。「今私も死んでいるの」

「話しているから、死んではいないはずだわ」と彼女は答えた。

私はしばらく黙った。友人は、葬送の讃美歌よと言って歌を歌い始めた。その曲は「アヴェ・マリア」だったと、私はあとになって気づいた。

私たちは午後の残りの時間は葬式ごっこをして遊び、遺体と司祭の役をかわりばんこにやった。母がおやつに果物を持ってきてさえぎったけれど、行ってしまうとすぐに再開した。

両親は、結婚式と、おばあちゃんのときのような葬儀以外では、めったに教会に行かなかった。でも、友人の場合、国の公式の場でミサに参列するのは家族の仕事の一部だったので、死者のために歌う歌を多く知っていた。

友人は、午後になって私が宿題を済ませるといつもうちに来た。ミス・ルビーによる一日分の在宅教育を受け終わった彼女は、遊ぶ気まんまんだった。彼女は葬式ごっこに飽きて、他の遊びに興味を持ち始めた。私はとても嬉しくなり、母に許可をもらって、幼いときからずっと持っていたヘアリボンを入れた箱を彼女にあげた。私たちは、イージー・ベイク・オーブンで想像のケーキを焼いて、ぬいぐるみの動物や人形たちとティーパーティーを開いたし、プリンセスガウンでドレスアップごっこをした。私のプリンセスガウンはどれも、ミス・ルビーが彼女に買ってあげたくるぶし丈のドレスのどれと比べても、ひだべりも花模様の飾りも刺繍もはるかに少なかったけれど。彼女はそうした自分のドレスを脱いで私のプリンセスガウンに着替えるときには、クローゼットに入ってドアを閉めた。その際、命令することに慣れていた彼女は、クローゼットに入った自分の邪魔をしないようにと告げ、私はそれに従った。

ときどき母は私たちに、プリンセスドレスを着たまま三十分のアニメを見させてくれた。けれども、友人がいちばん好きな時間は、彼女が父親とよくしていた「七つの物語」遊びをするときだった。私たちが生きてきた七年間の、それぞれの年から重要な瞬間をひとつずつ挙げるのだ。

「一年目、私は生まれた」彼女は言った。「二年目、歩いて話した。三年目、家庭教師から逃げるときに転んで膝を擦りむいた」彼女はドレスを引き上げて、私がそれまで気づいていなかった、右膝にある三日月形の傷を見せた。「四年目、初期教育の学校に行き始めた」「幼稚園のことね」と彼女の言葉をさえぎって言った。間違いを正す機会があって嬉しかった。「私の国では、違う言葉で言うものがあるの」

彼女は顔をゆがめた。口をはさまれてむっとしたようだった。

「四年目、幼稚園に入った」と彼女は言い直した。

「五年目、父さん(ダディ)が首相になった」と、私をまったく無視して続けた。「六年目、お城に引っ越した。七年目、父さんが死んだ」

そのときまで私は、自分の生きてきた七年間のことをそんなに考えたことはなかった。一年目、私は母乳を飲むのをやめた、と母に聞いた。二年目、両親は私たちが今住んでいる家に引っ越した。三年目、母の母、ローズおばあちゃんが来て、一緒に住むようになった。四年目、私は幼稚園に通い始めたけれど、しょっちゅう体調を崩したので母は幼稚園をやめさせ、ローズおばあちゃんが私に読み方を教えてくれた。五年目、ローズおばあちゃんがお腹の癌(がん)になって、私はまた正規の学校教育を受け始めた。六年目、ローズおばあちゃんが死んだ。七年目、キャリー・モリセットが来て、泣きながら私の生活に入ってきた……


山中にある首相官邸まで私たちを連れていく、一・六キロメートルに及ぶ車列の中央を走る装甲SUV車のなかでは、島で最初の二〇〇〇年世代(ミレニアル)の首相を権力の座につけた、地すべり的圧勝の選挙についての質問はしなかった。そのかわりキャリーに、夫との出会いについて訊ねた。

質問に答えてキャリーが、二人は生まれたときから同じ社交界に属していたこと、同じ学校に通わなかった唯一の理由は、母親が彼女をずっと、修道女がいる女子校に通わせたからだということ、そしてそれでも彼らは、十代のときも、そのあと西インド諸島大学の別々のキャンパスから休暇で帰省したときでさえも、同じパーティーに出席していたことを説明してくれていると、キャリーの夫が――彼は私に、グレッグと呼んでくれと言った――手を伸ばして彼女の膝に置き、話をさえぎって、二人が生まれたときからずっとぼくは、彼女の行く手に意図的に現われつづけてきたのだと説明した。

「ぼくにはずっと、彼女以外の人はいなかった」とグレッグは言った。


一九五〇年代、この島が世界中の金持ちや有名人の税金逃れ対策の地であり、数多くの熱帯の行楽地のひとつであったころ、(キャリーの家族を含めて、島のごく最近のリーダーたちが住む)四方に広がる形の五階建ての官邸は、五つ星のホテルだった。他の地所から隔てられた十エーカーの土地に造られたそれには、専有の野外ナイトクラブと屋上庭園があった。

車列が敷地内の曲がりくねった車道に入っていくと――中央には巨大なウェディングケーキの形をした噴水式の水飲み場があった――私たちの前を走っていた車が急停車して、警備関係者が飛び出した。

「懐かしのわが家よ（ホーム・スイート・ホーム）」と、たぶん私の緊張をほぐすためだろう、キャリーが言った。

オンラインで見た写真と、あの七歳のときの午後の遊びの時間にキャリーが話してくれていたことの両方から、私はその場所を少し知っているような気がした。彼女はそれを「お城」と呼び、島でいちばん大きな建物のひとつで、素晴らしい隠れ場所がたくさんある要塞だと話していた。住むには素晴らしいところなのだけれど、銃を持った大人がいつも私を見張っているの、と言っていた。

車から出ると、グレッグは失礼しますと言い、側近たちを従えて建物の東翼へと歩いていった。

「あなたの泊まる部屋を見たい？」とキャリーが訊いた。

私たちは、二人の女性警備員と一緒に残されていた。キャロルは手を振って離れるように合図をしたけれど、彼女たちは私たちを完全に二人だけにはせず、官邸の高い丸天井造りのロビーへ入り、さらにガラス張りのエレベーターへと乗り込むまでの間ずっと、数歩後ろをついてきた。

エレベーターで昇っていくと、噴水式の水飲み場と曲がりくねった車道と、側近の警備関係者たちを従えたグレッグの頭のてっぺんが見えた。国際的な刊行物とこの島国の新聞の両方で私が読んだ記事によると、彼とキャリーはとても人気があるようだった。改革者となることを公約してグレッグは、彼女の父親のＭＲＰ、大改革党（メイジャー・リフォーム・パーティー）の旗印のもとに首相になった。この政党は、キャリーの父親が首相として国政の実権を握っていたときに国民に最も敬愛されていたのだろう。

＊＊＊

私たちは最上階でエレベーターを降りた。キャリーがドアを開ける前に、女性警備員の一人が業務用エレベーターから私のスーツケースを持って出てきて、私たちのためにドアを開け、あとをついてなかに入ってきた。

客用のスイートは、私が六年前に大学を卒業後（ひとつには、より稼げるようになるまでお金を節約するために）戻っていた両親の家とほぼ同じ大きさだった。この状況は、私の誇りを傷つけるものだった。自分もどこかのカリブの島国の首相になるとか首相の配偶者になるとかいうことを期待していたからというわけではなく、自らのキャリアにおいて、その時点よりもっとずっと前進したいと考えていたからだ。

首相官邸の客用のスイートのテラスからは、首都のすべてを一望のもとに見渡せた。この都市の外側の境界は海岸の港だった。港には巡航客船が停泊していた。この島に来る方法としてキャリーが提案したもうひとつの方法はこれだった。港からあまり遠くないところに空港があった。それから旧市街。キャリーが言うには、そこには丸い草ぶき屋根の住居のレプリカがつくられて、タイノ族、アラワク族、カリブ族の村々が再現されていた。旧市街には、この島がさまざまなヨーロッパ人に支配されていた植民地時代からの、バロックやゴシック様式の城砦があった。かつて栄えていた砂糖、綿、コーヒー、タバコ農園に隣接する古城のいくつかは廃墟となっており、観光客が毎日訪れていた。新市街には、公的機関の建物、裁判所、病院、高層建築と高級ホテル、露天と屋根つきの両方の市場、そしてバシリカ〔古代ローマにおいて確立された教会堂の建築様式。ここではそれを採用して建造された教会堂〕があった。中心街を取り囲む丘の多くには、ブリキの小屋や、まだ建てられている最中のものもあるコンクリート造りの家々がぎっしりと密集していた。その外壁は明るいピンク、黄、緑に塗られており、遠くから眺めて楽しめるように、家々を派手なコラージュに変える努力がなされているかのようだった。丘の頂上には大邸宅や別荘や宮殿(パラーシオ)が建っていて、ガラスの破片が上に載った壁に囲まれていた。

「そうか、これがあなたの国なのね?」と、私たちが初めて会ったとき、彼女がどこかよその国の人なのだとすぐに気づかなかったので、侮辱されたと感じたようだったのを思い出しながら言った。

「ほんの一部よ」と彼女は答えた。

私たちはスイートに戻っていった。そこには暖炉があり、周りにはこの島の歴史が描かれたフレスコ画が飾られていた。そのなかに奴隷の積み出し港の場面があり、アフリカ人の胸板の厚い十代の若者たちと大きな尻の若い女たちが、裸で一列に並んだ横で、ヨーロッパ人の奴隷商人らがむちを振るう様子が描かれていた。

「旦那さまはお二人をお迎えする用意が整っておられるはずでございます、奥さま」とスーツケースを部屋に運び入れた警備員が言った。

「私たちのためのお楽しみを用意したのよ」とキャリーが言った。

壁も天井も金箔で覆われた長い廊下を、彼女のあとをついて歩いていった。私が滞在しているのと似たもうひとつのスイートが、キャリーの更衣室として使われていた。

「気を悪くしないでほしいのだけれど」部屋に入ってからキャリーは言った。「スタイリストにあなたのためのドレスを持ってこさせたの。はっきりわからなかったから、いろんなサイズのものを」

若い男が洋服掛けのラックを押してきて、彼女と私の間に止めた。そしてスパンコールやビーズで飾られたイブニングガウンを引き出しては、私の体に当てた。ブルックリンで共に過ごす間にドレスアップごっこをしたのを思い出した。私の部屋で、私のプリンセスガウンを着て、紅茶を飲むふりをしながら、その最中でさえも、私たちのうち一人だけが王女さまを**演じて**いるのは明らかだった。私たちはまた、そのドレスアップの遊びをしているかのようだった。彼女が親指を立てたり下に向けたりして承認と拒否の合図を出す間、私は試着をくり返した。そして結局、フォーマルでありながら着心地のよい黒のマーメイドガウンに決めた。

「あなたのエッセイ『セブン』の最後に」私がマーメイドガウンを着てくるくる回っているときに、キャリーが言った。「私たちがニューヨークを去ったあと、あなたは王女さまやお城やおとぎ話を信じるのをやめたと書いてあった。本当なの？」

私は回るのをやめた。彼女がエッセイを読むかもしれないと期待してはいたけれど、それが、この島に招待されてさらなる説明を求められることにつながろうとは思っていなかった。

「あなたが私の名前を出さなかったのを不満に思ってはいないわ」彼女は、私が答えを考えている間に言った。「島の名前を出さずにいてくれたのは嬉しい。それは知っている人にしかわからないわ。でもあなたにははっきり言うけれど、おとぎ話はなかったのよ。母は、多くの人が私と母の命も狙っていると考えていたの」

彼女はエッセイのことで怒っているのだろうかと私は思い始めていた。それは以前私がオンラインマガジンに書いた、どの作品とも違っていた。主として書いていたのは、ライブの音楽とスタジオ録音された音楽、ストリーミング配信とケーブルテレビからの配信のショーと映画と少しの視覚芸術についてのレビューだった。私は自分の快適な領域からはみ出て、子ども時代についての人気シリーズのひとつとして、あのエッセイを書いたのだった。

「教えて、キャル、あなたのスタイリストは、違うサイズの男の人も何人か担当しているの？」話題を変えようとして、訊いた。

「変な老人じゃない大臣が二人いるわ」彼女は答えた。「だけど、独身の最後の一人も婚約しているわよ」

「婚約している人は何の大臣？」と私は訊いた。

「財務省（ファイナンス）よ」と彼女が答えた。

私たちが大盛りのおいしいチキンとマンゴーのサラダを食べ、シャワーを浴びて、彼女のスタッフの一人に髪を整えて化粧をしてもらってから、キャリーは夫を探しに階下に下りた。私は客用のスイートに戻り、財務大臣をグーグルで検索した。財務大臣は、グレッグの最も親しい友人の一人だった。背が低く、ボディビルダーのように筋骨隆々だった。彼はまた、この島で最も結婚相手として望まれる独身者の一人で、国民的なプレイボーイだった。婚約する前にやや本気だった最後の二人のガールフレンドは、バルバドス出身の歌手とアルーバ出身の女優だった。あらゆる写真で彼の頭は、らせん状に巻いた房のすべてがきちんと整っていた。鏡の前で、さぞかしずいぶん時間を使っているのだろうと思われた。

首相主催の大晦日の宴会は、官邸の裏にある野外ナイトクラブの近くに設営されたテントで行なわれた。キャリーとグレッグは二人とも白の装いで、グレッグは刺繍入りのダシキ〔アフリカの民族衣裳を模して米国やカリブ海地方の黒人が着用する、色彩の華やかなゆったりした上着〕とパンツのセット、キャリーはトーガ〔古代ローマ市民が着用したゆるやかな服〕に着想を得た肩出しのガウンで、意図的に金色にされたテント内の照明で二人とも光り輝いて見えた。二人は接待者の列に立って客を迎えていたが、グレッグはキャリーに倣（なら）っているようで、彼女が示したのと同じ程度の喜びや冷淡さを表わした。キャリーが、それから続いてグレッグが、男女ペアの一部の人たちを暖かく迎え入れ――そのほとんどは夫婦だった――そして他のペアにはわずかに手を振るだけの挨拶をした。

私はそのすべてを、一メートルほど離れた上座のテーブルから見つめていた。このテーブルは、他の百台ほどのテーブルよりも小さかった。他のものはすべて、白いろうそくと丈の高い白のハイビスカスの花束で飾られていた。テーブルのあちこちには、パーティー用の紙のとんがり帽子や巻き笛やシャンパングラスも置かれていた。私は、それまでのところ上座のテーブルについた私以外のただ一人の客である、キャリーの母親の隣に座っていた。彼女は黒のパンツスーツを着て、ピンクのコンクパールのチョーカーとお揃いのスタッドイアリング、それから大きくて古風ながら最高級のフィリグリーの蝶のブローチをつけていた。

彼女たちがニューヨークにいた間、私がキャリーの母親に会うことはめったになかった。ほとんどミス・ルビーの家にいて、外には出なかったからだ。キャリーが私のところに遊びにくるときはいつでも、ミス・ルビーが連れてきた。彼女たちがブルックリンで過ごす最後の夜に、ミス・ルビーが私たちをお別れのディナーに招待してくれて、そのときに一度だけ、モリセット夫人が短く話をするのを聞いた。

そのディナーの席で、キャリーと同じはればったい顔と赤い目をして、かすれた声でモリセット夫人が言ったのは、島に帰るのは、キャリー以外に自分に残されたものはそれだけだから、ということだった。その夜、キャリーが食事を無視して涙をいっぱい浮かべた目で見つめている間に、私の両親がミス・ルビーに静かに訊ねた質問から知ったのは、何世紀も前にヨーロッパ人によって奴隷として島に連れてこられたアフリカ人たちのほとんどは、イボ族、ナゴ族、フラ族、ダホメー族だということだった（私は、涙ぐんだ友人が戻っていこうとしているところがどういう場所なのか思い描けるように、じっと聞き入った）。島のまだ踏査されていない地中には、多くの銅、銀、金が埋蔵されていることも知った。食事のなかほどで、ミス・ルビーが話している間に、モリセット夫人は、失礼しますと言って自室に下がった。キャリーは素早くあとを追った。

モリセット夫人は、ブルックリンにいるときよりも今のほうが幸せなようには見えなかった。肩を落として前かがみになった姿勢、震えているあご、うつろな目つきと伏し目が交互にくり返される視線は、あの夜のディナーのときと変わっていなかった。私はキャリーとのメールのやりとりのなかで、ミス・ルビーが島に帰ってから数年後に亡くなったことを聞いていたので、彼女にお悔やみを言った。キャリーはそのメールのなかで、モリセット夫人が以前に家族三人で住んでいたスイートに今も住んでおり、今ではもう外出して人前に出ることはめったになく、一年に一度か二度だけだということも、教えてくれていた。

財務大臣は、タキシードを着て婚約者とともに現われた。婚約者はオリンピックで四つの金メダルを取った陸上選手で、今でもまだ世界最速の女性の一人と考えられていた。このときの彼女は体にぴったり合ったシルバーのガウンを着ていたが、皆に非常に愛されていたので、財務大臣と一緒に上座のテーブルまで歩いていく間ずっと、スタンディングオベーションを受けていた。おそらくはキャリーとグレッグを動揺させないためだろう、この二人も着席するまで、全員が立ち続けていた。

グレッグの両親と、明らかに重要な政府高官か単に有力な縁故のある人かの年配の夫婦数組で、テーブルの席が埋まってしまうと、キャリーとグレッグ、財務大臣とランナー、そして私は、モリセット夫人とご老人方には声を抑えて内輪の会話を続けてもらい、自分たちは若者のみで徒党を組んで、最新の世界中の音楽とダンスの熱狂的流行についての話から、ランナーが知っているスポーツ界の有名人についてのうわさ話、社会問題志向のドキュメンタリーやポッドキャストについての議論、そして私たちが――私は仕事で、彼らは趣味で――大いに観まくった人気の映画やショーの評価まで、さまざまなことを話し合った。

ときおりグレッグと財務大臣は同じテーブルの他の人たちを仲間に入れて、悪気のない軽い冗談を交わしてから、自分たちが過去に無視されてきたと感じている諸問題の話し合いへと、先輩の年配者たちを誘った。それはたとえば、性関連の暴力、男女同権、同性婚、そしてマリファナの合法化といった問題で、財務大臣はこの最後の件が実現すれば、ぜひとも必要な歳入をもたらしてくれるという考えを述べた。するとテーブルにいた長老者の一人が不意に、きちんとした移民計画を作ったほうがいいとグレッグに告げた。

「たいていの移民計画は本質的に反移民です」と、大学で国際問題を専攻していたキャリーが言って、夫を弁護した。

「しかるべき敬意を払って申し上げますが、奥さま、我々は我が国の岸に打ち上げられ続けるハイチ人をどうにかしなければなりません」

「ここにいる私の友人のキンバリーはハイチ人です」キャリーは、彼の話をさえぎって言った。

「彼女の両親はハイチの出身です」

テーブルに沈黙が降りた。誰もが振り向いて私を見た。私の顔と態度のなかに、それぞれが最もよく知っているハイチ人の類型を探そうとするかのように。

「人間は太古から移住し続けています」大晦日のパーティー用の巻き笛をこの老人の顔に吹きつけてやりたいと思って手にしながら、老人と同じように落ち着いて威厳のある話し方をしようと努めつつ言った。

「もちろん、人びとが他の場所でよりよい機会を求めることは、珍しくありません」私は続けた。「きっとあなたの国の人びとのなかにも、旅をする人がいるでしょう……ここで得られないものを望んだり、必要としたりする場合に」

「打算的ですまないが」老人がさえぎった。「我々には提供してくれる人びとも必要だ。我々から奪っていく人びとだけでなく」それからグレッグのほうに向き直り、この討論を締めくくるつもりだという口調でつけ加えた。「もしも奥さんの感情がきみの政策を決定するのなら、きみは現在の地位に長くはいられないだろう」

私は巻き笛を下に置き、怒りを感じないように自らにいっそうの忍耐を強いた。結局のところ、いずれかのグループに対して同じように感じるこのような人はどこにでもいるのだから。でも、元日はハイチの独立記念日でもある。だからこの老人は、むしろそこに焦点を合わせたのかもしれない。

「ご心配なく。ここに留まるつもりはありませんから」と私は、状況を少しでも和(やわ)らげようと最善を尽くして言った。

グレッグは老人を叱るような目でにらみ、それからスタッフの一人に合図をして、テントの側面の照明の悪い一角にいるライブバンドを率いるベース奏者のところへ行かせた。そのライブバンドとDJが交代でパーティーのバックグラウンドミュージックを演奏していたのだが、グレッグは次の演奏をバンドにさせようとしていた。

キャリーとグレッグは立ち上がって踊った。私のテーブルの仲間も続いた。踊っていないのは、私とモリセット夫人だけだった。娘が、背の高いエレガントな夫とダンスフロアでワルツを踊っているのをじっと見つめる間、いつもは下向きに曲げた夫人の唇は、花開いたように上品な微笑(ほほえ)みを浮かべていた。

ワルツを踊ったあと、キャリーと財務大臣とランナーは座り、私はグレッグに、そのよく手入れされた手を差し出されることになった。

「心配しないで。きみにワルツを踊らせはしないから」と彼は言った。

DJはゆっくりしたアメリカのバラードをかけ始めた。先ほど私たちが、あらゆるところで流れていると批判していた曲のひとつだ。私はその偶然の一致に、声を出して笑った。あるいは、偶然の一致ではまったくなかったのかもしれない。

「きみがキャルの招待を受けてくれてとても嬉しいよ」彼は言った。その発音の仕方は、キャリーと同じで多くの言語を混ぜ合わせたものだったけれど、彼のほうがずっと、それまで私が聞いてきた島の他の人たちと似ているように聞こえた。

「彼女が招待してくれて嬉しいわ」と私は答えた。

「キャルはもうずっと何年も、きみのことを話し続けているよ」彼が言った。「きみらはほんのちょっと一緒にいただけなのに、それが彼女にとっては大きな出来事だったんだ」

私もときどきキャリーのことを考え、故国に戻ったあとどうしているだろうと思っていた。母親がキャリーとミス・ルビーを連れて島へ戻った直後には、両親はときどきミス・ルビーに電話をかけていた。けれども二、三か月すると、ミス・ルビーの番号が変わったか電話に応じなくなったかで、連絡は途絶えた。私は一度両親が言うのを聞いた。キャリーが適切な援助を得ていてほしいし、彼女の母親と伯母には、人生を変えるような出来事など何も起こってはいないかのように振る舞い続けないでほしいと。

高校生のときに両親が、父さんが撮った私とキャリーが遊んでいるところの写真を数枚見つけた。両親は、休暇にはあの島へ行こうと話していたけれど、話だけで終わった。大学生のときにまたキャリーのことが心に浮かんだけれど、消息を調べるのは不可能だった。彼女のインターネットの利用履歴(デジタルフットプリント)が見られるようになったのは、夫が首相になってからのことだった。

「ぼくの国の者の外国人嫌いを謝るよ」とグレッグは、片手を私の腰に巻きつけ、もう一方の手を肩甲骨に置きながら言った。半円を描くように私を動かし、それから回って戻った。私は体をリラックスさせるように努めた。彼はうまいダンサーで、主導権をすべて握って踊るタイプだった。

「お願いだから言って、私の同胞たちを追い出したがっているあの人物が、移民担当官ではないと」と私は言った。音楽越しに彼に声が聞こえるように、私たちは湿った頬を触れ合わせなければならなかった。

「違うよ」彼は答えた。「あの人はぼくの両親の友人だ」

ランナーも家族の友人なのかと訊こうとしていると、彼は言った。「きみのエッセイを読んだよ」

「そうなの？」

「キャルがぼくに見せてくれた」

「どう思った？」あの作品について心配するべきなのかしら、と私は考えた。子ども時代の記憶の回想は、この人たちにとっては私の想像を超える意味を持っているように思えた。

「あの事件が起きたとき、ぼくはまだ幼かったけれど、ぼくらのとても小さな仲間うちでは、父親が殺された日にキャルと彼女のママがどうやって島を出たかについて、ひどいうわさがあった」

私はテーブルのほうをちらりと見やり、モリセット夫人が座っていた席を見た。誰もいなかった。テント内を見回したけれど、どこにも見えなかった。

「どんなうわさ？」と私は訊いた。詮索したくはなかったけど、彼が訊いてほしがっているように思えたのだ。

「キャルの父親は裏切られた。偉大な首相だったのに」一言も聞き逃してほしくないというかのように、私をわずかに自分のほうに引き寄せた。「失業率を下げ、観光を促進した。彼以前の誰よりも道路や学校や病院を造った。ぼくたちの目標は、彼の志を継ぎ、同じ道を進むことだ」

「彼の死に関与したのは護衛だけじゃなかったの？」と私は訊いた。

「そうしたうわさもあったのだが」彼が答えた。「罰せられたのは護衛だけだった」

私は、キャリーが財務大臣とランナーとおしゃべりをしているテーブルを見やった。彼女の夫と踊っている曲が長いと思い、それから、いつのまにかほとんど同じ別のバラードに変わっていることに気づいた。

そのバラードが終わると、ジャズの旋律のAセクションで、ベースがつま弾かれているのが聞こえた。私たちは、ダンスフロアの他の全員と同様、踊るのをやめてライブバンドに注目した。ベースの音量が上がり、それからきびきびしたサクソフォンと陽気なトロンボーンが加わった。ベースのフレーズがキーボードとドラムへの橋渡しとして戻り、やがてすべての楽器が根源的な絶叫のコーラスのように響いた。

「ぼくがきみのためにリクエストしたんだよ」曲が終わると、グレッグは前かがみになってささやいた。「チャールズ・ミンガスの『ハイチアン・ファイト・ソング』家族の友人に代わっての、ぼくからきみへの謝罪だよ」

何も言えないうちに、司会者が――地元テレビ局のパーソナリティだったが――そろそろ零時になりますとアナウンスした。国旗の黒と金色の制服を着た案内係が、花火を見るためにみんなを外へ案内している間に、給仕たちがシャンパンボトルとグラスを持って現われた。グレッグは足早に歩き去っていった。キャリーのところへ戻ろうとしている彼を、他の客たちが引き止め続けていた。全員が芝生の上へとあふれ出ると、私はじきに彼らを見失ってしまった。

真夜中には巻き笛が鳴り響き、コルクがポンポンとはじけ、シャンパングラスがカチンカチンと合わされる音があふれて、空では花火が炸裂するなか、誰もが「ハッピー・ニュー・イヤー」と叫んだ。前のほうで財務大臣とランナーとキャリーとグレッグが順番に互いを抱きしめあっているのが見えた。私は芝生の上をぶらつき、やがて人のいない場所を見つけて、両親に電話をし、新年おめでとうと言った。私がどこにいても、いつも一月一日に最初に話しかけるのは娘の私であってほしいと、両親は願っていた。

互いに手短に来たるべき年の幸運を祈り、ハイチの独立記念日を祝ってから、両親は、「キャリーは元気にしている？」と訊き続けた。

「元気そうよ」と私は答えた。

「それから、お母さんはどうだい？」と父が訊いた。

「彼女も元気そう」と、確信はなかったけれど答えた。

「よかったわ」と母が安心したように言った。

両親との電話を切ると、どういうわけかキャリーがそばに現われた。

「あなたを探していたのよ」彼女が言った。「見せたいものがあるの」

官邸の屋上庭園は、赤のブロメリアやキダチチョウセンアサガオやゴクラクチョウカが植えられたコンクリートのプランターで縁どられていた。花火からの煙があたり一面に立ちこめていて、さわやかな花々の香りと混ざりあっていた。彼女からの招待を受け入れて以来ずっと読んできた、彼女の新しい生活に関する情報からわかる好みのしるしが、庭園の至るところにあった。彫刻の模型（マケット）とキネティックアートの彫刻の次には、何列もの珍しいランがあった。手彫りの横木にハンモックが掛けられていて、テント張りの小屋があり、それから軽く張られた天蓋の下に長い紫檀（ローズウッド）のダイニングテーブルが、都市を最も遠くまで見渡せる位置に置かれていた。

タキシードを着た二人の男が、私たちのあとをついてきていた。控えめにと心掛けてはいたが、ひっきりなしにカフスにささやきかけているので正体はばればれだった。男たちは柵のところまでもついてきた。この腰丈の柵はガラス製で、そのおかげで私たちと下に広がる景色の間には何の隔てもないかのようだった。

キャリーに母親について訊こうとすると、彼女が言った。「これを見てほしいの」

指差した先では、街じゅうに光のコイルがうねっていた。人だった。何百もの人が、白い服を着てろうそくを持ち、港と海へ向かって歩いていたのだ。

「シェディングと呼ばれているの」彼女が言った。「海へ歩いていきながら、体と心の両方から、前の年に起こった恐ろしいことを流していくの」

「あなたもしたことがあるの?」と私は訊いた。

「ここへ帰ってきてから、毎年、ルビー伯母さんと母さんと一緒に」彼女は答えた。「成長してからは、グレッグとも。彼は三年前にこの行列のあと、浜辺で私にプロポーズしたの」

「奥さま」護衛の一人が言った。「首相が挨拶を始められる用意が整いました」

首相挨拶の生中継は、官邸のメインの居間で行なわれた。部屋の最も顕著な特徴は、大聖堂のように高い天井と、壁の全面に掛けられた床から天井までの真っ白いカーテンだった。到着するとキャリーは、顔にパウダーをはたいてもらっていた夫の頬を優しくなでた。

「見捨てられたのかと思ったよ」と彼は言った。

「首相、用意ができました」と若いカメラマンが言った。

キャリーは、グレッグが話し始める直前に脇へどいた。

「みなさん」彼はカメラに向かって話しだした。「私たちの先祖は、自分たちの知っているものすべてを捨てさせられました。奴隷船から飛び降りた人たちがいました。永遠の自由という夢に誘惑されたからです。私たちの先祖はきっとこのような日を――私たち自身の国の恵みをもう一年自由に享受するために皆で集うこのような日を――夢見たに違いありません。私たちはこの新年を、勝利と痛みの両方に感謝してスタートします。私たちはこの新年を、来たるべき世代のために作ろうとしている未来に期待しつつスタートします。妻のキャリーと私は、みなさんとみなさんの家族の新年が健康で豊かで喜びに満ちたものとなるように祈っています」

私は、人びとが彼を見て、希望に満たされる姿を想像した。彼の言葉というよりも、その話し方のゆえに。たぶんそれは——落ち着いて、慎重に考慮され、自信に満ちた——父親が子どもたちと、決して破ることのできない約束をしているような、その声の調子のためだっただろう。

彼らが部屋に入るところは見なかったけれど、キャリーと私より先に財務大臣とランナーが歩み寄り、友人にお祝いの挨拶を述べた。キャリーがゆっくりと近づいていき、四人で愉快そうにからかい合い、くったくなく笑っている様子に、私は一種の輝きを見た。

「ぼくはもう休むよ」グレッグがキャリーに手を伸ばして彼女を引き寄せ膝に乗せると、彼女は両腕を彼の首に回した。「キャルとぼくは、明日小児科病院を訪問するんだ」

「それじゃあ、このお年寄りの早寝早起きの件はきみらの間で処理してくれたまえ」と、ふざけて友人の上腕をこづきながら、財務大臣が言った。「ぼくらはそいつに感染する前に退散するよ」

小児科病院への訪問に出発するまでの間、私はほんの数時間しか眠れなかった。どういうわけか私は、キャリーとグレッグがどこかに不意に現われて、怠慢な職員を驚かせ、職員はその過失ゆえに恥をかかされ、罰せられるのだろうと考えていた。というかたぶん、そうなればいいと思っていた。実際はそうではなく、彼らは、カメラが回るなかで、病院が用意した真新しいパジャマを着た子どもたちのいっぱいいる、ちりひとつない病棟へと案内された。新品のベッドに寝て、足に真っ白なギプスをつけたり、腕に点滴液のいっぱい入った装置をつなげられたりしている子どもたちは、ほとんど病気には見えなかった。キャリーとグレッグは、職員と写真を撮ったり、子どもたちの頬をつねったり、頭をなでたりした。これがグレッグのお気に入りのようで、彼はいつまでもベッドのそばにいて、子どもたちの足をくすぐったり、変な顔をしてみせたりした。そして子どもたちは明らかに、お行儀よくするよう、あるいはたぶん笑顔を見せるようにとさえ、指示されていた。

官邸へ帰る車のなかで、私との間に妻を挟んで座っていたグレッグが、訪問をどう思ったかと訊いた。

「興味深かったわ」と私は嘘をついた。

でも彼は嘘を見抜き、驚いたふりをして息を呑んだ。「まさか！　きみにはすべてがお膳立てされたものだとわかったさ。解決策はまったくない。彼らに知らせずにぼくらが現われる以外にはね。そしてそんなことをしたら、正月元旦に彼らに恥をかかせてしまうかもしれない」

「率直に言って、私たちと一緒にいたらこの国の本当の姿は見られないわ」キャリーが言った。「明日は護衛の一人にあなたを案内するように頼むつもりよ。どこへでも好きなところへ連れていってくれるわ」

それでもまだ私は脇からのぞき見ているだけの人だろうけれど、少なくとも数時間は彼らの保護区域から外に出られる。

「きみのお父さんが首相だったとき、こういった脚色や演出をぼくたち同様に嫌っていた？」とグレッグがキャリーに訊いた。

「とても楽しんでいたわ」彼女は答えた。それから私のほうを向いて言った。「父さんが死んだ日の朝、私は一緒にいたの。父さんの最後の訪問は、目の見えない子どもたちのための孤児院だった。そのあと私を学校に送ってから仕事に行き、帰らなかった」

涙をこらえている様子だったので、グレッグは手を伸ばし、彼女を抱きしめた。私たちは座ったまま、スピードを出して走る車のブンブンいう音と振動音をしばらく聞いていた。

「あの事件が起きたとき、ぼくも学校にいた」グレッグが言って、沈黙を埋めた。「母がぼくを連れにきた。あの日、他の多くの親たちが子どもを迎えにきたように。あのころぼくの両親は、保健省で働いていた。ぼくらは車に乗り込んで、空港へ行った。そして飛行機に乗った。数家族で手配したチャーター機だ。ぼくらはキャリーが国外で過ごしたのと同じ期間を――ぼくらの場合はベリーズでだけど――事態の収拾を待って過ごした」

キャリーと母親は、なぜ彼らと一緒にチャーター便で行かなかったのだろう、と私は思った。

「とにかく、話題を変えよう」グレッグが言った。「キム、ニューヨークできみと一緒に過ごしたころの小さいキャリーはどんな女の子だったか、もっと教えてくれ」

「鼻持ちならない子だったわ」と私はふざけて言った。

「嘘よ！」とキャリーが抗議した。

私は、エッセイにうまく収められなかったいくつかの記憶のなかから、あるひとときのことを思い出した。キャリーが初めて雪を見た折のことだ。

私はグレッグに話した。ある朝目覚めると、通りが一面真っ白になっていた。母がミス・ルビーに、キャリーは私たちと一緒にプロスペクト・パークへ行くかしら、と訊いた。キャリーは、片足から片足へと飛びはねるように歩き、私が貸した冬用のブーツでキャーキャーと歓声をあげながらまっさらな雪の野原じゅうを攻撃していき、私たちの通ったあとには至るところにへこんだ靴跡の線ができた。彼女が知らなかったものを見せていることに私はとてもわくわくしていた。それでもキャリーは、私の真似をして、舌をつき出して落ちてくる雪を受けてと言っても拒絶した。

「だって、雪が私のなかに降り続けたらどうするのよ？」とキャリーが訊いた。

グレッグはのけぞり、声をたてて笑った。

「この話をぼくらの子どもたちにしてやる日が待ち遠しいよ」と彼は言った。

私が話さなかったのは、その日プロスペクト・パークからの帰りにキャリーが母に、このまま私たちと一緒にニューヨークにいて、島に帰らなくてもいいかと訊いたことだった。母と私はそれぞれ、手袋をはめた彼女の手を握っていて、母はそのまま膝を突き、お母さんはあなたを愛していて、いつでもきっとあなたの身の安全を守ってくれるから大丈夫、と告げた。母はたぶん、自分から伝えてあげられることはそれだけだと思ったのだろう。

私はそのときでさえ、キャリーを島にそんなに早くは帰さないことについて、母とミス・ルビーとの間で、そしてたぶんモリセット夫人とも、何度も話し合いがあったのだろうとうすうす感じていた。でも、彼女の父親が死んでから一か月後、犯人が捕らえられ、投獄されたあとに、みんなで帰っても大丈夫だと判断された。


キャリーは私のために、できるだけ目立たないツアーガイドを見つけてくれた。六十代の男の人で、ずっとチューインガムを噛み、ジーンズと白のTシャツを着て、野球帽を後ろ向きにかぶっていた。街へ行く際に彼は、自分の所有らしいオフロード車の助手席に座るよう私に言った。そのほうが、見逃してほしくない建物や場所を簡単に指し示すことができるから、ということだった。

まず埠頭の魚市場があった。多くの男女が傘の下に座り、魚介を売っていたが、とても新鮮なものばかりで、魚はクーラーボックスやざるのなかでまだ動いていた。それからカーニバル博物館。入口は壁画で飾られており、そこにはスパンコールで飾ったひも型の超ビキニと羽根のついた頭飾り姿の、酒を飲んで騒ぎ浮かれている女性が描かれていた。次は、世界最古のパンノキのひとつがあるという植物園。それからカジノ。これはラスベガスのどのカジノにも比肩しうるもので、正面はまばゆいほどのガラス張りになっており、隣にあるホテルも同様に豪華なものだ。

そして裁判所と国立刑務所。両方とも明るい黄色の建物で、その外壁は、隣接する、植民地時代には土牢と拷問部屋として使われていた城砦よりも高かった。

運転手はすべてのものをざっと案内して、そのほんの一端を味わってもらっているだけなので、もしもあとで戻って詳しく見たいと思ったら、そう伝えてくれるようにと私に言った。

「本物の病院を見せてもらえませんか？」と私は訊いた。

その頼みは、私自身にさえ、侮辱的に聞こえた。それでも、運転手は言葉の意味を理解したようだった。詳しく説明する前に、彼は本通りを外れ、脇道を見つけて入っていった。先に進むとだんだん狭くなり、険しい未舗装の小道になったが、そこには潰れた発泡プラスチックの容器やペットボトルが散らかり、赤土からは半分埋まった古着やぼろきれが覗いていた。道の片側では一列に並んだ男たちが泥水の小川で所有する貸しオートバイ(モト)を洗っていて、反対側では女たちが大きな石と棒の上に置いた大鍋で売り物の調理をしていた。これはたぶん、私が官邸のテラスから見た貧民街のひとつなのだろう。

運転手は取っ手を回して窓を開けた。おそらく、料理中の鍋の下で炭が灰になる臭いと、ビューンとうなりをあげて突っ走るオートバイから出る排ガスの臭いを私にかがせるためだろう。私は、食べ物売りと客が値段の交渉で押し問答をしているときに島の方言が話されるのを聞いた。

「あなたが見たがっているものですから。そうです、私たち(ヌ)の国には貧しい人たちもいます」と運転手は、私をなじるかのように、言葉を引き延ばしながら言った。

道は先に行くとさらに細くなり、道端には波形トタン屋根の差し掛け小屋が並んでいて、小屋の前の物干し綱に擦り切れてぼろぼろになったシーツが掛けられているところもあった。子どもがいたるところにいた。明らかに、未成年者が国の人口の四分の一ほどを占めていた。子どもたちは屋根に上って——屋根があればだけれど——凧あげをしていた。地面で輪になって——地面がぬかるんでいなければ——ビー玉遊びをしていた。突然道の真ん中に現われたのは、食べ物売りの近くをうろつく年若い少年少女たちだった。

病院は、小さな薬局が軒を連ねている通りの一街区全体を占めていた。武装した警備員に守られた門には薬の行商人たちがいて、門を出入りする人たちに、誰彼かまわず商品のリストを突きだしていた。

病院の正面の芝生は、ベッドシーツや段ボールの上に寝ている人で埋め尽くされていた。そこにいるのはトリアージ〔医療処置の緊急性に基づく優先順位づけ〕された人たちで、箱形の二階建ての建物の裏まで延びる長い列を作って立つ人たちは、まだ番号札をもらうために待っているのだった。

花をつけたイランイランノキの下は、母親たちと子どもたちの場所だった。妊婦の多くは女性の親族や夫につき添われていて、その人たちはときどき彼女らに水を飲ませたり、ハエをあおいで追い払ってやったりしていた。病気の子の親たちは汗をかき、気をもんでそわそわしていた。両腕に抱いた、自分をそのまま小さくしたような子を揺すってあやしながら、祈りの言葉をつぶやいている親たちもいた。

胸を引きむしるような咳をしていたり、傷に巻きつけたブラウスやシャツに血がにじみ出ていたりする子どもたちのなかに、私は、しみひとつない聖餐（せいさん）式用の純白のドレスを通して、その下の痩せ衰えた体の線が見える小さな女の子を見つけた。薄くなっている髪は頭の真ん中に梳（す）き上げて、アフロスタイルのかたい丸まげに結われていた。その目は、あまりにも疲れすぎているために起きていられないというかのように、ぴくぴくとまばたきしていた。キャリーと私が出会ったのと、同じ年ごろかもしれない。

　私が生まれてからずっと病気の子どもたちを――このときに見たのほど重症ではない子どもたちを――診てきている、小児科医の両親のことを思った。そして、なぜ両親が、医師であり治療者でありうる者として、私に自分たちと同じ道を選んでほしいと思っていたのかを理解した。それから、なぜ自分には決してそうできないのかもわかった。両親がしているような仕事は、私を壊してしまうかもしれないからだ。すべての子どもに手を差し伸べたり、すべての子どもを助けたり、救ったりすることはできないという事実が、私を破壊するだろうからだ。

「ねえ、あなたの名前は？」とその少女に訊いた。

　少女はあまりにも衰弱していて答えられなかった。母親が私にラミネート加工の紙を渡した。受診票だ。母親の名前はプルーデンス〔思慮分別〕。娘の名前はマーシー〔慈悲〕だった。どうやらこの国では、女の子たちが美徳を意味する名前を与えられることは珍しくないのだろう。

　私はポケットに手を入れて、持っているお金を全部取り出した。およそ二百五十アメリカドルだった。それを、体をかがめて受診票を返すのと一緒に、母親の手のなかにそっと押し込んだ。

帰りの車のなかでは、目を閉じて何も見ないようにした。官邸では、キャリーの秘書が車を降りるとすぐに私を出迎えて、キャリーとグレッグは公務で出かけており、遅くなるまで帰らないと告げた。

スイートに上がり、両親に電話をかけた。二人とも、あれからまたモリセット夫人といっしょに過ごしたかと訊ねたので、大晦日以来彼女とは会っていないと答えた。二人はキャリーについても訊ね、元気にしているかと訊いた。

「帰ってから全部を話すわ」と私は言った。

編集主任に連絡をし、ウェブマガジンのサイトをチェックして、掲載されたばかりの新しい記事を二つばかり読んでから、またひとつ別のエッセイを——この島への旅についてのものを——書き始めた。

翌朝、屋上庭園の天蓋の下に置かれた紫檀のテーブルで朝食をとっているときにキャリーが、自分とグレッグは財務大臣とランナーの結婚式に行くけれど——あとでわかったのだけど、結婚式は土壇場で決められたことだった——一緒に来てもいいわよと私に告げた。式は二日後に行なわれるということだった。

「ほんとうに行っていいの？」と私は訊ねた。

「もちろん」彼女が答えた。それから、日差しをいっぱいに浴びた眼下の都市と、遠くにある青緑色の海を見ながら訊いた。「昨日のツアーはどうだった？」

「よかったわ」私は答えた。「たくさんのものを見たわ」

「今日もガイドをつけられるわよ」と彼女が言った。

「今日は部屋で仕事をするつもりよ」と私は答えた。

休暇ということになっているのに仕事をするなんて、と叱るのだろうと思ったけれど、それについては何も言わなかった。かわりに、「ここしばらく、あなたの作品を読んでいるのよ」と口にした。「二年前にあなたの名前を検索したら、このウェブサイトが出てきて、それからはそこであなたの記事を読んでいる。数か月前に私のことを書いたものを読むまで、私を覚えているかどうかさえ確信がなかったけれど」

「あなたのことを書いてしまってよかったのなら嬉しいわ」と私は言った。

彼女は、椅子の背にぶら下げてある大きな革のハンドバッグに手を伸ばして取った。バッグを膝に置き、ライラック色の蝶結びのリボンがついた丸いピンクのベルベットの箱を取り出した。私はその箱をよく知っていた。七歳のときに私があげたものだった。なかには、私が贈ったタフタとシフォンとブロケードとダマスクとギンガムの、色とりどりの五本の巻いたリボンが入っていた。ベルベットの裏地のついたそれぞれの仕切りのなかにまだきちんと収まっていて、プラスチックのスプールに巻かれていた。一度も触れられなかったかのように。

次の日の午後、彼女は、チャールズ・モリセット国立博物館の複合施設内に納められている、父親の遺灰を見に連れていってくれた。洞窟を思わせるロビーの壁には何枚もの巨大な写真が掲げてあり、どれも似たような姿勢をとった、痩せて黒褐色の肌の頬骨の高い人物の公的な肖像で、常に腰丈のネールジャケットスーツだけを着ていたようだった。キャリーは、母親よりもずっと父親に似ていた。彼女の母親が、カメラの前で、こんなに背筋を伸ばしてこれほどまでに目を輝かせているところは、私には想像できなかった。

写真の向かい側のアルコーブに、銀色の骨壺が置かれていた。何層かの飛散防止設計のガラスの背後に納められた、光沢のある立方体だった。骨壺の上の壁には、装飾的な書体で大きく、「国の父でありその大義に殉じた人」と書かれていた。骨壺には、チャールズ・モリセットの名と生没年月日が記されていた。二つの日付は三十九年と三か月離れていた。

「クレージーなのはわかっているわ」キャリーが言った。「でも私は何年も何年も、みんなで一緒にあの日死んでいたらよかったのにと思いながら過ごしたわ、母さんと父さんと私と」

彼女の肩に両腕を回した。それ以外にできることを思いつかなくて。

「それから、私たちがブルックリンに隠れていたように、父もどこかで隠れていてくれればと願った」と彼女は続けた。

私はあたりを見回して、近くに誰も――博物館の館長らも警備関係者さえも――いないことに気づいた。私たちのために人払いがなされていたのだ。

「母さんは私のためにとても苦しんだの」彼女がつけ加えた。「だから私は子どもを作らない。グレッグは欲しがっているけど、私は絶対にいや」彼女は首をかしげて腕を組んだ。「私は絶対に子どもを持ちたくない」彼女は言った。「じきに彼に話さなければならないわ」

財務大臣とランナーの結婚式は、いなかの海岸にあるマーファという小さな漁村で行なわれた。マーファにホテルはなく、あるのは、釣り小屋とゲートハウスと小さな別荘と、私とキャリーとグレッグが他の結婚式の参加者たちと一緒に滞在している、山腹の邸宅のようなひとつか二つの別荘だけだった。

日暮れに私たちは、馬蹄形をした砂浜に集まった。緩やかに起伏した砂丘とハマベブドウの並木が続く遊歩道との間で、青緑色の水から立ち上がる石灰岩の絶壁に囲まれた場所だ。ランナーと財務大臣のそれぞれの両親が、総勢二十人の兄弟姉妹、おばとおじ、姪と甥たちと一緒にそこにいた。シンプルなシルクのドレスとタキシードを着た花嫁と花婿を除いて、全員がランニング用の服を着ていて、私の分はありがたいことにキャリーが用意してくれた。

式は、浜辺の周囲より低い部分の内側、ローズピンクのビーチロックに刻み出された階段を下っていったところにある目のような形をした部分で執り行なわれた。グレッグが司会で、新郎の付添人も兼ねていた。そこに立って財務大臣とランナーが至極伝統的な誓いの言葉を復唱するのを聞きながら、私はキャリーから目を離せなかった。彼女は努めて集中して聞いているふうを装っていたけれど、うわの空で途方に暮れているように見え、ブルックリンで初めて会ったときの彼女のようでもあった。涙はなかったけれど。

結婚式のディナーの席は、私たちが宿泊している別荘に設けられた。私たちは、浜辺を見下ろすインフィニティ・プールのそばの長いテーブルで食事をした。私は、キャリーとランナーのおじさんの一人との間に座った。このおじさんは、ディナーの間じゅうグレッグに、クリケットからサッカーから国際通貨基金から世界銀行にいたるまで、あらゆることについて講義をした。これにあきれて、私たちのうちの誰かがぐるりと目を動かして上を向くと、ありがたいことに、そこにはいつでも空いっぱいの星があって見つめることができた。

ディナーのあと、浜辺に炎の壁が立ち上がった。キャリーの話では、この島の時代を超えた伝統だという結婚式の大かがり火の時間だった。

「この時点でもしも女性が少しでも後悔しはじめていたら、火のなかに身を投げるのよ」と、他の人たちがテーブルを離れて浜辺のほうへ歩きはじめるなか、キャリーは冗談を言った。グレッグが彼女に手を差し伸べたけれど、彼女は身振りで他の人びとについていくようながした。

「大丈夫かい？」と彼が訊いた。

彼女がうなずいたので、彼はしぶしぶ歩き去った。

彼女は椅子にもたれて星を見上げた。動く気配を見せなかったので、私もつきあって残った。

「あの二人は盛大な結婚式を挙げるのだろうと思っていたわ」と私は言った。

「そんなものを二日で計画するのは無理よ」彼女はそう言って、やっと笑った。「それに、あの人たちはずっと、おかしくて楽しい結婚式を望んでいたんだと思うわ」

浜辺のずっと向こうの海上で、稲妻がひとしきり閃光を発した。キャリーは身を乗り出して、それがどこから来ているのか確かめようとしたけれど、あとに続く雷はなかった。月の姿はなかったので、稲妻と空一面の星がそれだけいっそう、目もくらむほどまぶしく思えた。

「あなたは自分が首相候補になろうと考えたことはある？」と、稲妻が終わると、私はキャリーに訊いた。

オンラインのインタビューを見たのを思い出したのだ。それは島にいくつかあるテレビ局のうちのひとつで録画されたもので、そこで彼女は、夫が首相になってすぐあとに同じ質問をされていた。彼女は困ったようで、声を出してため息をつき、歯を食いしばって、椅子に座ってもじもじしていた。

「父の身に起こったことを考えれば、なぜその仕事が私にとって魅力を持たないのか、きっとおわかりでしょう」と彼女は言った。

「今の私は、亡くなった偉大な男の娘としてよりも、新進気鋭の男の妻として知られたいわ」とその夜プールのそばで彼女は言った。

「あなたの選択肢はそれだけ？」と私は訊いた。

「自分に許しているのは、たぶんそれだけね」と彼女が答えた。

「お母さんはどう？　それについてどう考えているの？」と私はさらに訊ねた。

「母がどんなに犠牲を払ってきたか、あなたにはわからないわ」と、私のほうへぐいと振り向きながら、彼女は嚙みつくように言った。でも、その怒りは必ずしも私に向けられたものではないように――少なくとも全面的にはそうでないように――思えた。

　私たちは、大かがり火の周りにいる新郎新婦と結婚式のゲストたちのシルエットが生き生きと動くのを見つめた。私たちのところからは、財務大臣とランナーは、二人が着ている白と黒の衣装のコントラストにもかかわらず、ひとつの体が二つの頭を共有しているように見えた。風が笑い声を私たちのところまで運んできた。風はそれと一緒に、ある女性の家族が思い出話を披露している声も運んできた。財務大臣とランナーが彼女の家でのパーティーで出会ったこと、けれどもランナーが試合で海外に遠征している間別れていたこと、それからまた元のさやに収まったこと。

「父が暗殺されたあと、みんな私たちを残していった」キャリーは、その家族の一員の声をかき消してしまうような声で言った。「チャーター機に乗って、私たちを置いていった」

「なぜあなたたちを置いていったの？」と私は訊いた。

「たぶん恐怖。私たちにはここを離れる手立てがあると思ったのかもしれない。わからないわ。

肝心なのは、彼らが私たちを置いていったという事実よ」

波の音よりひときわ高く、再び浜辺から笑い声が起こった。それから、かすかに声がくぐもって聞こえるくらい遠くのほうで、彼女の夫がかがり火に向かって乾杯の発声を始めた。「きみたちの愛が」と彼は言った。「今夜のこの炎のように明るくいつまでも輝きつづけますように」

「そうだ！　そうだ！」と他の全員が賛意を伝えた。

「母が学校に迎えに来たあと、私たちは公邸に何も取りに行けなかった。何が待ち受けているかわからなかったから」キャリーが言った。「だから母は空港へ行き、飛行機に乗せてくれるよう懇願した。航空券を買うだけのお金もなかった」

「きみたちの熱い愛が、ずっと今夜のこの炎のように熱いままでありますように」とグレッグは続けた。

「母さんに航空券と搭乗のための書類をくれた男？　それを渡す前に、母さんを奥の部屋へ連れていったわ」キャリーは言った。彼女の声はぶっきらぼうで、その口調は荒々しかった。「私は部屋の外で待っていないといけなかった。途中で私はドアを開けた。男がうめいてうめいてうめき続けるのを、聞いていないといけなかった。男は母さんの上に乗っていたわ」

「きみたちが、互いのためにこれより熱い火のなかでも歩いていけますように」グレッグが言った。「きみたちの愛が、永遠の炎のままであり続けますように」

「私は、走り込んで男を突き落とそうと思った」キャリーは言った。「母の上からよ。でも母さんが、戸口に立っている私を見た。そして片手で合図をした、片手だけで、私に待てと。私は従った。待った。なぜか私にはわかったから。あれが終わればすぐ、私たちは出発できるのだと。けれど、その瞬間のことについてはあらゆるうわさ話が出回った。人びとがした話は、私だったというもの。男は私を膝に乗せて、母が見ている前であらゆるところを触ったと。それが飛行機に乗るための代価だったと言った」

浜辺の大かがり火はシューという音をたてて消え始め、炎はだんだんかすかになっていった。突然、私は巨大な断層線の上に立っているような気がした。彼女と結婚式の他のすべての参加者の間に横たわる断層線の上に。彼女と彼らの違いは、大災害を無傷で逃れた人とそれによって永遠に損なわれた人の間の深い淵のように、過酷で荒涼としていた。

「わかったでしょう」彼女は私に告げた。「完結している話など、ないのよ」

子どものころの私は顕現日の前の晩に、両親に言われて、寝室のドアのそばに、寝ている間に天使が巻いたヘアリボンをたくさん入れてくれるように、靴を置いたものだった。両親は私が眠る前に、天使がした間違った決定についての話をしてくれた。天使の姿は、あなたが知っているなかでいちばん美しい女の人のよう、とのことだった。この天使は、東方の三博士から、生まれたばかりのイエスさまに黄金と乳香と没薬(もつやく)を贈り物としてささげるための旅に加わるように頼まれたのに、どうしたわけか彼らの誘いを断った。そして今日にいたるまで自らの決定を悔やんでいて、そのために、顕現日の前の晩に子どもたちに小さな贈り物を持ってくるのよ、と母は言った。出会ったあと、私は、キャリーの天使になってリボンを全部あげたかった。なぜか彼女には、ひとつに結びつけて、しっかりつかまえていてあげなければならないところがあるという気がしたのだ。おそらく彼女は今でも、ひとつにまとめてしっかりつかんでいてもらう必要があるのだろう。だからこんなにも長い間、あのリボンにしがみついてきたのだろう。

翌朝私は、マーファの海辺に太陽が昇るのを見たくて早く起きた。明け方には雲が、海のなかにだけでなく周りの岬や崖のなかにも液状の金を注ぎ込んでいるかのように見えた。小麦粉のように白い砂がマーガリンの色になった。これが、私たちが七歳だったときにキャリーが思い出していた金色の浜辺なのだと私は気づいた。

私たちは、マーファでハネムーンを過ごす財務大臣とランナーをそこに残して、島の大司教による顕現日の祝福の祈りの最後の瞬間にかろうじて間に合う時刻に公邸に戻った。大司教によるこの祈りは明らかに、モリセット夫人の願いに応えて毎年与えられている恩恵だった。モリセット夫人は黒いブークレ織りのスカートをはいて、藤紫色のシャネルのジャケットを着ていた。彼女は、大司教が一階の隅から隅まで聖水を振りかけて清め、祝福のことばと祈りのことばを抑揚のない声で唱えながら歩くあとを、ロザリオを握りしめ、頭（こうべ）を垂れてついていった。

生の混沌のなかから、この家とそのすべての住人の上に平和が訪れるでしょう、と大司教は言った。

大司教はキャリーとグレッグのところまで歩いていき、彼らの下げた頭の上にも聖水を振りかけた。それから、立ち去る前にモリセット夫人を祝福した。夫人は目をしっかり閉じ、三度十字を切って、自らを十二分に祝福した。


モリセット夫人は、私たち四人のための昼食を用意させていた。それは屋上の天蓋の下に置かれた紫檀のテーブルに美しく並べられていた。私は出されたカレー入りのポークシチューをほとんど食べられなかったけれど、それはずっとモリセット夫人を見続けていたためで、そこで私は、彼女のためらいがちな微笑みの下に埋められている、今では前よりはっきりと見えるようになった悲しみに、新たに出会っていた。

「結婚式はどうだった?」と彼女がキャリーに訊いた。

「素敵だったわ」とキャリーは答えた。

「誰か泣いた人はいた?」と彼女はグレッグに訊いた。

「大泣きした者が」と彼は答えた。私は気づかなかったけれど。

「ニューヨークであなたのご家族がどんなに親切にしてくださったか、決して忘れませんよ」彼女は私に告げた。「どうぞご両親に、くれぐれもよろしくお伝えくださいね」

審査なくして

アーノルドが百五十二メートル下に落ちるまでの時間は、六・五秒だった。その時間のなかで、息子パリの姿が目の前に浮かんだ。制服の赤いシャツにカーキ色のズボンをはいた、幼稚園の卒園式の日のパリ。あの朝、パリの母ダーリーンは、自分が卒園するかのように、ドレスを着替えながらアパートをスキップして回っていた。そのなかを突進しているために熱い風が顔を打ちたたくのできつく閉じた目に、教室での式に臨むパリが見えた。ダーリーンの隣に立っている自分も見えた。ダーリーンは結局、風をはらんでいるように膨らんだサファイア色のサテンのドレスを選んだ。彼は、結婚式から葬式までどこへでも着ていく一張羅の黒いスーツを着ていた。

持ち物が少ない理由のひとつは狭い二部屋のアパートだったが、もうひとつは、少なくとも彼にとっては、何かに縛られていると決して感じたくなかったからだった。ほんの数人の人に愛着をもっているのはよかった——自分の血と同じくらい自らの一部であったパリとダーリーンに

――けれども、決してものに縛りつけられていたくなかった。クローゼットにぎっしり収納されて埃（ほこり）をかぶった服や靴や、毎月多額の支払いが必要な高級車などに。自由であるほうがシンプルでよかった。自ら意図したのでもなく選んだのでもないこの落下と同じように、自由であるほうが。左足が足場からすべり落ちて、体が、ゆるんだか切れたかした安全ベルトからすべり出したことが原因で起きた――あたかも、怒れる手が彼からストラップを引き外し、体を傾かせて、空中に放り投げたかのような――この転落。それから彼の体は、いくらか制御を取り戻そうとして、落ち始めたときの角度を修正していたので、今は地面に向かって頭からまっすぐに落ちていた。その地面は、まだコンクリートではなく土だったが、四十八階建てのホテルの建設のために、雑草や低木や花はすでに引き抜かれていた。

彼は毎秒速度を速めてまだ落ちていた。地面は彼にぶつかるべく立ちあがってきているというのに、向かってくる風にはますます抵抗力が感じられ、ひとつひとつの突風は突き抜けていくべき硬くて青いベールのようだった。体の落ちる方向が、ずっと左のほうへ変わった。真下には、トラックに接続したコンクリートミキサーのシュートが口を開けていた。いつも宇宙船のようだと思って見ていたものだ。

これより数時間前、足場の作業台に座って朝食をとりながら、そのセメントトラックを見下ろしていた。ダーリーンは彼に、家で自分とパリと一緒に食べてほしいと望んだが、二人とも仕事が休みのまれな土曜日と日曜日以外には、彼はいつもとても急いでいて、それは叶わなかった。

平日の彼は、コックとして働いているハイチ料理店へ彼女を送り、それからパリを学校で降ろした。建設現場に着くころには、時間はもうあと二分ぐらいしか残っておらず、ロペス兄弟のトラック食料品店でグァバの焼菓子一個とコーヒー一杯を買うのがやっとだった。

ロペス兄弟はなんと商魂たくましいやつらだろう。一九五〇年代のシボレーを改装して作ったいかだでコジマールからここまでやってきたのはほんの五年前なのに、今の彼らを見ろよ。ロペス兄弟のいかだ物語は、以前朝食を買おうと待っていたときに彼らが別のキューバ人に話しているのを聞いたものだったが、彼に自分自身の上陸を思い出させた。それは、ああなんということだ、彼らの物語とはひどくかけ離れたものだった。

彼と九人の男と四人の女が海の真ん中で船長に見捨てられ、海岸まで自力で泳いで上陸するようにと告げられたあの朝、夜明け前のほの暗い光のなかで砂浜に座っていたのはダーリーンだけだった。その朝の海は比較的穏やかだった。岸に近づくと、それまでいつも話に聞いていた、そびえ立つビルと高いガラス張りの建物が見えるのに気づいた。

四人の女は全員が溺れた。泳げなかったのだ。彼女らの遺体はいつか岸に打ち上げられるのかもしれない。彼と同じように。ただ、彼はまだ生きていた。同じ船に乗っていた男たちのうちの何人かもまだ生きていた。彼らは砂浜に横たわって、かかととつま先を砂のなかに埋めることで、自分はもう波に揺られてはいないのだと自己暗示をかけようとしていた。それとは違って彼は、ただそこに座って彼女を見つめていた。近づいていって、驚かせて逃げられたくなかった。体は臭かったし、船旅中にぼさぼさに伸びたひげできっと恐ろしげに見えるだろうと思った。彼女はじっと彼を見返していた。そのときサイレンが聞こえて、彼は嘆願した。

「助けてくれ（エーデー・ム）」と彼は口の動きで伝えた。拘留されたくなかったし、送還されたくなかった。ここに留まりたかった。彼には留まる**必要**があって、彼女と一緒に留まることを願っていた。彼女は——その朝たまたま砂浜にいて彼を助ける気になってくれるのは——他の誰でもありえた。けれども彼は、それが彼女であったのが嬉しかった。どういうわけか、二人ともが知らない誰かが計画して、そこで待ち合わせて出会ったかのように感じられた。

彼女はサイレンにぎょっとして立ちあがり、近づいてきて彼の腕を取った。だから、もしも彼らが一緒に立ち去っているときに警察が到着したら、二人とも捕まるかもしれないし、二人とも無視されるかもしれないけれど、どちらか一方に起こることは間違いなくもう一方にも起こるだろう。なぜなら誰が見ても二人は夫婦に見えたからで、そしてその片方はずぶ濡れだった。

呆然としてとまどっている男たちをあとに残して二人で駐車場へ歩いていきながら、数人の男が彼女に向けて叫ぶのを彼は聞いたが、彼女は振り返らなかった。ついていった彼も、男たちに自分の名前を呼ばれても振り返らなかった。

男たちの一人が叫んだ。「お前の妻がここで待っていたってわけか、え？」

別の一人は「頼むからおれたちを置き去りにしないでくれ」と。

二人の男がついてこようとしたが、すぐに諦めた。ダーリーンはあまりにも早足で歩いていたし、男たちは疲れきっていたから。彼だって、もしも彼女が支えてくれなければ、足をひきずりながらついていき、やがて遅れていっただろう。彼女は前かがみになり、静かに「行きましょう（アンナレ）、行きましょう（アンナレ）」と言って、歩を速めた。

彼女の白い小型車は、あちこちにへこみやすり傷があった。彼女に砂浜で敷いていたタオルを渡されるまで、彼は自分が濡れていることを忘れていた。彼はタオルから砂を振り落とし、それを助手席に置いた。

「あのままあなたがあそこにいたら、クロームに連れていかれたわ」と彼女が言った。

クロームと言われても、それが何でどこにあるのかわからなかった。

「私たちのような人を収容する拘置所よ」と彼女は言った。

私たち？　「私たち」って、どういう意味だ？　そう告げることで、自分も小船で来たのだと伝えようとしているのか？　彼女はその、クロームという場所に収監されていたのか？

いろいろ質問したかった。なぜ彼を選んだのかを知りたかった。なぜ彼を救って、他の男たちを救わなかったのか？　少なくとも、あと三人は後部座席に乗せられたはずだ。しかし、知りたい気持ち以上に、喉が渇いていた。とてもひどく渇いていた。

今の彼、落下している彼とまったく同じように。

彼は体験から知っていた。海にいると、ときは終わりなくどこまでも続き、風と空気は体から水分を吸いあげてからからにし、実際にはそこにないものを見させると。ハイチの北部の海岸にあるポールドペからここまでの旅のなかほどで、彼らは真水を使い切り、海水か自分の尿を飲むしかなかった。長くても二日しかかからないはずの旅だったのに、船長が航路を変え続け、一度など合衆国の沿岸警備隊との衝突を避けるためにスピードボートを変えさえしたために、実際には四日かかった。

彼女は、頼まれる前に後部座席に手を伸ばし、一ダース以上入っているパックからボトルをひとつ取って彼に渡した。もしも警察が、ヘリコプターと巡回パトカーと救急車と警察犬とともにあの場所に到着していなかったら、彼はその水のいくらかを、砂浜に置き去りにしてきた人びとに持っていったかもしれない。

彼が吠え声を耳にした警察犬は死体を捜す犬だ、と彼女は告げた。犬たちは、見えないところにあるかもしれない死体を捜すために、砂浜に放たれていた。生きて海岸にたどり着いた一人に対して、五人死者がいるかもしれないからだ。なぜ彼は戻って海に飛び込み、他の人びとを助けなかったのか？　少なくとも死体のいくつかを引き上げなかったのか？　彼自身の飢えと渇きと脚の力の衰えのために、また水に入ったら溺れるだろうと思い、怖かった。捕らえられるという恐怖が彼の正気を失わせた。あるいは利己的にした。

彼はもらった水をあまりに速く飲んだので、息がつまりそうになった。彼女は空になったボトルを受け取り、もう一本新しいものを渡した。彼はそれも飲み干した。

「どこに連れていけばいいの？」と彼女が訊いた。

これは奉仕としてやっていることなのだと、彼は気づいた。彼女は、ボートピープルのためのボランティアの運転手だった。あとになって彼女は、他に女性や子どもも含めて十七人の人たちを救ったと教えてくれた。

彼は、置き去りにした人びとに対して二重に申し訳ない気持ちになった。ポールドペで乗り込んだときはほとんど知らなかった人たちだけれど、旅の間に親しくなり、互いがホームシックになり、船酔いをし、日焼けのために皮膚が縮み、骨が浮き出るのを見てきた。この人たちのうちの、彼以外の生存者らは、深い嘆きに**加えて**入国警察とも向き合わなければならないだろう。彼らの全員ではないにしても、そのほとんどは送還されるだろう。彼女はそこから救ってくれた。

「お腹すいてる？（ウ・グラングー）」と、与えた水が胃のなかにある塩水を薄めてしまうと、彼女が訊いた。

そして返答を待たずに、ファストフード店のドライブスルーに入って停車し、彼のために二袋の食べ物を注文した。それは彼がこの国で口にした最初の食べ物だったけれど、以後朝食用のブリトーを楽しく味わうことは二度とないだろう。なにしろブリトーを六個食べて、そのあとファストフード店のトイレで吐いてしまったのだから。

彼が汚れを落とし、身なりを整えてから、二人は駐車場に停めた車のなかで、次にどうすべきかを考えた。

「絶対に誰も、うちへは連れていかないことにしているの」と彼女は言った。

その言葉が、今回だけは例外とするつもりでいることを意味していればいいが、と彼は願った。

なぜなら、飢えも喉の渇きも癒やした今、注意してよく見ると、すらりと長く均整の取れたその体は、顔と同じくらい好ましく魅力的だったから。

「シェルターがあるの……」彼女は終わりまで言わずにまた運転を始めた。

彼女は、教会のシェルターへ彼を連れていった。そこで彼は、自分と同じような境遇の男たちに出会った。ハイチやバハマやキューバから、小船でやってきた男たちだ。彼はすでに、国境で棚出し係として働いたときにドミニカ人の雇用主からスペイン語を習っていたし、シェルターにいるキューバ人たちの会話からフレーズやイディオムのいろいろな言いまわしを覚えた。やがて、そのキューバ人の助けで建設現場での仕事を得た。

彼女がシェルターに連れてきてから数日後、彼は新しくできた友人たちとドミノをしながら、娯楽室の奥の壁の高いところにあるテレビを見ていた。そのときに彼が目にしたのは、タークス・アンド・カイコスの近くの海で転覆した船についてのニュースだった。十二人の遺体が見つかっていた。七人の男と五人の女だ。その他に、十人が行方不明だった。

彼女にはもう会えないだろうと思っていたが、彼が働きだしてすぐに、シェルターに訪ねてきた。彼らは中庭に出た。そこには一対のさびついたブランコがあった。ブランコを見て彼は、子どももこのシェルターに入れるのだという事実を思い出したけれど、幸いなことに、今のところ子どもはいなかった。ブランコの向かい側にはバスケットボールのコートがあり、そこには、ココヤシの木が群生する熱帯の森で大人と子どもが一緒に遊んでいる場面を描いた壁画があった。

彼らは一緒にブランコのそばに立った。

「息子がいるの」彼女が告げた。「父親は海で死んだの」

一瞬、少年の父親は海で死ぬ前に彼女と別れたのだと考えた。でも、彼女の目に涙があふれるのを見て、彼と一緒に海にいたのだと気づいた。そして、アーノルドと一緒に来た者たちが溺れたのと同じように、彼が溺れるのを目の当たりにしたのだと。

「きみはどうやって助かったの？」と彼は訊いた。

「息子を海から引き上げないといけなかった」と彼女が答えた。

「息子の名前は？」と彼が訊いた。

「パリ」彼女は言い、相手の反応を待たずにつけ加えた。「いつかそこへ行くのが、父親の夢だったの」

そう言われて彼は、少年の父親を想像した。みじめさから逃げ出すだけではなく、自分のいるべき場所と感じている遠くの土地からの魅惑的ないざないに応えようとしている、彼自身のような若い男だ。アーノルドは子どものころから、マイアミでの生活を夢見ていた。ポールドペで彼が顔見知りだった多くの者は船でバハマへ行き、少数の者はさらにそこからマイアミへ移り住んでいた。彼は、パリの父親がフランスの首都に対して抱いていたに違いないのと同じ切迫したあこがれを、マイアミに対して抱いていた。

けれども、マイアミについて知らなかったのは、彼自身の身の上話に類したおびただしい数の物語があるということだった。自分が建設を手伝っている高級ホテルのすぐ近くの橋の下にはホームレスの家族らが寝ているだろうということも、わかっていなかった。ニュースで聞いた、殺された気の毒な子どもたちのことも、彼にはショックだった。学校で、家で、通りを歩いていて、公園で遊んでいて、警察に、あるいは仲間に、手当たり次第に銃で撃たれて死んでいった子どもたち。

ブランコのある中庭に霧雨が降り始めた。ダーリーンが建物のなかに走っていくだろうから、そのあとをついていこうと彼は考えたけれど、彼女は動かなかった。

「きみの息子は今どこにいるの?」と彼は訊いた。

「職場の友だちに同じような男の子がいて、ときどきあの子を見てくれるの。私たちは交替で助け合うの」

「同じような男の子」というのは、父親のいない少年、海で片親を亡くした少年という意味か? それとも、彼女の子どもには何か疾患でもあるのだろうか?

「きみの子は病気なの?」と彼が訊いた。

「あの子が先に海に落ちたの」彼女は言った。「それで、あの子の頭に何か起こったのかもしれない」

彼女は、自分の生活の複雑な事情をすべて、彼に考えさせるためにさらけ出していた。去っても留まっても、どちらでもいいと告げていた。彼は留まりたかった。

彼女はブランコに体を押し込んで、無理やり動かそうとした。彼は、金属の鎖が彼女の頭上できしる音を聞いた。彼女は数回前後に動かしてから、両足の靴を土に突き立てて止まった。両足が地面の上でしっかり止まったとき、彼はかがみ込んでキスをした。

二人は建物のなかへ戻った。彼は、薄暗く狭い廊下で待ってくれるように言って、他の三人の男と一緒に暮らしている部屋へ行き、彼女の息子のために紙飛行機を作った。これは、自身が子どものころに持っていた唯一のおもちゃだった。ごみのなかや地面に落ちている紙を見つけると、いつでも彼は紙飛行機を作ったものだった。そしてやがて、紙飛行機作りの達人になった。彼がパリに作ってやった最初の紙飛行機は、白一色の簡素なものだったけれど、遠くまで飛ぶように長く細い翼があった。

彼女には、小さな手帳にリストをメモする習慣があった。その日にすべきことのリスト、砂浜からシェルターに連れていった人のリストなど。ただ、彼を助けたあとは砂浜には行っていない。沿岸警備隊が警戒を強めたので、着岸が減っていたのだ。

ある日、彼女は手帳からあるものを読んで聞かせた。「砂浜から助けた人で、私がキスをした人」のリストにあったのは、彼の名前だけだ。

彼はその機会を利用して、夫がそこで溺死したあと、何度も砂浜に戻っていったのはなぜかと訊いた。

彼女はいつでも――ちょうどアーノルドが着いた日にもしていたように――溺れている人のた

めに助けを呼んだ。その人たちを救うために海に飛び込むことは決してなかった、自分が浮いていられるとは思わなかったから。それに、必死になっている人は他人の頭を踏み台にしてでも波から抜け出そうとするかもしれないけれど、彼女には守らなければならない息子がいた。砂浜に戻り続けたのは、そこが夫の埋葬場所だったし、彼女自身の埋葬場所でもあったから。彼女たち三人が――彼女と夫と息子が――船に乗ってハイチを離れたときに彼女であった人物、その人物もまた海で失われていたのだ。

この落下の終わりは、前に小船から海へ投げ落とされたときよりもっと突然だった。彼の垂直方向への自由落下は、セメントミキサーのドラムに突っ込んで終わった。体はグラウト〔セメントしっくい〕がいっぱいに入った暗いブレンダーの内側であちこちに放り投げられていた。顔が数秒ごとに、濡れて突き砕かれた砂と小石の下から表面に出てくると、口を閉じたまま鼻から空気を吐き出し、体が吸い込もうとしているざらざらの粒状の混合物を外に押し出すようにした。

泳いでいるようなつもりになって、スピードボートが海の真ん中に止まり、岸まで泳いで行けと言われたときと同じように、バタ足をしようとした。手で掻こうとした。でも、腕も脚も動かせなかった。それでも、ミキサーが回り続けたから、体は絶えず動いていた。彼はシャフトを――もっと安定した空間なら、たとえば家や、あるいは寺院のような神聖な場所でなら、中心の柱（ポト・ミタン）と呼ぶかもしれないものを――つかもうと手を伸ばした。残っている力の全部を、シャフトのほうへ体を動かし、そこに両手を巻きつけるために使った。でも、ほんの少しの間つかめただけで、すぐまた別の方向へ引っぱられていった。

自分が軽くなったように、落下しているときと比べてさえ軽くなったように感じた。骨が溶けていた、血が蒸発していた、そして今の彼は羊皮紙か、小さい穴がいっぱい開いたもの——チュールか、ダーリーンが憧れている白いアイレットレース——のようだった。ミキサーが交互に出すブンブンいう音とガチャガチャいう音に、彼は注意を払っていなかった。血の筋がセメントを汚しているのにも、自分が痛みを感じていないのにも、気づいていなかった。それからミキサーの回転がやみ、音がまったくなくなって、すぐに叫び声とうなり声と「なんてこった」という驚きの声が続いた。そしてサイレンが聞こえた。その音は彼を砂浜へと連れ戻した。灰色の砂と、彼女の黒褐色の顔と、彼女が着ていた青空色のジョギングスーツと、パリの赤いシャツと、ファストフード店でのオレンジ色と緑色の斑点が入った反吐(へど)へと。

セメントミキサーのなかの横たわっている場所から、飛行機が澄みきった青空を横切るのが見えた。そのとき、自分は死ぬのだと悟った。そして自分が死ぬことは、かつて味わったことのない自由を彼に与えた。考えることは何でも目の前に現われた。欲しいものは何でも得られた。いちばん欲しいもの——死なないこと——以外は。彼は翼を持つ何者かが自分をセメントミキサーから引き抜いてくれるよう願ったのだが、それは今、飛行機の形で空にあった。彼とダーリーンは、パリを飛行機に乗せるための貯金をしていた。当初の目的は旅行か指輪のどちらかだったが、二人は実質上すでに結婚しているから結婚指輪はいらないとダーリーンが彼に告げたのだ。パリが二人の指輪だった。二人は互いを愛し、パリを愛していた。パリは二人の息子だった。

ダーリーンとパリにもう一度会いたかった。それが最後になるとしても。二人の顔を見たかった。二人の手を取りたかった。しばしばしてきたように、それぞれに違うキスをしたかった――彼女には唇に、彼には頭のてっぺんの、赤ん坊だったら泉門があるだろうところに。

飛行機は視界から消えつつあった。彼は自分のささやき声を聞いた。「そこにいてくれ（レテ・ラ）、待ってくれ、行かないでくれ（ケダテ）」飛行機に行かないでくれと、あるいはダーリーンとパリにずっとぼくの心のなかにいてくれと、言うつもりだった。けれども、現場監督の太ったピンクの顔が空をさえぎり、ふだんはぶっきらぼうな男が、「心配するな、フェルナンデス、おれはどこにも行かない。救助隊がここに向かっているぜ、仲間よ」と言うのが聞こえた。

ああそうだ、この仕事に就くために出した書類には、サンティアーゴ・デ・クーバ出身のエルネスト・フェルナンデスと書いたんだった。この現場の誰も、他のハイチ人たちでさえ、本名を知らなかった。仕事仲間は彼のことを、彼らの言うところの「キューバのキューバ人」だとは信じていなかったが、スペイン語をいくらか話したので、キューバで何年か暮らしてその名前を名乗るようになったのだと考えた。

半分意識のあるこの状態が――これまでのことを考えて思い出すことのできる状態が――いつまで続くかわからなかったので、頑張り続けて、どのくらいまで引き延ばせるか試してみたいと思った。セメントミキサーから出て、浮かび上がったらどうなるだろう？　この都市を移動していって、彼の愛するただ二人の人を訪ねたらどうだろう？　二人に自分を見てほしかった。見ることができなければ、感じてほしかった。どうすればそうできるのかはわからなかった。二人は、熱い風か冷たいそよ風を感じるだろう。二人の近くにある何かが動くこともあり得るだろう。写真のフレームがすべり落ちるかもしれないし、水飲み用のコップが粉々に割れるかもしれない。二人は横目でちらりと彼の影に気づいて、彼の仕事後の鼻をつく臭いをかいだり、彼の好きな歌を聴いたりするだろうか？　二人の手のひらがむずがゆくなるだろうか？　キスをする彼の唇の震えを感じるだろうか？　あるいは、彼が二人の夢に出てくるだろうか？

　パリのほうが彼からのサインを受け取りやすいかもしれなかった。彼はすでに「少しやられて」いた。彼の知力は、海と砂浜の間のどこかで一部が失われていた。

　アーノルドは、時間が短くなってきているのを感じた。だから、ポールドペでの子ども時代にまで遡（さかのぼ）ることはしない。どっちみち忘れようとしていた時代だ。両親に会ったこともなかったし、親が誰なのかも知らなかった。誰にせよ、自分をこの世に生み出した人物から別の一家にやられて、そこで召使いとして育てられた。育った家の主（あるじ）の女とは、血も姓も共有していないということだけを知っていた。彼女の二人の息子との間にも生物学上のつながりはなかった。その息子たちは彼より数年年上だったけれど、彼らの服を洗濯し、アイロンをかけ、学校まで送り、彼らのために料理をした。たぶん、彼の両親は死んだのだろう。彼を育てた女は、一度も両親のことを話さなかった。けれども、彼女の食べるものを台なしにしたり、家の掃除をきちんとできなかったりしたときには必ず、お前には何の価値もなく、親を持つ権利はないと言った。

彼は、力がつくとすぐに、彼女と息子たちから逃げて国境まで行き、そこで倉庫に寝泊まりして、小麦や砂糖や米の袋をハイチ人の行商人や小売商人のところまで運ぶ仕事をした。そしてその小売商人の一人から、マイアミに行く船の話を聞いた。彼女の兄弟が船長なのだという。彼は貯めていた金を全部渡した。自分の残酷な所有者とその息子らのもとに戻って、成功したことを見せつけられるように。

ダーリーンと一緒に住むようになってから、ノースマイアミの無料移民クリニックに連れていかれたとき、彼女がまだ永住権資格証明書を待っている身分だとわかった。パリを身籠もったときには、ハイチで学士号を取得したばかりだった。パリの父親はアルティボニットでのクラスメイトで、二人は（彼女の言葉では）非実際的な愛を共有していた。彼女は家族を愛していた。ずっとアルティボニットにいたかった。そこで歳を取り、死にたかった。彼女とパリの父親には、それぞれの家族から受け取れる、暮らしていくのに十分な財産があった。でも、パリの父親が船でマイアミに行くと彼女に伝えたとき、彼女とパリには残るという選択肢はなかった。「どうかしていたわ」彼女はアーノルドに告げた。「彼なしでは生きられないと思った。彼が近くにいなければ呼吸さえできなくなるだろうと思った。特に、二人で赤ちゃんを作ってからは」

彼らがマイアミに着いたとき、彼女とパリだけが海から上がることができた。夫の遺体は見つからなかった。短期間病院に入院したあと、二人は女性のためのシェルターに移された。移民クリニックの弁護士はそれを「人道的臨時入国許可」と呼んだ。その同じ弁護士はアーノルドに、きみは「審査なしで」この国に入ったと告げた。つまり、彼は合衆国に到着した日に入国審査官の審査を受けなかったからだ。そしてそれは、法的な手続き上正式には、彼はここに存在してさえいないということだった。

ダーリーンに会いたい、とアーノルドはつぶやいた。彼には、どうすればそれがうまくいくかの感覚がつかめてきた。わからなかったのは、叶えられる希望に制限があるのかどうかということだった。

突然、彼はダーリーンが働いているリトルハイチのレストランの厨房に立っていた。部屋は小さく、湯気が立ちこめて、壁は油で汚れていた。彼女は大鍋で小豆入りのコーンミールを作っていた。その横には、同じ大きさのタラのシチューの鍋があった。彼は何度も厨房に入ったことがあるので、ただそれを思い出しているだけなのかもしれなかった。彼女はものすごい大汗をかいており、一日中そこにいてはとても体がもたないだろうと思われた。彼女はボトルから水をひと口飲み、煮え立っているプランテンの鍋のふたを開けた。働きながら彼女は歌をハミングしたので、彼もハミングしはじめた。一緒にハミングしているのを、彼女が感じるかもしれない。彼の声を聞きさえするかもしれない。

「ラティボニトー」は、彼女が歌うのを聞いた唯一の曲だった。しょっちゅう歌っていたので、彼女自身も歌っているのに気づかないほどだった。幸せなときにも、心配ごとがあるときにも、悲しいときにも歌った。彼女は今、それを歌い始めた。

ラティボニトー、ヨヴォイエパレムエン、ヨディム・ソレ・マラド……

おお、ラティボニットよ、私は知らせを受けた、太陽が病気だと……

この歌はきっと、彼女の生まれた町を見下ろしている病気の太陽の歌だ、と彼は思った。太陽が寝たきりになり、そして死に、埋葬される部分を、彼は一緒に歌った。彼の心のなかではこの歌はいつも、太陽が沈む前の黄金のときへの厳粛な別れの歌だった。彼はアルティボニットの日没の様子は知らなかったが、ポールドペには最も美しい日没があって、その輝きは地平線をまっすぐに見ても失明させない程度にちょうどよく抑えられていた。彼は、夕暮れのあとのひと呼吸の間だけとはいえ、ときが止まっているように思えたあの感覚を、懐かしく思い出した。

彼はできるだけの大声をあげて一緒に歌ったけれど、耳に聞こえる音は出せなかった。これが自分の限界なのだとわかった。ダーリーンのエプロンから、ジージーと聞き慣れた音がした。携帯電話の着信音だった。

もしもしと言ったあとに聞いた言葉で、彼女はうろたえた。煮え立ったプランテンをゆっくりかき回すのに使っていた木のスプーンを落とした。いらだって歯の間から息を吸い込んだ。それはまるで、歯のすき間から口笛を吹いているみたいに聞こえた。

彼女の友人のウーラが注文を伝えに入ってきた。ダーリーンのあまりに取り乱した様子を見て、ウーラは訊ねた。「どうしたの（サク・ゲンイエン）、ダーリーン？」
「パリよ」と彼女は答えた。
「例の教師がまたあの子のことで何か言ってきているの？」その名〔「あなたはここにいてくれる」の意〕にふさわしく、ウーラはいつも、ダーリーンが必要とするときにそばにいてくれた。ウーラにも、知的障害があると教師たちが考えている息子がいた。

自分にあとどのくらい時間が残されているのかわからなかったので、パリの名前を呼んで、あの子に会いたいという意思が伝わるようにと彼は願った。

パリの学校では、朝の休み時間だった。パリは教室の隅の二つの本棚の間に一人で座って、先生がくれた紙で船を作っていた。アーノルドとパリが一緒に作る折り紙は、紙飛行機から船へと移っていた。この折り紙遊びはパリが集中力を養う助けになったが、アーノルドを助けてもくれた。二人で折った船は、彼が海で生き延びたことを思い出させてくれたから。

他の子どもたちはおやつを食べたり教室のなかで追いかけっこをして走り回ったりし、先生はそんな子らに、反省時間（タイムアウト）の罰を与えるぞと脅した。パリは、その騒ぎを見ようと顔をあげることさえしなかった。校長はパリを特別学級に入れたがったが、ダーリーンは拒否していた。彼は問題を起こして他の生徒のじゃまをするような子ではなく、ただある事柄に過度に熱中するだけだと、校長やその他の、息子に「内気な子」以外のレッテルを貼りたがる人びとに伝えた。

アーノルドは子供時代に受ける恥辱については十二分に知っていたから、ダーリーンに反対しなかった。パリの教師たちには、この少年が体験してきたことを理解できなかった。彼らは、パリの父親がわずか一メートル先で消えてしまったことを知らなかった。パリは永遠の喪に服しているようだった、母親と同じように。

パリは最初に会ったときにアーノルドを「パパ」と呼んだ。ダーリーンが、勤めているレストランで閉店後に一緒に食事をする手はずを整えていた。パリは食事中は黙っていたけれど、アーノルドが帰ろうとしているときに、「ぼくのパパなの?」と訊いた。

「そうなれるよ」とアーノルドは答えた。

ダーリーンは微笑(ほほえ)み、パリは彼の腕のなかに飛び込んだ。二人ともその答えを、彼が差し出している贈り物と受け取ったようだった。彼の人生は突然、意味のあるものになった。彼は父親になったのだ。

パリの教室でアーノルドは、本棚の間の狭い場所にいる少年の横にうずくまった。両腕をパリの体に回そうとしたけれど、少年が彼の体を感じられないように、彼も少年の体を感じられなかった。

彼は頭をパリの頭に寄せ、こうすればひょっとしたら聞こえるかもしれないと考えて、口を少年の右耳に押しつけて叫んだ。「パリ、私の息子よ、いつかきみはあの別のパリに行くだろう。きみは家族を持ち、本物の飛行機に乗って飛ぶだろう」少年が自分の声を聞いたか、あるいは自分のいる気配を感じただけでもいいと思い、その印を捜したけれど、見つからなかった。パリは八個目の紙の船を折っていた。縦の線を折って、それから角を折った。一緒に船を折るときにはいつも、パリは帽子のように見えるところまで折って満足してしまい、やめるかもしれないとアーノルドが思う瞬間があったけれど、でも彼は折り続けて、ついに船尾や船体が現われた。

「さようなら、パリ」彼は少年の耳に叫んだ。「どうかきみの母さんを永遠に愛してくれ」

それから、少年が手を上げて、彼が口をつけて叫んでいる耳を、まるで何かブンブンと音をたてる蚊のような小さいものがかすめていったかのように、さっとはたくと、彼はにっこりした。パリが消えた。あるいは消えてしまったのはアーノルドのほうだったかもしれない。

彼は建設現場に戻っていた。傷ついておらず、その朝家を出るときと同じだった。鮮やかなオレンジ色のオーバーオールを着て、揃いの安全帽をかぶっていた。ときが彼をもてあそんでいるのか、彼がときをもてあそんでいるのか？　彼が警察の黄色いテープを回って通っていくのは今なのか、過去なのか？

現場は封鎖され、一緒に働いていた男たちの多くがうろついていて、テープの上に身を乗り出し、セメントミキサーの写真を撮っているカメラマンたちをもっとよく見ようとしていた。アンテナを高く伸ばした報道陣のトラックが道路の反対側に並んでいて、レポーターたちが彼の同僚の何人かと二、三人の通行人にインタビューをし、その多くが、彼が落ちるところを見たと断言した。はじめに激しく腕を振り回し脚をばたばたさせて、それからコンクリートシュートへまっすぐに突っ込んだ、と皆が言った。

建設会社と開発業者はすでに声明を出していて、各放送局のレポーターの多くが昼の放送番組のなかでそれを読み上げた。「私たちはエルネスト・フェルナンデスの痛ましい死を深く悲しんでおります。彼のご家族、ご友人、そして同僚のみなさんにお悔やみを申し上げます。私たちは州および連邦捜査官と連携して、この不幸な事故の原因究明とともに、今後の同様の事態の発生防止のために努力してまいります」

さまざまな角度から撮られた、彼の落下の携帯動画が流された。地上から撮った人もいたし、自宅のテラスやバルコニーから撮った人もいた。そうした動画を集めたコラージュのなかの彼は、人ではなく、まっすぐに落ちる大きな物体のように見えた。あまりに速く動いていたので、映像がスローモーションになっていないときは、人だと認識することはできなかった。

軽さが戻ってきた。体が蒸発して消え去る、空気のない感覚。ダーリーンとパリも、徐々に消え去りつつあった。二人は遠いあこがれに、シルエットに、少しずつ薄くなり消えていく地面に映る影になってきていた。

愛し合う者たちよりも長く生き続ける愛がある。落ちていたときの彼の祈りは、これと同じ意味の言葉だった。ダーリーンは、今は二つのそんな愛を持つだろう。彼もまた、二つの愛を持つだろう。ダーリーンとパリと。彼は永遠に二人を捜し続けるだろう。ダーリーンの歌に合わせて、ハミングで歌い続けるだろう、そしてパリの耳にささやき続けるだろう。彼はまた、ダーリーンを導いて浜辺に戻らせようとするだろう。彼のような他の男たちを捜すために。

訳者あとがき

本書はエドウィージ・ダンティカ著、*Everything Inside*, Alfred A. Knopf, 2019の全訳である。二〇一〇年に刊行された、訳者にとっての第一作『愛するものたちへ、別れのとき』(*Brother, I'm Dying*, Alfred A. Knopf, 2007) 以来、作品社より出版するダンティカ作品の六冊目の翻訳書となる。英米文学分野の一学徒として主にアメリカ黒人文学、殊にその作品世界に強く惹(ひ)かれたジェームズ・ボールドウィンやアリス・ウォーカーに関する作品論を書いていたが、二〇〇一年にダンティカの*Breath, Eyes, Memory*(『息吹、まなざし、記憶』)を読んでからは急速にその世界に惹き込まれていった。その二年後、彼女の*The Farming of Bones*(『骨狩りのとき』)についての論文を執筆中に、作家本人との個人的な出会いに恵まれた。書き上げた論文(「記憶・証言・癒し——『骨狩りの時』における癒しのメカニズム」、『カリブの風——英語文学とその周辺』鷹書房弓プレス、二〇〇四所収)を英訳し、タイトルは"Mechanism of Healing in Edwidge Danticat's *The Farming of Bones*: Memories, Testimonies, and Healing"とした。彼女に送ると、「とても感動しました。注意深く読んでくださって感謝します。あなたの知的解釈をとても楽しみました」というメールをくれた。それからも彼女の作品を読むうちに私のなかで膨らんできたのは、研究書に作家・作品論を書くよりも、素晴らしい彼女の作品そのものを日本の読者に読んでほしいという思いだった。そしてその願いの叶った第一作目の翻訳出版以来、彼女の作品を魅力を損なわない日本語へと翻訳し、その時々の思いを込めた解説「訳者あとがき」を書くことで日本の読者にダンティカとハイチとハイチの人びとの魅力を伝えることが、私の生き甲斐のひとつとなっている。日本の読者のみなさんにダンティカの作品を一つでも多く届けたいという訳者の変わらぬ願いに応え続けてくださる作品社に、心より感謝している。

ハイチ系アメリカ人作家、エドウィージ・ダンティカの母国ハイチは、カリブ海に浮かぶ西インド諸島のうち、キューバの南東方にあるイスパニョーラ島の西三分の一を占める国である（東側三分の二はドミニカ共和国）。フランスの植民地であったハイチは、ナポレオンの精鋭部隊を打ち破り、一八〇四年に独立を宣言、世界初の黒人共和国となった。しかし、その輝かしい栄光にもかかわらず、ではなくむしろそのゆえに、前途は多難かつ過酷であった。まず、通商の対象となりうる独立国として諸外国に認知してもらう必要があった。そのために、一八二五年に旧宗主国フランスが承認の見返りとして求めた巨額の賠償金を支払うこととなった（フランスの要求額は一億五千万フラン、実に十年分の歳入額に相当した。途中残額が一億二千万フランまで減ったところで六千万フランに減額されたが、フランスやアメリカからの、高率の利息が課された借款をくり返しながら、支払いが完了したのは、五十八年後の一八八三年だった）。その承認を得てさえも、当時まだ奴隷制を布いていたアメリカ（アメリカの奴隷制廃止は一八六五年、アメリカがハイチを承認するのは一八六二年）を含む列強諸国からの差別と経済的搾取を受け続け、独立後のハイチは、内乱・政変の頻発と経済の永続的な低迷とで、安定することはなく、常に「西半球の最貧国」であり続けている。

ハイチ共和国の歴史については『地震以前の私たち、地震以後の私たち――それぞれの記憶よ、語れ』（*Create Dangerously*, Princeton University Press, 2010）の「訳者あとがき」に略述したので、そちらを参照していただきたく、ここでは以下のことだけを述べておく。一九九〇年十二月、ハイチ史上初の民主的選挙で、「ラヴァラス（浄化する激流）」をスローガンに掲げるジャン＝ベルトラン・アリスティド神父が、民衆の圧倒的な支持を得て当選、翌九一年二月七日に大統領に就任した。しかし、その一期目は就任七か月後に、そしてプレヴァル政権一期を挟んで二〇〇一年からの二期目も二〇〇四年二月に、アメリカ主導のクーデターが起こり、失脚した。このときのクーデターの直後に、言語学者・哲学者ノーム・チョムスキーは「合衆国とハイチ」（"US-Haiti"）という一文を書いた。黒人奴隷の身分でありながら自由を求めるという大罪を犯したハイチに対するナポレオンの怒りと攻撃。同じ怒りと恐怖を抱いたがゆえの米国によるフランス支持。それによって暴露された、両国の革命が標榜した「自由」の意味するところの限界。底辺の民衆の草の根運動のうねりが生み出した、初の民主的選挙による大統領アリスティドに対するワシントンの嫌悪と、彼を排除するための数々の謀略。これらをすべて指摘したうえで、彼は言う。

「もう修復はできないかもしれない。そして、関係者全員に多くの果たすべき責任がある。だが、アメリカとフランスがこれからなすべきことは明らかである。両国はハイチに莫大な賠償金を支払うことから始めるべきである」と。

確かにそのとおりであった。しかし、両国に「なすべきこと」を「なす」用意はまったくなかったことに加えて、問題は、たとえそうなっていたとしても、そして仮に今そうなるとしても〔大統領がハイチを名指しで「野外便所のような国」（shit-hole country）と呼ぶアメリカでは、到底あり得ないが〕、現在のハイチにはそれをしっかり受けとめる健全な政府が存在しないことである。前作『ほどける』（*UNTWINE*, Scholastic Press, 2015）の「訳者あとがき」で、有権者全体のわずか一割程度の支持で二〇一七年二月に政権に就くこととなったジョヴネル・モイーズ体制への大きな不安を述べたが、残念ながらその不安は現実となった。

二〇一〇年一月十二日の、三十一万六千人が亡くなり百五十万人が家を失った大地震から、ハイチは今年一月にまる十年を経た。地震発生後、百三十三億ドルにのぼる支援金の約束もまとまっていたが、政治的な対立が原因で企業は倒れ、経済は停滞し、支援金が被災者のために活かされることはなく、外国からの援助も下火になっていった。大聖堂と大統領府はいまだに再建されていないほか、恒久的な住宅もほとんど建てられておらず、今も三万二千人以上の被災者が、電気も衛生設備もないままの暮らしを続けている。

未曽有の大震災と、それに続く二度の大統領選挙を経て――二〇一一年五月〔不正選挙で米政府に後押しされたといわれる）マルテリーが大統領に就任。二〇一五年十月、マルテリーの後任を決める大統領選挙で、マルテリーの政権党から出馬したモイーズ陣営による大規模な不正が発覚。それに対する不正糾弾の世論の高まり。やり直し選挙は、ハリケーン「マシュー」の襲来により、大幅に延期されて実施。その結果について、「不正はあったが大規模ではなかった」との選挙裁判所の判断が出され、モイーズ候補が当選。選挙の開始から一年以上を経ての決着により、ようやく二〇一七年二月に新政権が発足――そして今に至るが、政治の機能不全は悪化の一途をたどり、政権の腐敗に対する国民の抗議は、特に二〇一九年二月にペトロカリブ（ベネズエラによるカリブ海諸国への石油の優遇提供プログラム）からの援助金二十億ドルのハイチ政府による不正流用が報じられて以来、過激さを増している。政府は同年十月に予定されていた、上院の一部、下院のすべて、そして地方における政府関係者全員の改選選挙を実施せず、モイーズ大統領自身が法令による統治を行なうことを発表した。

貧困が増大し、不公平が蔓延し、経済が荒廃して自国通貨グルドの価値が下がるという深刻な経済的・政治的危機のただ中で、人びとの生活が困窮と「ペイロック」（本書巻頭に収録したダンティカの「日本の読者への手紙」を参照。政府に反対する人びとが、燃えるタイヤや岩などを使って道路にバリケードを張り、首都内外や都市間の移動ができないようにした）による不便を強いられるなか、二〇二〇年二月二十三日付「マイアミ・ヘラルド紙」によると、多額の費用を要する首都でのカーニバルの実施を大統領が決めたことをきっかけに、二月二十三日のカーニバルの初日には、かねて賃上げを要求していた国家警察の警察官および彼らを支持する一般市民の抗議者らと、(一九九五年に解隊されていたが)モイーズ大統領が再編成した軍隊の間で、銃撃戦が起きた(ちなみに、警察官の給与は月二百ドルから二百五十五ドル。数百万人が一日二・四ドルの貧困ライン以下の生活を送るハイチでは、「恵まれた」ほうである)。同じ記事ではまた、首都ポルトープランスにおけるギャングによる犯罪の増加と誘拐事件の多発が深刻化していることが指摘されている(二月十六日開催の横浜国際フォーラムでの「ハイチの会・セスラ」のセミナーにおける佐藤文則氏による現状報告では、このギャングによる誘拐事件の増加が指摘され、身内が誘拐されても、警察に通報すれば人質が殺されるかもしれないとの恐れから警察に訴えないこと、また多くの学校が恐怖から休校する事態になっていることが報告された)。

また、「ニューヨーク・タイムズ」紙は、本年二月三日の記事で、二〇一九年十二月十七日に発表されたある学術調査研究に基づいて、関係者にとっては長年の間周知の事実であった、PKO(国連平和維持活動)隊員によるハイチ人女性への性的な搾取や虐待の事実を報告した。二〇〇四年から一七年までハイチに展開した「Minustah」(国連ハイチ安定化ミッション)のPKOを担っていた兵士らが「父親」になり、数百人の子どもを残したまま帰国した(十一歳の少女を妊娠させたPKO要員もいた)というものである。本書に収録された短編「熱気球」でも、主人公の友人ネアは、ポルトープランスの貧困地区にあるレイプからの回復センターでボランティアとして働くなかで、「世界にはほんとうに多くの苦しみがある」事実に気づくことになる。ハイチにおける性暴力被害については、前作『ほどける』の「訳者あとがき」で、作家でクリエイターのいとうせいこう氏が国境なき医師団の取材で二〇一六年にハイチを訪れた際、性暴力クリニックに行ったときに述べた感懐を紹介した。

前述のように、ハイチでは二〇〇四年にアメリカ主導による反政府勢力の武装蜂起でアリスティド大統領が追放され、そのあと、国内の安定化を図る目的でＰＫＯが展開された（その管理は政治・経済にも及び、事実上アメリカによる植民地支配ともいえるものだった）。その後ハイチは二〇一〇年の地震で壊滅的な被害を受けたため、国連はその後もＰＫＯを延長した。しかし、人権団体や研究者によると、ＰＫＯそのものが破壊的だった。ＰＫＯ要員は上述のように性的な搾取や虐待に手を染めたばかりでなく、コレラまでハイチに持ち込み、一万人以上が死亡、八十万人が罹患した。国連は疫病がもたらした事態を謝罪したものの、コレラの犠牲者や家族への補償を法的に講じようとはしなかった。

ダンティカの作品はほぼすべて出身地であるハイチがモチーフとなっている。歴史に翻弄されるハイチの人びとやハイチからのディアスポラの人びとの暮らしや、過酷な条件のもとで生き抜く人びとの心理を、リリカルで静謐な文体で描き出し、デビュー時から今日まで大きな注目を集めてきた。訳者の私はおよそ二十年前に彼女の作品に出会って以来、その作品世界に惹かれ続けてきた。彼女の作品のどこに惹かれるのか？　以前『骨狩りのとき』の「訳者あとがき」に引用した、私の愛するもうひとりの作家、アリス・ウォーカーの言葉をもう一度紹介させていただくと、「深い知恵に満ちた彼女の文章は、ハイチの現在の混沌と騒音の背景に流れる静かな小川だ。彼女は鋭い注意力と優しさをもってハイチとその人びとの複雑な現実を探る。彼女の故国を、彼女抜きで考えることはできない」ダンティカは、自らが生を享（う）けたハイチという国の同胞たちの生活と人生を、透徹した深い洞察力をもって、丁寧に描く。そしてそのまなざしは、常に深い愛に満ちている。彼女が私たちに語ってくれる物語を読んでいると、私には、作者が、物語のなかに生きる人たちの生の根っこにある命の水の深い水脈を探りあて、そこからこんこんと湧き出る泉をすくいとって、さあ味わってみてと差し出しているような感覚がある。

二〇一三年に出版した『地震以前の私たち、地震以後の私たち』のために書いてくれた「日本の読者のための序文」でダンティカは言う。「ギリシャ神話において、人間であるシシュポスは、神々より、巨大な岩を山頂まで押し上げるという終わりのない罰を下されます。岩は、彼が押し上げても押し上げても、転がり落ちます。岩が転がり落ちるたびに、彼はまたそれを押し上げるのですが、彼が抱く一縷（いちる）の望みは、これがもう最後であってほしい、ということです。……何十年もの闘いの末に、スペイン人によって絶滅させられた先住民であるタイノ族から、奴隷の身でありながらフランス軍を打ち負かし、世界初の黒人共和国を樹立したものの、世界中の嘲笑の的となったアフリカ人まで。さらに、現在テント村に住む何百万という人びと――この国が見舞われた史上最悪の自然災害を生き延びた人びと――に至るまで、ハイチ人はシシュポスの苦役のみならず、さらに多くの困難を背負っています」と。アメリカではハイチ大地震が起きた年に出版されたこの本には、その大地震についての章に、「これから先はずっと、地震以前のハイチと地震以後のハイチがある」という言葉があり、この本の翻訳出版時には、私たちもまた二〇一一年三月十一日に起きた、原発事故を伴う文字通り未曽有の東日本大震災がもたらした甚大な被害を身に受けつつ生きていたため、その事実を反映する邦題としたが、この本の原題は、一見邦題とは無関係のように思える*Create Dangerously*（「危険を冒して創作せよ」）である。その本文中に彼女は書いている。「危険を冒して創作する、危険を冒して読む人びとのために。これが、作家であることの意味だと私が常々思ってきたことだ。自分の言葉がたとえどんなに取るに足らないものに思えても、いつか、どこかで、だれかが命をかけて読んでくれるかもしれないと頭のどこかで信じて、書くこと。私の祖国と私の歴史——私は人生の最初の十二年をパパ・ドックとその息子ジャン＝クロードの独裁の下で生きた——から、私はこれを、すべての作家たちを一つに結びつける行動原理だとずっと考えてきた。……もし今でなくとも何年も先の、これからもまだ夢見なければならぬであろう未来に、どこかでだれかが命の危険を冒して私たちの作品を読むかもしれない。たとえ今でなくとも、何年も先の将来に、私たちはどこかでまただれかの命を救うかもしれない。なぜなら、彼らが私たちに、私たちを彼らの文化の名誉市民とするパスポートを与えてくれているから」

彼女は愛する故国ハイチの人たちの人生の物語を危険を冒して書く。それらの物語が、洋の東西を問わず、時空を超えて、いつかどこかで、彼女の物語を読む人を慰め、励まし、新たな気づきを与え、もしかしたら、その人の人生を、命を、救うことになるかもしれないから。私の翻訳がダンティカを私たち日本人の文化のなかへ、名誉市民として迎え入れるパスポートの役目を果たしてくれるとすれば、望外の喜びである。

ダンティカは二〇一七年に出版した *The Art of Death* に、二〇一〇年一月十二日に起こった大地震の二十三日後にハイチへ戻ったときに持っていった本の一冊が村上春樹の短編集『神の子どもたちはみな踊る』（英語題は *After the Quake*、日本語に直訳すれば「地震のあと」）であったと書いている。（日本では二〇〇〇年に刊行された）この本の英訳版が（ダンティカは *The Dew Breaker* の執筆中であった）二〇〇二年に出るとすぐに読んだが、自身が大地震に遭う前のそのときにすでに、阪神・淡路大震災のトラウマを抱えたこの物語のなかの人びとからは得るところが多く、大きな慰めを感じられたと述べている。そして、「蜂蜜パイ」で、おそらく村上春樹の分身である作家の淳平が、地震のあと、これからは「夜が明けてあたりが明るくなる……のを夢見て待ちわびているような、そんな人びと」についての小説を書きたいと思う場面を紹介している。

ダンティカはさらに、一九九五年三月に起きた地下鉄サリン事件の被害者や亡くなった方の遺族へのインタビューをまとめた（文庫版で七百七十七ページに及ぶ）『アンダーグラウンド』を書いた村上春樹が、その執筆の経緯を説明した文章から以下の部分を引用・紹介している。「そこにいる生身の人間を『顔のない多くの被害者の一人』で終わらせたくなかった。職業的作家だからということもあるかもしれないが、私は『総合的な概念的な』情報というものにはそれほど興味が持てない。一人ひとりの人間の具体的な――交換不可（困難）な――あり方にしか興味が持てないのだ。……その朝、地下鉄に乗っていた一人ひとりの乗客にはちゃんと顔があり、生活があり、人生があり、家族があり、喜びがあり、トラブルがあり、ドラマがあり、矛盾やジレンマがあり、それらを総合したかたちでの物語があったはずなのだから」

ダンティカは、村上春樹が二つの大惨事に直面してさえ「his own microscopic truthfulness（彼だからこそ見つけることのできる微視的なあるがまま）」を見出していることに驚嘆し、共鳴しているように思える。どこの誰であっても、人には一人ひとりに固有のドラマがあり、それは、無益な等級づけを拒絶するもので、すべての人に絶対に等価だという真っ当で健全な感覚。それが二人に共通の資質のように思える（私は、女子栄養大学に奉職中に受け持っていた学部二部の「文学」の授業では、村上春樹の作品をテキストにしていた。『神の子どもたちはみな踊る』もそのなかの一冊だった）。

そのような二人の作家に強く惹かれる私は、人の命と人生の唯一・絶対の基盤であり、その人の立ち方と生き方、つまり自分自身と周りの人びとへの対し方を、そのつど、無限に優しく導きしかし絶対に厳しく規定し測る座標軸を人に与える「インマヌエル」の真実を、宗教哲学者・滝沢克己先生に学んだ。滝沢先生との「出会い」は、三十九年前に書店でふと目にして手に取った『ドストエフスキーと現代』だった。そのこととそれからのことに関してはさまざまの機会に書いてきたので（最近では、『女子栄養大学紀要　第四十九号』二〇一九所収の「滝沢哲学の読解の座標と私の米文学」および『今を生きる滝沢克己――生誕110周年記念論文集』新教出版社、二〇一九所収の「読解の座標を求めて」）、ここでは詳述しない。しかし、ここでひとつ紹介しておきたいのは、昨年十二月四日にアフガニスタンのジャララバードで銃撃されて亡くなり、その死を惜しむ声が世界中から寄せられているＮＧＯ「ペシャワール会」現地代表の中村哲医師のことだ。中村医師の著書に『天、共に在り――アフガニスタン三十年の闘い』（ＮＨＫ出版、二〇一三）がある。「天、共に在り」とは、「インマヌエル」（神われらとともに在す）のことだ。この書で中村医師は言う。「『天、共に在り』を、ヘブライ語で『インマヌエル』という。これが聖書の語る神髄である。枝葉を落とせば、総てがここに集約し、地下茎のようにあらゆるものと連続する。……異なった文化、地域、時代を超えて、全ての人を貫く『人の道』、一切の作為と人為の言葉が途切れる深さで厳存する『神聖な空白』――そう思っている。あれから〔西南学院中学部時にキリスト教の洗礼を受けてから〕六十年、とても神意に沿えたとは言いがたいが、少なくとも忠実であろうとした自分は変わらない」

　中村医師を導いた「天、共に在り」＝「インマヌエル」の事実。中村医師はここで、自分が九州大学医学部で精神神経科を選んだのは、「傾倒していた思想家に、内村鑑三、宮沢賢治、西田幾多郎、カール・バルトらと並んで、精神科医のビクトール・フランクルがいたこともあった」と述べている。それらの思想家との出会いのなかで「インマヌエル」を学んだのは、カール・バルトからに違いない。それに関して中村医師は、澤地久枝さんとの共著『人は愛するに足り、真心は信ずるに足る――アフガンとの約束』（岩波書店、二〇一〇）のなかで、こう述べている。「西田幾多郎という哲学者の後継者である滝沢克己教授という方が九州大学にいて、クリスチャンでした。その先生を通じて、神学者のカール・バルトの著作に触れることがありました。自分は、いちおうクリスチャンで、クリスチャンであるということと、儒教徒に近いということとがどう折り合えるのか。内村鑑三を通して感じたものをさらに明瞭にしてくれた。フッと『あ、これでいいんだな』と……」

私が心より敬愛する大切な友人、滝谷美佐保さんは、滝沢克己先生の長女だ。メールでの会話のなかで美佐保さんは、「哲さんは、おそらく父と出会って、従来の教会のなかにある、またミッションスクールのなかにあるキリスト教から解放された、ということがあったのだろうと思います」と言われた。私もそう思う。滝沢先生の、インマヌエルの主（神さま）以外の、人間社会のどんな「権威」からも自由な心性と行動力は、中村医師のそれと同質のものだから。中村医師は言う。「『天、共に在り』本書を貫くこの縦糸は、我々を根底から支える不動の事実である。やがて、自然から遊離するバベルの塔は倒れる。人も自然の一部である。それは人間内部にもあって生命の営みを律する厳然たる摂理であり、恵みである。科学や経済、医学や農業、あらゆる人の営みが、自然と人、人と人の和解を探る以外、我々が生き延びる道はないであろう。それがまっとうな文明だと信じている。その声は小さくとも、やがて現在が裁かれ、大きな潮流とならざるを得ないだろう」

中村医師は九州大学在学時に福岡市名島の滝沢先生のお宅を訪ねたこともあったと聞いた。人間とはどのような存在であるのか、その起源と成り立ちと構造を正確に指摘し（インマヌエル）、したがって人は本来、何を支えとし、どのように生きるべきかを解き明かし、「人の尊いのは持ちものによらない」と教えてくれた滝沢先生（そしてその「持ちもの」とは、財産や地位や名誉のような文字通りその人が所有している「持ちもの」のみではなく、人種や肌の色や性別、品性や知性や気高い思想や容姿の美しさや心根の優しさなど、その人が自分のものだと考えている特性・属性をも含む）、「人は死んでも神さまの空間で生きる」と言われた滝沢先生を思い、『人は愛するに足り、真心は信ずるに足る』のなかで、「自分の身は、針で刺されても飛び上がるけれども、相手の体は槍で突いても平気だという感覚、これがなくならない限り駄目ですね」と言い、「時と場所を超え、変わらないものは変わらない。……もし現地活動に何かの意義を見出すとすれば、確実に人間の実体に肉迫する何ものかであり、単なる国際協力ではなく、私たち自身の将来に益するところがあると思っている。人として最後まで守るべきものは何か、尊ぶべきものは何か、示唆するところを汲んでいただければ幸いである」と言われた中村医師を思うとき、二人を生かしていたもの、二人がそれに依ってすべてを測り行動していたものが、同じものであったと確信する。そこには常に、自分自身とまったく同じ重さの命を持つ他人の苦しみへの自然な共感と思いやりがある。そして、ダンティカの作品を読むとき、あるいは村上春樹の作品を読むとき、状況は異なっていてもそこに同じ空気が流れているのを感じる。

なタイプね」と告げる。実は私には、二〇一一年に出会って深く心にしみ入り、それ以来ずっと大切にしている（常に持ち歩いている）マザー・テレサの言葉がある（それ以降担任した学生たちに贈りつづけた）。「人は不合理、非論理、利己的です。気にすることなく、人を愛しなさい」で始まる「あなたのなかの最良のものを」という言葉だ。自分の行ないに対する他人からのあらゆる反応に振り回されることなく、「あなたのなかの最良のものを、……たとえそれが十分でなくても気にすることなく、……この世界に与え続けなさい。最後に振り返ると、あなたにもわかるはず、結局は、すべてあなたと内なる神との間のことなのです。あなたと他の人の間のことであったことは、一度もなかったのです」「内なる神」に本書のタイトル「すべて内なるものは」を重ね合わせたい思いは、ひとり訳者の個人的なものにすぎないが、もしかしたらそんな思いが、著者ダンティカの胸にもあったのではないかと、（楽しく）想像している。

エドウィージ・ダンティカの作品は、アメリカで、デビュー以来常に大きな注目を集めてきた。その輝かしい受賞歴は、これより前の作品の「訳者あとがき」をご覧いただきたい。本作品は、これまでに、The Vilcek Prize の文学部門の賞を授与された。この賞は、その初期の作品が並々ならぬ将来性を明らかに示し、作品において深い洞察力と複雑なテーマを伝える力を発揮している移民作家に贈られるものである。また、二〇〇五年以来、毎年その年に出版された最良の短編集に贈られている The Story Prize を授与された。ダンティカはこの賞の第一回目を *The Dew*

Breaker で受賞しており、同賞を二度受賞した最初の作家となった。また、三月には、The National Book Critics Circle Awards（全米批評家協会賞）の小説部門での受賞が発表された。この賞は一九七六年に創設され、毎年優れた英語作品に対し、小説（Fiction）、ノンフィクション（General Non-Fiction）、伝記・自伝（Biography and Autobiography）、詩（Poetry）、批評（Criticism）の各部門での表彰が行なわれている。ダンティカは、『愛するものたちへ、別れのとき』（*Brother, I'm Dying*）で、二〇〇七年度「自伝部門」（伝記・自伝部門は二〇〇五年より伝記部門と自伝部門に分かれた）を受賞している。本作の受賞にあたっては、審査員マイケル・シャウブの、これは「驚くべき作品であり、ダンティカの非凡で素晴らしい作品群でも最高のものである」との言葉が紹介されている。

本書を翻訳出版するにあたっては、今回も作品社の青木誠也氏にたいへんお世話になった。そして何よりも嬉しいのは、エドウィージが、今回も前五作と同様、私の願いに快く応えて、「日本の読者への手紙」を書いてくれたことだ。今回の作品にはハイチクレオール語が多く、意味をとるための苦労はほぼなかったものの、発音のルビ表記に不安が残った。しかし、幸いにも、ハイチ大地震から十周年の本年一月十二日に大阪で開催された「ハイチの会」主催の講演会「ハイチ共和国はどんな国？　ハイチ地震から十年」の会場において、「ハイチの会」の代表で私の親しい友人である中野瑛子さんの紹介で出会った、日本人のご主人とお子さんたちとともに日本に住むハイチ人、Ms. Kawabe Vilma Marie Floreにお願いしたところ、私のつけたルビを丁寧に添削してくださった。心より感謝しています。ハイチの歴史については『カリブからの問い——ハイチ革命と近代世界』（岩波書店）、『ハイチの栄光と苦難——世界初の黒人共和国の行方』（刀水書房）、その他の論文において、ハイチがたどらざるを得なかった歴史を詳述し、鋭く的確な問題提起をされている浜忠雄先生から多くを学んできました。ありがとうございます。『ハイチ——目覚めたカリブの黒人共和国』、『慟哭のハイチ』（共に凱風社）の著書があり、「NPO法人ハイチの会・セスラ」の相談役も務めておられるフォト・ジャーナリスト佐藤文則さんからはいつも多くの刺激をいただいており、感謝です。ハイチの政情については、常にリアルタイムのニュースを配信してくださる成瀬健治さんに、心から感謝しています。上記のハイチの憂うべき現状報告の大部分は成瀬さんからのニュースによります。日本にはすでに言及した「ハイチの会」（代表・中野瑛子さん、一九八六年から活動、名古屋）、「NPO法人ハイチの会・セスラ」（代表・高岡美智子さん、二〇〇三年から活動、横浜）の他に「NGOハイチ友の会」（一九九五年から活動、山梨）があり、その代表の小澤幸子さん（医師）の活動は先日NHKで「カリブ海の島国　ハイチ支援続ける日本人医師」として特集され、放送されました。

訳者の私にとってダンティカの作品は、私をハイチという、豊かな文化を持ちながらも貧しい国に生きる人びとにつないでくれるものであり、常に、人にとっての本当の幸せはどこにあるのかを考えさせてくれるものです。ハイチに比べれば断然豊かな国である私たちの国、日本にも、その豊かさから取りこぼされて苦しい生活を余儀なくされている人びとがいます。ですが、大半の人びとが物質的に恵まれた暮らしを享受できているこの国に住む私たちに、いちばん欠けているのは、もしかしたら、ほんとうの幸せを感じる力かもしれません。普通に生活していてハイチのニュースに接することはほぼない日本に暮らす私たちですが、この本を手にしてくださる方々が、カリブ海に浮かぶ小さな島国ハイチの人びとに、しばし思いを寄せてくだされば、とても嬉しいです。

今回も、縁あって本書を手に取り、読んでくださる読者のみなさまに、この本を捧げます。よい出会いとなりますように。

二〇二〇年五月

佐川愛子

【著者・訳者略歴】

エドウィージ・ダンティカ（Edwidge Danticat）

1969年ハイチ生まれ。12歳のときニューヨークへ移住、ブルックリンのハイチ系アメリカ人コミュニティに暮らす。バーナード女子大学卒業、ブラウン大学大学院修了。94年、修士論文として書いた小説『息吹、まなざし、記憶（*Breath, Eyes, Memory*）』でデビュー。少女時代の記憶に光を当てながら、歴史に翻弄されるハイチの人びとの暮らしや、苛酷な条件のもとで生き抜く女たちの心理を、リリカルで静謐な文体で描き出し、デビュー当時から大きな注目を集める。95年、短篇集『クリック？　クラック！（*Krik? Krak!*）』で全米図書賞最終候補、98年、『骨狩りのとき（*The Farming of Bones*）』で米国図書賞（アメリカン・ブックアワード）受賞、2007年、『愛するものたちへ、別れのとき（*Brother, I'm Dying*）』で全米批評家協会賞（自伝部門）受賞、2020年、『すべて内なるものは（*Everything Inside*）』で全米批評家協会賞（小説部門）と最もすぐれた短編集に与えられるThe Story Prizeを受賞。邦訳に、『ほどける』、『海の光のクレア』、『地震以前の私たち、地震以後の私たち——それぞれの記憶よ、語れ』、『骨狩りのとき』、『愛するものたちへ、別れのとき』（以上佐川愛子訳、作品社）、『デュー・ブレーカー』、『クリック？　クラック！』（以上山本伸訳、五月書房新社）、『アフター・ザ・ダンス』（くぼたのぞみ訳、現代企画室）、『息吹、まなざし、記憶』（玉木幸子訳、DHC）、「葬送歌手」（立花英裕、星埜守之編『月光浴——ハイチ短篇集』所収、国書刊行会）など。

佐川愛子（さがわ・あいこ）

1948年生まれ。元女子栄養大学教授。共著書に松本昇、大崎ふみ子、行方均、高橋明子編『神の残した黒い穴を見つめて』（音羽書房鶴見書店）、三島淑臣監修『滝沢克己を語る』（春風社）、松本昇、君塚淳一、鵜殿えりか編『ハーストン、ウォーカー、モリスン——アフリカ系アメリカ人女性作家をつなぐ点と線』（南雲堂フェニックス）、風呂本惇子編『カリブの風——英語文学とその周辺』（鷹書房弓プレス）、関口功教授退任記念論文集編集委員会編『アメリカ黒人文学とその周辺』（南雲堂フェニックス）、滝沢克己協会編『今を生きる滝沢克己——生誕110周年記念論集』（新教出版社）など。訳書にエドウィージ・ダンティカ『ほどける』、『海の光のクレア』、『地震以前の私たち、地震以後の私たち——それぞれの記憶よ、語れ』、『骨狩りのとき』、『愛するものたちへ、別れのとき』（以上作品社）、共訳書にサンダー・L・ギルマン『「頭の良いユダヤ人」はいかにつくられたか』、フィリップ・ビューラン『ヒトラーとユダヤ人——悲劇の起源をめぐって』、デイヴィッド・コノリー『天使の博物誌』、ジョージ・スタイナー『ヒトラーの弁明——サンクリストバルへのA・Hの移送』（以上三交社）など。

すべて内なるものは

2020年6月25日初版第1刷印刷
2020年6月30日初版第1刷発行

著　者　エドウィージ・ダンティカ
訳　者　佐川愛子
発行者　和田肇
発行所　株式会社作品社
〒102-0072 東京都千代田区飯田橋2-7-4
TEL.03-3262-9753　FAX.03-3262-9757
http://www.sakuhinsha.com
振替口座00160-3-27183

編集担当　青木誠也
装　幀　水崎真奈美（BOTANICA）
装　画　Hector Hyppolite
本文組版　前田奈々
印刷・製本　シナノ印刷株式会社

ISBN978-4-86182-815-7 C0097

【作品社の本】

ヴェネツィアの出版人

ハビエル・アスペイティア著　八重樫克彦、八重樫由貴子訳

“最初の出版人”の全貌を描く、ビブリオフィリア必読の長篇小説！

グーテンベルクによる活版印刷発明後のルネサンス期、イタリック体を創出し、持ち運び可能な小型の書籍を開発し、初めて書籍にノンブルを付与した改革者。さらに自ら選定したギリシャ文学の古典を刊行して印刷文化を牽引した出版人、アルド・マヌツィオの生涯。

ISBN978-4-86182-700-6

悪しき愛の書

フェルナンド・イワサキ著　八重樫克彦、八重樫由貴子訳

9歳での初恋から23歳での命がけの恋まで――彼の人生を通り過ぎて行った、10人の乙女たち。バルガス・リョサが高く評価する“ペルーの鬼才”による、振られ男の悲喜劇。ダンテ、セルバンテス、スタンダール、プルースト、ボルヘス、トルストイ、パステルナーク、ナボコフなどの名作を巧みに取り込んだ、日系小説家によるユーモア満載の傑作長篇！

ISBN978-4-86182-632-0

誕生日

カルロス・フエンテス著　八重樫克彦、八重樫由貴子訳

過去でありながら、未来でもある混沌の現在＝螺旋状の時間。家であり、町であり、一つの世界である場所＝流転する空間。自分自身であり、同時に他の誰もである存在＝互換しうる私。目眩めく迷宮の小説！　『アウラ』をも凌駕する、メキシコの文豪による神妙の傑作。

ISBN978-4-86182-403-6

逆さの十字架

マルコス・アギニス著　八重樫克彦、八重樫由貴子訳

アルゼンチン軍事独裁政権下で警察権力の暴虐と教会の硬直化を激しく批判して発禁処分、しかしスペインでラテンアメリカ出身作家として初めてプラネータ賞を受賞。欧州・南米を震撼させた、アルゼンチン現代文学の巨人マルコス・アギニスのデビュー作にして最大のベストセラー、待望の邦訳！

ISBN978-4-86182-332-9

天啓を受けた者ども

マルコス・アギニス著　八重樫克彦、八重樫由貴子訳

合衆国南部のキリスト教原理主義組織と、中南米一円にはびこる麻薬ビジネスの陰謀。アメリカ政府と手を結んだ、南米軍事政権の恐怖。アルゼンチン現代文学の巨人マルコス・アギニスの圧倒的大長篇。野谷文昭氏激賞！

ISBN978-4-86182-272-8

マラーノの武勲

マルコス・アギニス著　八重樫克彦、八重樫由貴子訳

「感動を呼び起こす自由への賛歌」――マリオ・バルガス＝リョサ絶賛！　16～17世紀、南米大陸におけるあまりにも苛烈なキリスト教会の異端審問と、命を賭してそれに抗したあるユダヤ教徒の生涯を、壮大無比のスケールで描き出す。アルゼンチン現代文学の巨匠アギニスの大長篇、本邦初訳！

ISBN978-4-86182-233-9

【作品社の本】

悪い娘の悪戯

マリオ・バルガス＝リョサ著　八重樫克彦、八重樫由貴子訳

50年代ペルー、60年代パリ、70年代ロンドン、80年代マドリッド、そして東京……。世界各地の大都市を舞台に、ひとりの男がひとりの女に捧げた、40年に及ぶ濃密かつ凄絶な愛の軌跡。ノーベル文学賞受賞作家が描き出す、あまりにも壮大な恋愛小説。　ISBN978-4-86182-361-9

チボの狂宴

マリオ・バルガス＝リョサ著　八重樫克彦、八重樫由貴子訳

1961年5月、ドミニカ共和国。31年に及ぶ圧政を敷いた稀代の独裁者、トゥルヒーリョの身に迫る暗殺計画。恐怖政治時代からその瞬間に至るまで、さらにその後の混乱する共和国の姿を、待ち伏せる暗殺者たち、トゥルヒーリョの腹心ら、排除された元腹心の娘、そしてトゥルヒーリョ自身など、さまざまな視点から複眼的に描き出す、圧倒的な大長篇小説！　ISBN978-4-86182-311-4

無慈悲な昼食

エベリオ・ロセーロ著　八重樫克彦、八重樫由貴子訳

「タンクレド君、頼みがある。ボトルを持ってきてくれ」地区の人々に昼食を施す教会に、風変わりな飲んべえ神父が突如現われ、表向き穏やかだった日々は風雲急。誰もが本性をむき出しにして、上を下への大騒ぎ！　神父は乱酔して歌い続け、賄い役の老婆らは泥棒猫に復讐を、聖具室係の養女は平修女の服を脱ぎ捨てて絶叫！　ガルシア＝マルケスの再来との呼び声高いコロンビアの俊英による、リズミカルでシニカルな傑作小説。　ISBN978-4-86182-372-5

顔のない軍隊

エベリオ・ロセーロ著　八重樫克彦、八重樫由貴子訳

ガルシア＝マルケスの再来と謳われるコロンビアの俊英が、母国の僻村を舞台に、今なお止むことのない武力紛争に翻弄される庶民の姿を哀しいユーモアを交えて描き出す、傑作長篇小説。

スペイン・トゥスケツ小説賞受賞！　英国「インデペンデント」外国小説賞受賞！

ISBN978-4-86182-316-9

外の世界

ホルヘ・フランコ著　田村さと子訳

〈城〉と呼ばれる自宅の近くで誘拐された大富豪ドン・ディエゴ。身代金を奪うために奔走する犯人グループのリーダー、エル・モノ。彼はかつて、“外の世界”から隔離されたドン・ディエゴの可憐な一人娘イソルダに想いを寄せていた。そして若き日のドン・ディエゴと、やがてその妻となるディータとのベルリンでの恋。いくつもの時間軸の物語を巧みに輻輳させ、プリズムのように描き出す、コロンビアの名手による傑作長篇小説！　アルファグアラ賞受賞作。

ISBN978-4-86182-678-8

密告者

フアン・ガブリエル・バスケス著　服部綾乃、石川隆介訳

「あの時代、私たちは誰もが恐ろしい力を持っていた――」名士である実父による著書への激越な批判、その父の病と交通事故での死、愛人の告発、昔馴染みの女性の証言、そして彼が密告した家族の生き残りとの時を越えた対話……。父親の隠された真の姿への探求の果てに、第二次大戦下の歴史の闇が浮かび上がる。マリオ・バルガス＝リョサが激賞するコロンビアの気鋭による、あまりにも壮大な大長篇小説！　ISBN978-4-86182-643-6

【作品社の本】

ビガイルド　欲望のめざめ

トーマス・カリナン著　青柳伸子訳

女だけの閉ざされた学園に、傷ついた兵士がひとり。心かき乱され、本能が露わになる、女たちの愛憎劇。ソフィア・コッポラ監督、ニコール・キッドマン主演、カンヌ国際映画祭監督賞受賞作原作小説！

ISBN978-4-86182-676-4

蝶たちの時代

フリア・アルバレス著　青柳伸子訳

ドミニカ共和国反政府運動の象徴、ミラバル姉妹の生涯！　時の独裁者トルヒーリョへの抵抗運動の中心となり、命を落とした長女パトリア、三女ミネルバ、四女マリア・テレサと、ただひとり生き残った次女デデの四姉妹それぞれの視点から、その生い立ち、家族の絆、恋愛と結婚、そして闘いの行方までを濃密に描き出す、傑作長篇小説。全米批評家協会賞候補作、アメリカ国立芸術基金全国読書推進プログラム作品。

ISBN978-4-86182-405-0

世界探偵小説選

エドガー・アラン・ポー、バロネス・オルツィ、サックス・ローマー原作

山中峯太郎訳著　平山雄一註・解説

『名探偵ホームズ全集』全作品翻案で知られる山中峯太郎による、つとに高名なポーの三作品、「隅の老人」のオルツィと「フーマンチュー」のローマーの三作品。翻案ミステリ小説、全六作を一挙大集成！　「日本シャーロック・ホームズ大賞」を受賞した『名探偵ホームズ全集』に続き、平山雄一による原典との対照の詳細な註つき。ミステリマニア必読！

ISBN978-4-86182-734-1

名探偵ホームズ全集　全三巻

コナン・ドイル原作　山中峯太郎訳著　平山雄一註

昭和三十～五十年代、日本中の少年少女が探偵と冒険の世界に胸を躍らせて愛読した、図書館・図書室必備の、あの山中峯太郎版「名探偵ホームズ全集」、シリーズ二十冊を全三巻に集約して一挙大復刻！　小説家・山中峯太郎による、原作をより豊かにする創意や原作の疑問／矛盾点の解消のための加筆を明らかにする、詳細な註つき。ミステリマニア必読！

ISBN978-4-86182-614-6、615-3、616-0

隅の老人【完全版】

バロネス・オルツィ著　平山雄一訳

元祖“安楽椅子探偵”にして、もっとも著名な“シャーロック・ホームズのライバル”。世界ミステリ小説史上に燦然と輝く傑作「隅の老人」シリーズ。原書単行本全3巻に未収録の幻の作品を新発見！　本邦初訳4篇、戦後初改訳7篇！　第1、第2短篇集収録作は初出誌から翻訳！　初出誌の挿絵90点収録！　シリーズ全38篇を網羅した、世界初の完全版1巻本全集！　詳細な訳者解説付。

ISBN978-4-86182-469-2

思考機械【完全版】　全二巻

ジャック・フットレル著　平山雄一訳

バロネス・オルツィの「隅の老人」、オースティン・フリーマンの「ソーンダイク博士」と並ぶ、あまりにも有名な“シャーロック・ホームズのライバル”。本邦初訳16篇、単行本初収録6篇！　初出紙誌の挿絵120点超を収録！　著者生前の単行本未収録作品は、すべて初出紙誌から翻訳！　初出紙誌と単行本の異動も詳細に記録！　シリーズ50篇を全二巻に完全収録！　詳細な訳者解説付。

ISBN978-4-86182-754-9、759-4

【作品社の本】

ねみみにみみず

東江一紀著　越前敏弥編

翻訳家の日常、翻訳の裏側。

迫りくる締切地獄で七転八倒しながらも、言葉とパチンコと競馬に真摯に向き合い、200冊を超える訳書を生んだ翻訳の巨人。知られざる生態と翻訳哲学が明かされる、おもしろうてやがていとしきエッセイ集。

ISBN978-4-86182-697-9

ブッチャーズ・クロッシング

ジョン・ウィリアムズ著　布施由紀子訳

『ストーナー』で世界中に静かな熱狂を巻き起こした著者が描く、十九世紀後半アメリカ西部の大自然。バッファロー狩りに挑んだ四人の男は、峻厳な冬山に帰路を閉ざされる。彼らを待つのは生か、死か。人間への透徹した眼差しと精妙な描写が肺腑を衝く、巻措く能わざる傑作長篇小説。

ISBN978-4-86182-685-6

ストーナー

ジョン・ウィリアムズ著　東江一紀訳

これはただ、ひとりの男が大学に進んで教師になる物語にすぎない。

しかし、これほど魅力にあふれた作品は誰も読んだことがないだろう。――トム・ハンクス

半世紀前に刊行された小説が、いま、世界中に静かな熱狂を巻き起こしている。

名翻訳家が命を賭して最期に訳した、“完璧に美しい小説”

第一回日本翻訳大賞「読者賞」受賞

ISBN978-4-86182-500-2

黄泉(よみ)の河にて

ピーター・マシーセン著　東江一紀訳

「マシーセンの十の面が光る、十の周密な短編」――青山南氏推薦！

「われらが最高の書き手による名人芸の逸品」――ドン・デリーロ氏激賞！

半世紀余にわたりアメリカ文学を牽引した作家／ナチュラリストによる、唯一の自選ベスト作品集。

ISBN978-4-86182-491-3

老首長の国　ドリス・レッシング アフリカ小説集

ドリス・レッシング著　青柳伸子訳

自らが五歳から三十歳までを過ごしたアフリカの大地を舞台に、入植者と現地人との葛藤、古い入植者と新しい入植者の相克、巨大な自然を前にした人間の無力を、重厚な筆致で濃密に描き出す。

ノーベル文学賞受賞作家の傑作小説集！

ISBN978-4-86182-180-6

歌え、葬られぬ者たちよ、歌え

ジェスミン・ウォード著　石川由美子訳　青木耕平附録解説

全米図書賞受賞作！　アメリカ南部で困難を生き抜く家族の絆の物語であり、臓腑に響く力強いロードノヴェルでありながら、生者ならぬものが跳梁するマジックリアリズム的手法がちりばめられた、壮大で美しく澄みわたる叙事詩。現代アメリカ文学を代表する、傑作長篇小説。

ISBN978-4-86182-803-4

【作品社の本】

ヴィクトリア朝怪異譚

ウィルキー・コリンズ、ジョージ・エリオット、メアリ・エリザベス・ブラッドン、マーガレット・オリファント著　三馬志伸編訳

イタリアで客死した叔父の亡骸を捜す青年、予知能力と読心能力を持つ男の生涯、先々代の当主の亡霊に死を予告された男、養女への遺言状を隠したまま落命した老貴婦人の苦悩。
日本への紹介が少なく、読み応えのある中篇幽霊物語四作品を精選して集成！

ISBN978-4-86182-711-2

夢と幽霊の書

アンドルー・ラング著　ないとうふみこ訳　吉田篤弘巻末エッセイ

ルイス・キャロル、コナン・ドイルらが所属した心霊現象研究協会の会長による幽霊譚の古典、ロンドン留学中の夏目漱石が愛読し短篇「琴のそら音」の着想を得た名著、120年の時を越えて、待望の本邦初訳！

ISBN978-4-86182-650-4

ゴーストタウン

ロバート・クーヴァー著　上岡伸雄、馬籠清子訳

辺境の町に流れ着き、保安官となったカウボーイ。酒場の女性歌手に知らぬうちに求婚するが、町の荒くれ者たちをいつの間にやら敵に回して、命からがら町を出たものの――。
書き割りのような西部劇の神話的世界を目まぐるしく飛び回り、力ずくで解体してその裏面を暴き出す、ポストモダン文学の巨人による空前絶後のパロディ！

ISBN978-4-86182-623-8

ようこそ、映画館へ

ロバート・クーヴァー著　越川芳明訳

西部劇、ミュージカル、チャップリン喜劇、『カサブランカ』、フィルム・ノワール、カートゥーン……。あらゆるジャンル映画を俎上に載せ、解体し、魅惑的に再構築する！　ポストモダン文学の巨人がラブレー顔負けの過激なブラックユーモアでおくる、映画館での一夜の連続上映と、ひとりの映写技師、そして観客の少女の奇妙な体験！

ISBN978-4-86182-587-3

ノワール

ロバート・クーヴァー著　上岡伸雄訳

“夜を連れて”現われたベール姿の魔性の女（ファム・ファタール）「未亡人」とは何者か!?
彼女に調査を依頼された街の大立者「ミスター・ビッグ」の正体は!?
そして「君」と名指される探偵フィリップ・M・ノワールの運命やいかに!?
ポストモダン文学の巨人による、フィルム・ノワール／ハードボイルド探偵小説の、アイロニカルで周到なパロディ！

ISBN978-4-86182-499-9

老ピノッキオ、ヴェネツィアに帰る

ロバート・クーヴァー著　斎藤兆史、上岡伸雄訳

晴れて人間となり、学問を修めて老境を迎えたピノッキオが、故郷ヴェネツィアでまたしても巻き起こす大騒動！　原作のオールスター・キャストでポストモダン文学の巨人が放つ、諧謔と知的刺激に満ち満ちた傑作長篇パロディ小説！

ISBN978-4-86182-399-2

【作品社の本】

アルジェリア、シャラ通りの小さな書店

カウテル・アディミ　平田紀之訳

1936年、アルジェ。21歳の若さで書店《真の富》を開業し、自らの名を冠した出版社を起こしてアルベール・カミュを世に送り出した男、エドモン・シャルロ。第二次大戦とアルジェリア独立戦争のうねりに翻弄された、実在の出版人の実り豊かな人生と苦難の経営を叙情豊かに描き出す、傑作長編小説。ゴンクール賞、ルノドー賞候補、〈高校生（リセエンヌ）のルノドー賞〉受賞！

ISBN978-4-86182-784-6

モーガン夫人の秘密

リディアン・ブルック著　下隆全訳

1946年、破壊された街、ハンブルク。男と女の、少年と少女の、そして失われた家族の、真実の愛への物語。リドリー・スコット製作総指揮、キーラ・ナイトレイ主演、映画原作小説！

ISBN978-4-86182-686-3

美しく呪われた人たち

F・スコット・フィッツジェラルド著　上岡伸雄訳

デビュー作『楽園のこちら側』と永遠の名作『グレート・ギャツビー』の間に書かれた長編第二作。刹那的に生きる「失われた世代」の若者たちを絢爛たる文体で描き、栄光のさなかにありながら自らの転落を予期したかのような恐るべき傑作、本邦初訳！

ISBN978-4-86182-737-2

分解する

リディア・デイヴィス著　岸本佐知子訳

リディア・デイヴィスの記念すべき処女作品集！「アメリカ文学の静かな巨人」のユニークな小説世界はここから始まった。

ISBN978-4-86182-582-8

サミュエル・ジョンソンが怒っている

リディア・デイヴィス著　岸本佐知子訳

これぞリディア・デイヴィスの真骨頂！
強靭な知性と鋭敏な感覚が生み出す、摩訶不思議な56の短編。

ISBN978-4-86182-548-4

話の終わり

リディア・デイヴィス著　岸本佐知子訳

年下の男との失われた愛の記憶を呼びさまし、それを小説に綴ろうとする女の情念を精緻きわまりない文章で描く。「アメリカ文学の静かな巨人」による傑作。待望の長編！

ISBN978-4-86182-305-3

ランペドゥーザ全小説　附・スタンダール論

ジュゼッペ・トマージ・ディ・ランペドゥーザ著　脇功、武谷なおみ訳

戦後イタリア文学にセンセーションを巻きおこしたシチリアの貴族作家、初の集大成！
ストレーガ賞受賞長編『山猫』、傑作短編「セイレーン」、回想録「幼年時代の想い出」等に加え、著者が敬愛するスタンダールへのオマージュを収録。

ISBN978-4-86182-487-6

【作品社の本】

戦下の淡き光

マイケル・オンダーチェ著　田栗美奈子訳

1945年、うちの両親は、犯罪者かもしれない男ふたりの手に僕らをゆだねて姿を消した——。母の秘密を追い、政府機関の任務に就くナサニエル。母たちはどこで何をしていたのか。周囲を取り巻く謎の人物と不穏な空気の陰に何があったのか。人生を賭して、彼は探る。あまりにもスリリングであまりにも美しい長編小説。

ISBN978-4-86182-770-9

名もなき人たちのテーブル

マイケル・オンダーチェ著　田栗美奈子訳

わたしたちみんな、おとなになるまえに、おとなになったの——11歳の少年の、故国からイギリスへの3週間の船旅。それは彼らの人生を、大きく変えるものだった。仲間たちや個性豊かな同船客との交わり、従姉への淡い恋心、そして波瀾に満ちた航海の終わりを不穏に彩る謎の事件。映画『イングリッシュ・ペイシェント』原作作家が描き出す、せつなくも美しい冒険譚。

ISBN978-4-86182-449-4

ヤングスキンズ

コリン・バレット著　田栗美奈子・下林悠治訳

経済が崩壊し、人心が鬱屈したアイルランドの地方都市に暮らす無軌道な若者たちを、繊細かつ暴力的な筆致で描きだす、ニューウェイブ文学の傑作。世界が注目する新星のデビュー作！　ガーディアン・ファーストブック賞、ルーニー賞、フランク・オコナー国際短編賞受賞！

ISBN978-4-86182-647-4

孤児列車

クリスティナ・ベイカー・クライン著　田栗美奈子訳

91歳の老婦人が、17歳の不良少女に語った、あまりにも数奇な人生の物語。火事による一家の死、孤児としての過酷な少女時代、ようやく見つけた自分の居場所、長いあいだ想いつづけた相手との奇跡的な再会、そしてその結末……。すべてを知ったとき、少女モリーが老婦人ヴィヴィアンのために取った行動とは——。感動の輪が世界中に広がりつづけている、全米100万部突破の大ベストセラー小説！

ISBN978-4-86182-520-0

ハニー・トラップ探偵社

ラナ・シトロン著　田栗美奈子訳

「エロかわ毒舌キュート！　ドジっ子女探偵の泣き笑い人生から目が離せません（しかもコブつき）」——岸本佐知子さん推薦。スリルとサスペンス、ユーモアとロマンス——一粒で何度もおいしい、ハチャメチャだけど心温まる、とびっきりハッピーなエンターテインメント。

ISBN978-4-86182-348-0

ボルジア家

アレクサンドル・デュマ著　田房直子訳

教皇の座を手にし、アレクサンドル六世となるロドリーゴ、その息子にして大司教／枢機卿、武芸百般に秀でたチェーザレ、フェラーラ公妃となった奔放な娘ルクレツィア。一族の野望のためにイタリア全土を戦火の巷にたたき込んだ、ボルジア家の権謀と栄華と凋落の歳月を、文豪大デュマが描き出す！

ISBN978-4-86182-579-8

【作品社の本】

黒人小屋通り

ジョゼフ・ゾベル著　松井裕史訳

カリブ海に浮かぶフランス領マルチニック島。農園で働く祖母のもとにあずけられた少年は、仲間たちや大人たちに囲まれ、豊かな自然の中で貧しいながらも幸福な少年時代を過ごす。

『マルチニックの少年』として映画化もされ、ヴェネツィア国際映画祭で銀獅子賞を受賞した不朽の名作、半世紀以上にわたって読み継がれる現代の古典、待望の本邦初訳！


ISBN978-4-86182-729-7

心は燃える

J・M・G・ル・クレジオ著　中地義和・鈴木雅生訳

幼き日々を懐かしみ、愛する妹との絆の回復を望む判事の女と、その思いを拒絶して、乱脈な生活の果てに恋人に裏切られる妹。先人の足跡を追い、ペトラの町の遺跡へ辿り着く冒険家の男と、名も知らぬ西欧の女性に憧れて、夢想の母と重ね合わせる少年。

ノーベル文学賞作家による珠玉の一冊！


ISBN978-4-86182-642-9

嵐

J・M・G・ル・クレジオ著　中地義和訳

韓国南部の小島、過去の幻影に縛られる初老の男と少女の交流。ガーナからパリへ、アイデンティティーを剝奪された娘の流転。ル・クレジオ文学の本源に直結した、ふたつの精妙な中篇小説。ノーベル文学賞作家の最新刊！

ISBN978-4-86182-557-6

迷子たちの街

パトリック・モディアノ著　平中悠一訳

さよなら、パリ。ほんとうに愛したただひとりの女……。

2014年ノーベル文学賞に輝く《記憶の芸術家》パトリック・モディアノ、魂の叫び！　ミステリ作家の「僕」が訪れた20年ぶりの故郷・パリに、封印された過去。息詰まる暑さの街に《亡霊たち》とのデッドヒートが今はじまる——。


ISBN978-4-86182-551-4

失われた時のカフェで

パトリック・モディアノ著　平中悠一訳

ルキ、それは美しい謎。現代フランス文学最高峰にしてベストセラー……。

ヴェールに包まれた名匠の絶妙のナラション（語り）を、いまやわらかな日本語で——。

あなたは彼女の謎を解けますか？　併録「『失われた時のカフェで』とパトリック・モディアノの世界」。ページを開けば、そこは、パリ

ISBN978-4-86182-326-8

人生は短く、欲望は果てなし

パトリック・ラペイル著　東浦弘樹、オリヴィエ・ビルマン訳

妻を持つ身でありながら、不羈奔放なノーラに恋するフランス人翻訳家・ブレリオ。

やはり同様にノーラに惹かれる、ロンドンで暮らすアメリカ人証券マン・マーフィー。

英仏海峡をまたいでふたりの男の間を揺れ動く、運命の女。奇妙で魅力的な長篇恋愛譚。

フェミナ賞受賞作！


ISBN978-4-86182-404-3

【作品社の本】

ほどける

エドウィージ・ダンティカ著　佐川愛子訳

双子の姉を交通事故で喪った、十六歳の少女。

自らの半身というべき存在をなくした彼女は、家族や友人らの助けを得て、アイデンティティを立て直し、新たな歩みを始める。

全米が注目するハイチ系気鋭女性作家による、愛と抒情に満ちた物語。　ISBN978-4-86182-627-6

海の光のクレア

エドウィージ・ダンティカ著　佐川愛子訳

七歳の誕生日の夜、煌々と輝く満月の中、父の漁師小屋から消えた少女クレアは、どこへ行ったのか——。海辺の村のある一日の風景から、その土地に生きる人びとの記憶を織物のように描き出す。

全米が注目するハイチ系気鋭女性作家による、最新にして最良の長篇小説。


ISBN978-4-86182-519-4

地震以前の私たち、地震以後の私たち
それぞれの記憶よ、語れ

エドウィージ・ダンティカ著　佐川愛子訳

ハイチに生を享け、アメリカに暮らす気鋭の女性作家が語る、母国への思い、芸術家の仕事の意義、ディアスポラとして生きる人々、そして、ハイチ大地震のこと——。

生命と魂と創造についての根源的な省察。カリブ文学OCMボーカス賞受賞作。


ISBN978-4-86182-450-0

愛するものたちへ、別れのとき

エドウィージ・ダンティカ著　佐川愛子訳

アメリカの、ハイチ系気鋭作家が語る、母国の貧困と圧政に翻弄された少女時代。

愛する父と伯父の生と死。そして、新しい生命の誕生。感動の家族愛の物語。

全米批評家協会賞受賞作！　ISBN978-4-86182-268-1

オランダの文豪が見た大正の日本

ルイ・クペールス著　國森由美子訳

長崎から神戸、京都、箱根、東京、そして日光へ。東洋文化への深い理解と、美しきもの、弱きものへの慈しみの眼差しを湛えた、ときに厳しくも温かい、五か月間の日本紀行。

ISBN978-4-86182-769-3

ウールフ、黒い湖

ヘラ・S・ハーセ著　國森由美子訳

ウールフは、ぼくの友だちだった——オランダ領東インド。農園の支配人を務める植民者の息子である主人公「ぼく」と、現地人の少年「ウールフ」の友情と別離、そしてインドネシア独立への機運を丹念に描き出し、一大ベストセラーとなった〈オランダ文学界のグランド・オールド・レディー〉による不朽の名作、待望の本邦初訳！　ISBN978-4-86182-668-9